容美，深刻体会作者的所感所知。以李白的《静夜思》为例：

静夜思
李白
床前明月光，
疑是地上霜。
举头望明月，
低头思故乡。

这首诗使读者感受到了与诗人一样的情绪。跨越时空的界限，都感受到了远方游子在夜深人静、明月当空时的思乡之情。这就是这首诗的内容美。译者在翻译这首诗时，要达到与原诗相同的效果，才能称得上是真正的文学翻译。美国翻译家宾纳(Bynner)对这首诗的翻译可以说是成功的。

In the Quite Night
So bright a gleam on the foot of my bed—
Could there have been a frost already?
Lighting myself to look I found that it was moonlight,
Sinking back again I thought suddenly of home.

宾纳以介词短语为题，诗首设以感叹句，中间用设问句起到了承上启下的作用，并以陈述句结尾，字里行间透着浓浓的思乡之情。译文是典型的四行诗，打破了原诗的句式结构，体现了西方诗自由奔放的特点。

2. 形式美

文学翻译的形式美可以从音韵美、修辞美、篇章结构美三个方面体现出来。译者要从音韵、修辞、篇章结构上对原作进行重新审视，在语言形式中体现原作的审美价值。例如：

What a piece of work is a man! How noble in reason! How infinite in faculty! In form and moving how express and admirable! In action how like an angle! In apprehension how like a god! The beauty of the world! The paragon of animals!

语言转换，这个过程受到了很多因素的影响，也要遵循诸多文学翻译的标准，如忠实、通顺、美等。既要用最贴近、最自然的语言传达出与原文同等的信息，又要在语言形式、文体风格等方面保持一致。同时，还要符合译入语的表达习惯和思维方式。

此外，文学翻译不只是文字的翻译，更有作者艺术风格和特点的传达，老舍先生就认为文学作品的妙处不仅在于它说了什么，还在于它是怎么说的。

（四）修改译本

译本的修改也是文学翻译过程的一部分。无论译者在翻译过程中采用了何种翻译策略和技巧，一部翻译作品的完成都要经过多次的校对和修订。这些校对和修订常常是由译者以外的人来完成的，以规范语言的使用。

三、文学翻译的原则

不同学者对文学翻译原则的理解是不同的，他们从多个角度，多个侧面，多种层次入手，彼此之间既有共性，又存在差异。在西方有费道罗夫(Alexander V. Fedorow)的“等值翻译”，尤金·奈达(Eugene A. Nida)的“形式对等”和“动态对等”，泰特勒(Alexander F. Tytler)的“翻译三原则”，塞莱斯科维奇(Danica Seleskovitch)的“翻译释意”等。在中国有严复的“信、达、雅”，鲁迅先生的“宁信而不顺”，傅雷的“神似”，林语堂先生的“忠实、通顺、美”，钱钟书先生的“化境”等。

以上的种种翻译标准，虽然具有一定的指导性，但有时过于抽象和概括，在实际翻译过程中的可操作性不强，还需要一些具有参考性的具体指导方法。20 世纪 30 年代，林语堂先生在研究严复“信、达、雅”标准及其具体内涵的基础上，提出了用于指导翻译实践的“忠实、通顺、美”三重标准。“忠实”与“信”、“通顺”与“达”都是很相似的，但是“美”的内涵却要远比“雅”宽泛得多。“美”是“雅”的继承与创新，是人们审美的产物。

（一）忠实

忠实就是要忠于原作，原作的内容、思想、情感等能在译作中得到充分的体现。林语堂先生的“忠实”标准无论是在当时还是在今天，都具有普遍的适用性和启示性。

下面就以“忠实”的标准对《廖承志致蒋经国先生信》的两个英译本进行赏析，[①]其中的一个英译本是新华社的翻译（以下简称新译），另一个英译本是张培基的翻译（以下简称张译）。

原文：南京匆匆一晤，瞬逾三十六载。

新译：It is now 36 years since our brief rendezvous in Nanjing.

张译：It is now more than 36 years since our brief encounter in Nanjing.

赏析：忠实标准要求译文不仅要完整地传达原文的内容，还要与原文的语言风格保持一致。张译中的“... now more than ...”与新译中的“... now ... since ...”相比，更加精确地翻译出了“逾”字的真正内涵。而关于“晤”字，新译中用了 rendezvous 一词，这个词常常指事先商量好时间和地点而进行的秘密见面，张译中的 encounter 则大多数情况下指的是偶遇。鉴于二人的身份地位和这篇私信的特点，张译中的 encounter 是对原文语言风格的一种忠实，更符合这篇私信随意的风格。与忠实于原文内容相比，忠实于原文风格更需要译者较高的洞察力和深厚的文学功底。又如：

原文：人过七旬，多有病痛。

新译：Men in their seventies are often affected with illness.

张译：Men aged over seventy are liable to illness.

赏析：用词不当可能会造成读者的误解。新译中 in their seventies 时间段过于狭窄，会使人误解为在七十岁左右多有病痛，到了八十岁就无碍了，而张译中的 over 一词就很好地避免了这个误

① 魏文娟.从忠实、通顺和美的标准对比赏析《廖承志致蒋经国先生信》的两个英译版本[J].教育教学论坛，2015，(47)：183－184.

解。忠实于原文的内容是对原文内容的一种深化，去探求原文的深层内在含义，才能将作者的“才学”真正表现出来。再如：

原文：咫尺之隔，竟成海天之遥。

新译：No one ever expected that a trip of water should have become so vast a distance.

张译：Who could have expected that the short distance between us should be keeping us poles apart.

赏析：从句式上来看，新译中的一般陈述句更符合原文的形式，含义表达也基本正确。但是，张译中的感叹句更能体现“竟”字的语气程度。语气上忠实于原文，更能充分地表达出作者的思想感情。

（二）通顺

通顺就是要使译文语言流畅，表达清晰，符合译文读者的表达习惯和思维方式。林语堂先生对通顺的内涵做了进一步的解释和说明。

(1)以句为本位。译者要理解原文全句的意义，在深刻体会的基础上，依照译入语的语法译出来。

(2)符合译入语心理。译文中的句子必须是有意义的译入语，如果字字直译，就达不到通顺的结果。

下面还以《廖承志致蒋经国先生信》的两个英译本为例，按照“通顺”的标准对其进行赏析。

原文：有识之士，虑已及此。

新译：This is a question those who are sensible are already turning over in their minds.

张译：This is a question already on the minds of thinking people.

赏析：与张译相比，新译句式较长，读起来略显拗口，张译中使用介词结构，更加通顺、简明。又如：

Scarlett O'Hara was not beautiful, but men seldom realized

it when caught by her charm as the Tarleton twins were.

译文一：

斯佳丽·奥哈拉长得并不美丽，但是男人们一旦像塔尔顿家那对孪生兄弟一样被她的魅力迷住时往往就会很少意识到这一点了。

译文二：

斯佳丽·奥哈拉虽无天生丽质，却也魅力十足，男人一见便要神魂颠倒，塔尔顿家那对孪生兄弟便是如此。

译文一与译文二相比，停顿得当，借助词组及小句堆叠的结构，避免了十足的翻译腔。

（三）美

一部文学之所以能够取得成功，传之久远，根本上在于其审美性，这也是文学翻译中的“美”高于“雅”的原因。思想家孔子曾说：言之无文，行而不远。这里的“文”也可作“文采”解。但是，美并不全指文采，其含义要比文采多得多，其外延甚至可以包括文学作品中被丑化了的事物。“美”和“雅”是两种不同的翻译方向。“雅”注重对词句的推敲和润饰，最终会使译文少了一些审美价值。而“美”要求译者会将眼光放在整部作品上，最终译文会与原文一样成为艺术品。文学作品属于艺术的范畴，文学作品的翻译还要传达原作的所有美点和整体的美感。① 文学作品由内容和承载这一内容的语言形式构成，“美”不仅体现在内容方面，还体现在形式上。

1. 内容美

译者不仅要理解原作的“美”，还要在表达原作“美”上竭尽所能。内容是文学作品的灵魂，读者透过文学作品的内容引发感情上的反应，包括对善或恶或美或丑的感觉。译者要再现原作的内

---

① 党争胜. 论文学翻译的文学性——兼论文学翻译的标准[J]. 西北大学学报，2008，(3)：164－167.

容美，深刻体会作者的所感所知。以李白的《静夜思》为例：

静夜思

李白

床前明月光，

疑是地上霜。

举头望明月，

低头思故乡。

这首诗使读者感受到了与诗人一样的情绪。跨越时空的界限，都感受到了远方游子在夜深人静、明月当空时的思乡之情。这就是这首诗的内容美。译者在翻译这首诗时，要达到与原诗相同的效果，才能称得上是真正的文学翻译。美国翻译家宾纳(Bynner)对这首诗的翻译可以说是成功的。

In the Quite Night

So bright a gleam on the foot of my bed—

Could there have been a frost already?

Lighting myself to look I found that it was moonlight,

Sinking back again I thought suddenly of home.

宾纳以介词短语为题，诗首设以感叹句，中间用设问句起到了承上启下的作用，并以陈述句结尾，字里行间透着浓浓的思乡之情。译文是典型的四行诗，打破了原诗的句式结构，体现了西方诗自由奔放的特点。

2. 形式美

文学翻译的形式美可以从音韵美、修辞美、篇章结构美三个方面体现出来。译者要从音韵、修辞、篇章结构上对原作进行重新审视，在语言形式中体现原作的审美价值。例如：

What a piece of work is a man! How noble in reason! How infinite in faculty! In form and moving how express and admirable! In action how like an angle! In apprehension how like a god! The beauty of the world! The paragon of animals!

译文：

人类是一件多么了不起的杰作！多么高尚的理性！多么伟大的力量！多么优美的仪表！多么文雅的举止！行为上多么像一个天使！智慧上多么像一个天神！宇宙之精华！万物之灵长！

译文用词夸张，句式灵活，与原文的风格有较高的一致性，运用了丰富的想象和多种美学修辞全方位地体现了原文的形式美。

综上所述，文学翻译既要忠实、通顺，又要追求内容美和形式美的统一，译者既要忠实地传达原作内容，又要再现原作的文学价值和艺术魅力。

第二章　文学翻译中的译者

随着人们对翻译研究的不断深入，译者作为理解、阐释原作的主体逐渐得到了众人的认可，成为翻译理论研究中一个不容忽视的因素。不管人们如何来定义翻译的本质，有一点是无法回避的，即在这个以理解为前提的行为中，译者作为行为主体对行为的结果有着至关重要的影响。为此，本章就来研究文学翻译中的译者，涉及译者的位置、文学译者的素质及影响因素、译者关于文学翻译策略的选择三个方面。

第一节　译者的位置

对于译者而言，突破原来语言所显现的能指—所指关系的界限可能需要比单纯的目的语语言创作者付出更大的努力。显而易见，一个作家的语言能力和他在自己语言领域中进行创造的权利是不受限制的，但译者作为源语与目的语的中介在行为过程中往往受到诸多因素的限制。要研究文学翻译的主体问题，首先需要明确译者的位置。

一、译者在两个文本中的位置

人们出于简化的目的，将翻译的过程划分为理解、再表达两个阶段。著名学者阿尔比经过研究给出了翻译过程的一个简图，如图 2-1 所示。

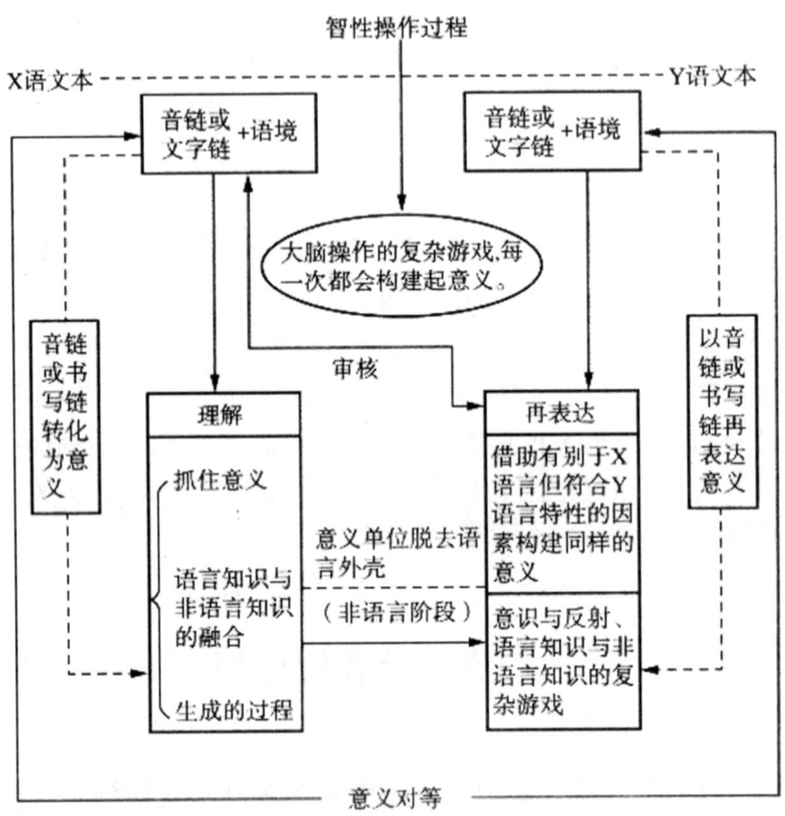

图 2-1 阿尔比的意义对等示意图

(资料来源:袁筱一、邹东来,2011)

然而,不同的人在理解过程中所使用的思维方式有所不同。单纯的读者在阅读并理解文章的过程中所使用的往往是单语的思维方式,而译者在理解源语时通常采取的是跨语言的思维方式。

经过对原文的理解之后,译者还需要经历使用目的语对原文进行再表达的过程。在这一过程中,译者会将自己在第一阶段的理解性表述进行再理解,然后以目的语“音链”或“文字链”的形式得出表达的结果,这一结果不仅可以体现译者作为目的语文本建构者的主体性,而且还可以体现译者作为目的语读者所可能产生的主体性。从这一角度而言,就需要对上述阿尔比的意义对等图进行重写，如图 2-2 所示。

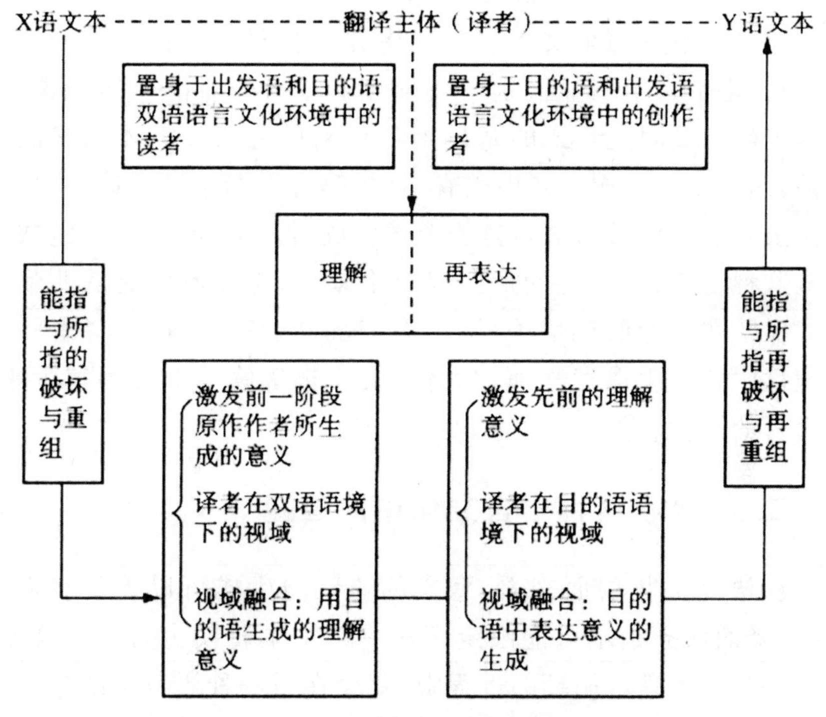

图 2-2 重写后的意义对等图

（资料来源：袁筱一、邹东来，2011）

通过对比原图与重写后的意义对等图可以发现，二者虽然都是以意义为核心，但如果将译者作为翻译主体，那么理解阶段与再表达阶段之间的区分就会表现为两次意义的生成过程。在每一次生成意义时，译者都会因为立场的不同而主动融入新的视域。在重写后的意义对等图中，理解阶段的意义并不是如同阿尔比所说的那样以“非语言形式”存在着，因为意义必须通过理解和表述才能够得到激发。

意义的生成是一个不断用新的能指—所指关系去打破旧的能指—所指关系，最终让新的能指—所指关系彻底将旧的能指—所指关系驱逐出语言场域的过程。在翻译的第二个阶段，译者必须对第一次生成的能指—所指关系进行重新审视，在参照第一次形成的能指—所指关系的基础上，以新的目的语读者的视域去破坏第一次创建的能指—所指关系，进而形成新的能指—所指关系。

译者并不是两个文本之间的中介。在两次意义生成的过程中，译者都带入了明显区别于其他读者或者作者的主体因素，在理解先前意义固定形式的基础上生产新的意义。需要明确的一点是，两次意义生成的结果稍有不同：第一次即翻译的第一阶段，意义虽然已经用目的语语言的形式生成，但并没有通过音链或文字链这种物质的、可见的形式保留下来，而是以不可见的非物质形式保留在译者的记忆中；第二次即翻译的第二阶段，译者将自己记忆中的新生成意义通过音链、文字链等物质形式固定下来，成为目的语读者再次生成意义的基础。

二、译者在两种语言文化中的位置

从语言文化层面来看，意义的流动与生成可以提醒我们的是，翻译的任务是不可能限定于从一个文本转换为另一个文本。意义一旦进入理解循环的过程中，就会在另一种语言系统中得到激发，这其中的生成是绝对的，而转换是相对的。生成的绝对性给我们的启示是，目的语文本与源语文本之间虽然存在一定的对应，但这并不是本质所在。在两种语言文化中，对译者位置的把握需要从三个层面入手进行理解。

首先，译者从来没有处于中间地带，他的翻译结果从成为结果的那一刻起就已经是目的语语言文化中的一部分。翻译是一个在理解、创建行为结束后再次开始的一种新的理解及创建行为。从理解的循环性角度而言，翻译是一个独立的阶段，不具有依附性。与文学作品的单纯创作相比，翻译的不同主要在于其作用对象的强烈体现与限定。

其次，翻译与其说是原作的一种终结，不如说是目的语语言文化的起始。起始指的是目的语语言文化尚未出现的意指关系。翻译始终通过在目的语中建立新的能指—所指关系来丰富目的语的语言文化。

最后，译者从成为原作品的理解者开始，就始终处于建构者的位置。译者不仅是原作品意义的激发者，同时也是目的语文本的生产者。在激发原作品意义的过程中，译者是有选择性的；在生产目的语文本的意义时，译者同样是有选择性的。译者的选择性在很大程度上可以激活或者压抑目的语语言文化中所存在的种种可能性。

第二节　文学译者的素质及影响因素

译者是翻译活动的主体，在翻译活动中起着重要的作用，通过对源语文化的再认识和再表达，促进不同民族间的文化交流。因此，译者的素质对整个翻译活动有着重要的影响作用。本节将围绕译者应具备的素质及影响因素展开具体分析。

一、文学译者的素质

翻译能力包括知识和能力两部分。具有丰富的翻译知识是译者进行翻译工作的前提和基础。事实上，翻译可以称得上是一门跨领域的综合性学科，不仅涉及英语文化的相关理论知识，还涉及社会学、哲学、语言学、心理学、交际学、认知学等相关领域。

要想提高译作的质量，译者作为翻译活动的主体，既要熟知本专业领域的知识，又要涉猎广泛，对其他专业领域有所了解和见地；既要熟知本民族本语言的丰富文化，又不能对其他民族文化感到陌生。借用美国翻译理论家尤金·奈达(Eugene A. Nida)关于翻译的解释和说明：翻译是在译语中用最贴近而最自然的对等语再现源语的信息，首先是语义信息，其次是文体信息。

译者的翻译能力就体现在以下两点上。

一是能够实现相对的、有条件的对等翻译。

二是在语义信息与文体信息二者不能求全时，能够保证内容传递的准确性。

(一)语言素质

对于译者的语言素养而言,英汉两种语言的词汇差异、句法差异、语篇差异都属于其需要掌握的语言基础知识内容。

1. 英汉词汇差异

(1)书写形式差异。英汉两种语言属于不同的语系。具体来说,英语属于印欧语系,汉语属于汉藏语系。此外,英语由字母组成,汉语则采取方块字的基本形式。因此,二者在书写形式方面有着很多不同。具体来说,英语中的音节与单词都是由字母组成的,音节和单词之间没有分明的界限,因此英语在音韵层面属于“元辅音体系”。正因为如此,英语单词与单词通常以空格来进行分离,音节则常写在一起。

与此相反,汉语在音韵层面属于“调韵声体系”。虽然音节之间较为分明,然而音节与音节之间的组合却比较模糊,所以汉字之间没有间隙。例如:

Gloria loves singing very much.

格洛利娅非常喜爱歌唱。

(2)义项差异。一般来说,英语中的一词多义现象较为普遍。换句话说,英语词汇的义项比较丰富。例如:

take 取、拿、吃、接受、采取

uncle 舅父、姨丈、伯伯、伯父、叔叔、姑父

husband 老伴、老公、丈夫、相公、爱人

president 董事长、总统、会长、校长、社长

需要特别说明的是,英语词汇的含义虽然丰富,但在特定语境中,该词汇的含义是确定的,应通过上下文来进行判断。例如:

She shook his hand and went upstairs.

她跟他握了一下手,就上楼了。

Mary writes a good hand.

玛丽的字写得不错。

I had no hand in the matter.

我跟这件事毫无关系。

They give the film star a big hand.

他们鼓掌欢迎这位电影明星。

不难发现，上述句子中的 hand 一词由于处于不同语境而具有了不同的意义。

汉语中也存在着一词多义现象。如果汉语词汇采取了不同的搭配形式或者发挥不同功能时，常常会表达出不同的意义。例如：

领导的艺术（创造性方法方式）

唐诗的艺术（创作表现技巧）

中国的艺术（如文学、绘画、舞蹈、音乐等）

上述共有的名词“艺术”具有不同的含义。

老兵（有经验的）

老地方（原来的）

老朋友（时间长的）

上述共有的形容词“老”具有不同的含义。

他们在打电话（互通）

他们在打毛衣（编织）

他们在打官司（交涉）

他们在打包裹（捆绑）

上述共有的动词“打”具有不同的含义。

我国学者高远（2002）曾对英汉常用词的义项进行过统计分析，具体涉及 15 个最常用的名词、动词与形容词。统计分析结论如表 2-1 所示。

表 2-1　英汉常用词义项统计

	英语	汉语
名词	man，book，water，tree，room	人、书、水、树、屋
动词	eat，sleep，speak，love，give	吃、睡、说、爱、给
形容词	good，hot，deep，thick，ugly	好、热、深、厚、丑

续表

	英语	汉语
总共 15 词词义	178(Collins,1979)	83(《现代汉语词典》)
平均每词词义	11.9	5.5

(资料来源:高远,2002)

从上表中可以看出,英语词汇具有更多的义项。可见,与汉语词汇相比,英语词汇体现出更加鲜明的灵活性。

(3)含义范围差异。英语词汇大都具有较多义项。然而,英语在描述事物时通常比较形象、具体,这就使英语词汇具有相对狭窄的词义范围。这种现象具体体现在以下几个方面。

英语中的很多词汇都是外来词,这些外来词在描述现象或事物时常常采取特指的方式,这大大提升了英语词汇的精细化程度。

英语中的很多词汇只对事物在某一个方面的特征进行描述,因此具有较差的概括性,并使英语中的事物分类更加精细。

科技的发展使社会发展脚步逐渐加快,新生事物不断涌现。在这样的情况下,一些多义词逐渐解体为若干单义词,有的甚至直接变为一个新的单词。例如:

urban(城市的)—urbane(有礼貌的)

travel(旅行)—travail(艰苦努力)

curtsey(女子的屈膝礼)—courtesy(礼貌)

虽然汉语词汇的义项没有英语词汇那么丰富,但从词义范围来看,汉语词汇远比英语词汇要广泛。由于汉语中的一个词可在不同语境下表示多个含义,这就使汉语词汇的概括性较为突出。例如:

bare 没有东西的

empty 里面没有实物的

hollow 空心的,中空的

vacant 目前没有被占用

上述各例都含有“空”,且“空”在各个例子中的含义各不相同。与此形成鲜明对比的是，英语则分别使用四个词来与此相对应。再如：

改革开放是一个新事物，没有现成的经验可以照搬。

Reform and opening are new undertakings, so we have no precedent to go by.

这是中国从几十年的建设中得出的经验。

That is the experience we have gained in the decades of economic development.

我们应当从这里得出一条经验，就是不要被假象所迷惑。

We should draw a lesson here: don't be misled by false appearances.

汉语中的“经验”一词可表示“经历”“教训”或“由实践得来的知识、技巧”等含义，英语则需要用 precedent, experience 及 lesson 等词来进行对应。

2. 英汉句法差异

(1)构建方式差异。很多学者都认为，英汉两种语言在句法方面的差异集中体现为形合与意合的差异。

根据《美国传统词典》(*American Heritage Dictionary*)，形合(hypotaxis)是指“The dependent or subordinate construction or relationship of clauses with connectives, for example, I shall despair if you don't come.”，即语法手段是英语句子之间的主要连接方式。具体来说，以形显义是英语句法的重要特征。为了满足句意表达的需要，有时应将句子中的词语、短语、分句或从句进行连接，英语常采取一些语法手段，如关联词、引导词等，以此来从意义与结构两个方面实现句子的完整性。例如：

On campuses all across the United States, Americans who lectured and studied in China in the 1930s and 40s today are invigorating our own intellectual life—none of them with greater distinction than Professor John K. Fairbank, who honors us by joining my traveling party.

今天在美国的各个大学里，曾经于 20 世纪 30 年代和 40 年代在中国讲学并做过研究的美国人正活跃着美国的学术生活。他们中间最有名望的是费正清教授，他这次同我们一起访华，使我们感到荣幸。

本例中，Americans are invigorating 是句子的主干结构。其中，主语是 Americans，谓语是 are invigorating。此外，本例中还有两个定语从句，即用来修饰 Americans 的 who lectured and studied in China in the 1930s and 40s 及用来修饰 Professor John K. Fairbank 的 who honors us by joining my traveling party。可见，例句不仅含有较多介词、代词与名词，还具有较为复杂的结构，但其内在的逻辑关系却十分清晰，这正是英语形合的典型特点。

根据《世界图书英语大词典》(*The Word Book Dictionary*)，意合(parataxis)是指"The juxtaposition of clauses or phrases without the use of coordinating or subordinating conjunctions, for example: It was cold; the snows came."，即句间与句内的联系主要依靠意义之间的逻辑关系。

与英语中的以形显义形成鲜明对比的是，汉语往往呈现出形散神聚的特征。具体来说，顺序标志词、逻辑关系词等明显的连接形式在汉语中较少出现，句子的含义常常通过动词来表示，且读者往往需要进行积极思考才能将句子的内在逻辑关系梳理清楚。例如：

我从此便整天地站在柜台里，专管我的职务。虽然没有什么失职，但总觉得有些单调，有些无聊。掌柜是一副凶脸孔，主顾也没有好声气，教人活泼不得；只有孔乙己到店才可以笑几声，所以至今还记得。

(鲁迅《孔乙己》)

不难发现，本例中先后使用了"虽然""但""所以"等关联词。尽管如此，读者要想准确把握句间的内在含义就必须亲自体会与分析。

(2)重心位置差异。句子的长短具有伸缩性。但无论长短，英汉句子都有一个重心，即主要观点或重要信息，通常包括结果、结论、事实、假设等内容。需要特别说明的是，因为英汉两个民族具有不同的价值观念与思维习惯，句子重心在英汉两种语言中的位置往往存在明显差别。

开门见山是典型的英语表达习惯，因此思想、感情、态度、意见等内容常常在句子的开头部分进行表达，这主要是由于受到直线型思维方式的影响。可见，英语句子常采取前重心，即重要信息常常位于前面，具体有以下几种表现方式。

第一，在需要表达逻辑思维的情况下，通常将判断、结论等置于前面，将条件、前提、事实等置于后面。

第二，在表态与叙事并存的情况下，通常将表态部分看作重要信息，将叙事部分看作次要信息。因此，表态部分常前置，叙事部分常后置。

第三，在需要叙事的情况下，通常将事件前置，将事件的背景后置；将最近发生的事情前置，将过去发生的事情后置。

与英语句子不同，汉语句子常采取后重心，即将重要信息在结尾处进行表达。这主要是由于中国人更倾向于螺旋形的思维方式，因此表述时常以逻辑顺序或时间顺序为线索，具体有以下几种表现方式。

第一，在需要表达逻辑思维的情况下，通常将条件、前提、事实等置于前面，将判断、结论等置于后面。

第二，在表态与叙事并存的情况下，通常将叙事部分看作重要信息，将表态部分看作次要信息。因此，叙事部分常前置，表态部分常后置。

第三，在需要叙事的情况下，通常将事件的背景前置，将事件后置；将过去发生的事情前置，将最近发生的事情后置。

下面来看一个例子。

It’s good you’re so considerate.

你这样体贴入微，真的很棒！

上例中，英语句子将表态部分 It's good 置于叙事部分 you're so considerate 的前面，汉语句子则采取了完全相反的顺序。这充分体现出英汉句子在重心位置方面的差异。

3. 英汉语篇差异

英汉两种语言在语篇层面有相同之处，也有不同之处。

(1)语篇衔接手段差异。英语语篇强调结构的完整性，句子多有形态变化，并借助丰富的衔接手段，使句子成分之间、句与句之间，甚至是段落与段落之间的时间和空间逻辑框架趋于严密。形合手段的缺失会直接导致语义的表达和连贯。因此，英语语篇多呈现为"葡萄型"，即主干结构较短，外围或扩展成分可构成叠床架屋式的繁杂句式。此外，英语语篇中句子的主干或主谓结构是描述的焦点，主句中核心的谓语动词是信息的焦点，其他动词依次降级。具体来说，英语中的衔接手段主要包括两种。

其一，形态变化。形态变化是指词语本身所发生的词形变化，包括构形变化和构词变化。构形变化既包括词语在构句时发生的性、数、格、时态、语态等的形态变化，也包括非谓语动词等的种种形态变化；构词变化与词语的派生有关。

其二，形式词。形式词用于表示词、句、段落、语篇间的逻辑关系，主要是各种连接词、冠词、介词、副词和某些代词等。连接词既包括用来引导从句的关系代词、关系副词、连接副词、连接代词等，又包括一些并列连词，如 and, but, or, both…and, either…or, not only…but also 等。此外，还有一些具有连接功能的词，如 as well as, as much, more than, rather than, for, so that 等。

汉语语篇表达流畅、节奏均匀，以词汇为手段进行的衔接较少，过多的衔接手段会使行为梗塞，影响语篇意义的连贯性。汉语有独特的行文和表意规则，总体上更注重以意合手段来表达时空和语义上的逻辑关系，因此汉语中多流水句、词组或小句堆叠的结构。汉语语篇的行文规则灵活，多呈现为"竹节型"，句子以平面展开，按照自然的时间关系进行构句，断句频繁，且句式较短。

汉语并列结构中往往会省略并列连词，如“东西南北”“中美关系”等。此外，汉语语篇句子之间的从属关系常常是隐性的，没有英语中的关系代词、关系副词、连接副词、连接代词等。

(2)语篇段落结构差异。英语语篇的段落通常只有一个中心话题，每个句子都围绕这个中心思想展开论述，并且段落中往往先陈述中心思想，而后分点论述，解释说明的同时为下文做铺垫；段落中的语句句义连贯，逻辑性较强。例如：

He was a gay, jolly little man, who took nothing very solemnly, and he was constantly laughing. He made her laugh too. He found life an amusing rather than a serious business, and he had charming smile. And when she was with him she felt happy and good tempered. And the deep affection which she saw in those merry blue eyes of his touched her.

汉语语篇的段落结构呈现为“竹节型”，句子与句子之间没有明显的标记，分段并不严格，有很大的随意性，段落的长度也较短。例如：

凤凰镇自然资源丰富，山、水、洞风光无限。山形千姿百态，流瀑万丈垂纱。这里的山不高而秀丽，水不深而澄清，峰岭相摩、河溪萦回，碧绿的江水从古老的城墙下蜿蜒而过，翠绿的南华山麓倒映江心。江中渔舟游船数点，山间暮鼓晨钟兼鸣，河畔上的吊脚楼轻烟袅袅，可谓天人合一。

(二)审美素质

1.审美主体

所谓审美主体，是指“在社会实践中形成的与审美对象相互对应的具有一定审美能力的认识和实践者”。也就是说，只有人在对某一对象进行审美实践活动时，人才称其为审美主体。在审美活动中,审美主体的首要任务是认识审美客体的客观规律和客观属性,只有这样才能使自己对审美客体的认识与客体自身的属性保持一致。

在审美活动中审美主体并非被动地接受审美客体,而是可以发挥审美主体的主观能动性,根据审美客体所蕴含的客观规律和客观审美属性,通过审美实践来实现自己的意图和目的。审美主体要发挥主观能动性,除了必须具备正常的生理机能外,还须具备审美能力。以翻译为例,译者作为审美主体,在翻译过程中主要具有以下方面的能动作用。

(1)在翻译过程中充分发挥审美能力。

(2)平衡原文与译文中的语言、文化、社会、交际、心理等各方面的差距,顺应翻译的语境,尽力表现自己的顺应能力。

(3)积极能动地进行原文与译文在多维方面的优化和选择。

(4)注重源语与译语、译者与读者之间的关系。

(5)尽力发挥文化顺应的功能,准确把握文化意义,使读者可以很好地接受,从而进行合理的审美判断。

(6)审美主体、审美客体、读者可以取得认知、价值、审美等方面的对等关系,获得最好的审美效果,达到再现审美价值的目的。

上述审美过程就是译者主体能动性的最好体现。

2.审美主体的心理结构

通常而言,审美主体的心理结构包括以下四个要素。

(1)才。所谓才,指的是审美主体所具有的艺术才能,包括对客观事物的认识、观察能力,对事物的审美表现能力等。

(2)胆。所谓胆,指的是审美主体摆脱束缚进行独立思考的能力,在创作中就表现为自由的创作精神。

(3)识。所谓识,指的是审美主体的审美判断力,即辨别事物或艺术作品“理、事、情”特点的识辨能力。

(4)力。所谓力,指的是审美主体的艺术功力和艺术气魄。

上述四要素是一种“交相为济”的关系。其中,识是最重要的,其他三个要素都依赖于识,这是审美主体必备要素的核心。“胆”依赖于“识”,却能伸展为“才”,但“才”必须通过“力”来承载,无“力”,“才”则难以充分展现。总之,这四要素构成了审美主体的个性心理结构。

3.译者的审美属性

对于译者而言,具有以下几点属性。

(1)制约性。译者进行翻译与作家进行创作完全不同,在翻译过程中受制于原文,即审美客体。我国著名学者刘宓庆认为译者在翻译时通常会受到以下几个因素的制约。

首先,原文自身形式美是否可译的限制。例如,中国格律诗中的形式美“字数相等、语义相对、音律和谐”翻译成英语后就会丧失,对此译者只能采取其他方式或手段进行补偿翻译。

其次,原文自身非形式美是否可译的限制。所谓非形式美,指的是那些不能从直观上感受的、模糊的美,如艺术作品的气度美、气质美等。非形式美虽然来自于语言的外象,但其是艺术家自身意志在艺术作品里的升华和熔炼,产生于欣赏者和艺术家的视野融合之处,这种美同样会制约译者的翻译。

再次,原文与译文之间存在的文化差异限制着译者的翻译。文化是审美价值的体现,民族性和历史继承性是审美价值的典型特征。原文的审美价值在源语读者心中所产生的心理感应是无法完全转换到译语读者心中去的。

最后,原文与译文的语言差异限制着译者的翻译。例如,汉语与英语的语言差异。词汇方面的差异是英语词义灵活、语义范围大,但汉语却完全相反;语法方面的差异是英语主谓语形态十分明显,但汉语则不同;表达方面的差异是英语被动语态多,但汉语很少使用被动语态;思维方面的差异是英语重形合而汉语重意合等。此外,不同历史时期的人们鉴赏历史的眼光、视野、标准是不同的,也就是说艺术鉴赏具有时空差的特点,这同样会限制译者的翻译。

(2)主观能动性。译者在翻译时虽然受到了相关因素的制约,但其自身仍具有主观能动性。翻译不只是简单的语言转换过程,其中还包括译者对原文的认识、解读、鉴赏,并将原文中所传达的美移植到译文中,而这离不开译者对美的创造。因为译者不是被动接收译文的美,而是能动地进行美学信息的加工,从而达到再现美学信息的目的。简言之,译者不仅是审美主体,同样是创造美的主体。

(3)审美条件。这里的审美条件主要指的是译者自身所具有的审美感受、审美体验、审美趣味等方面,这些因素决定着译者能否被原作中的美学信息所吸引,从而顺利进入审美角色进行能动的审美活动。译者的审美标准受到自身文化背景、所处时代、阶级层级、地域特点等方面的影响,对作品中的美学信息会产生不同的审美感受力。

此外,译者的审美能力、审美修养、审美情趣会对译文的美学信息产生重要影响,这决定着译者是否能够将原作中的美学信息顺利移植到译作中去。一部著作之所以会有很多种不同的译文,就是因为不同的译者具有不同的美感层次,自然形成了不同的审美差异,这就是"一千人中就有一千个哈姆雷特"的原因所在。

虽然不同译者具有不同的审美能力,但人类的审美标准存在着共性,这为美学翻译提供了理论上的可能。译者想要再现原作中的美学信息,除了需要考虑读者的能动作用和审美习惯,更重要的是充分挖掘原作即审美客体中的社会价值、美学功能。为此,译者作为审美主体必须具备审美感受力、审美理解力、审美体验、审美情感、审美想象力、审美心境等丰富的审美经验,这样才能在翻译审美活动中相互作用,找出作品的美学价值与社会价值并顺利移植到译作中。

4.成功译者需要具备的审美条件

相关学者认为,一个成功的译者需要具备以下审美条件。

(1)审美主体的"情"。这指的是译者的感情,是译者能否获取原文美学信息的关键条件。

(2)审美主体的“知”。这指的是译者对原作的审美判断，由译者自身的见识、洞察力等来决定。

(3)审美主体的“才”。这指的是译者的能力、才能，如分析语言的能力、鉴赏艺术作品的能力、表达语言和运用修辞的能力等。

(4)审美主体的“志”。这主要是指译者的钻研翻译的毅力。

对于上述四个审美条件，“情”和“知”主要在于对原文美感的判断，“才”和“志”则影响译者能否将原作中的美感再次显现于译作中。翻译本身是一门艺术性、技术性比较强的学科，译者想要处理好原文中碰到的种种问题和难题，自身必须具有相当高的知识和较强的翻译能力。在翻译实践中，对原作进行结构的重组离不开译者的语言分析能力、表达能力和审美判断能力。

(三)文化素质

翻译是一项跨文化交际活动，称职的译者应是文化的中介者，其职责是“促进不同语言和文化的个人或群体之间的交流、理解和行动”。因此，译者的文化能力有时比其语言能力要重要得多。

文化能力不仅包括对源语文化的深刻理解和对译入语文化的准确掌握，更重要的是要能够使两种语言之间的人们能够成功、无障碍地沟通和交流。下面以一则例子来说明文化能力的重要性。

我现在是和尚打伞，无法无天。

I am a solitary monk walking in the rain with a tattered umbrella.

原文是毛泽东主席一次在回答美国记者斯诺提问的回答，他用了一句中国的歇后语“和尚打伞——无法无天”来戏说自己在当时的中国拥有至高无上的地位。译者显然没有理解毛主席的意思，将其理解成了“孤独的和尚在雨中打着一把破旧的雨伞”，令人啼笑皆非。

由此可以看出，译者的文化能力有时甚至能够影响着交流活动的成败，成功的翻译是离不开对文化的恰当处理的，而译者也应成为一个“真正意义上的文化人”。

要成为“真正意义上的文化人”，就要关注读者的阅读感受。翻译是一项十分复杂的活动，涉及译者、源语文本、不同文化以及读者等因素，中西译论也大多围绕这几个方面来展开。德里达(Derrida)在《巴别塔》一文中曾经指出：“翻译……具有生命的表象，但却是来世生命，因为翻译揭示了原文的死亡。”(转引自冯文坤，2009)他用原文的“死亡”淡化了作者与原著的重要性，而与之相对的，接受者的意义就凸显了出来。自从艾布拉姆斯(Meyer Howard Abrams)在《镜与灯——浪漫主义文论及批评系统》中将读者列为文学的四要素之一以后，读者的接受成了文学批评的重心。

在接受美学的理论中，文学研究应该避免仅仅走作者与作品研究的老路，而是把研究重心放到文本的终端接受者——读者身上。[①] 接受美学的理论对于译者的翻译工作具有重要的指导作用。翻译活动本身就是一种多向交流的过程，译者是作者与读者之间产生精神交流的桥梁与纽带，作者对于译者来说是可知的、有限的和固定的，而读者群体则是未知的、无限的和潜在的。在翻译活动中，译者有必要时刻以接受美学的理论作为指导，重视读者的地位，这样才能成为“真正意义上的文化人”。

二、文学译者素质提升的影响因素

(一)心理因素

1. 文化心理对翻译的影响

自从人类社会产生以来，语言与文化就一直相随相伴。对任

① 徐艳丽. 接受美学视角下的文学作品翻译[J]. 短篇小说(原创版)，2015，(5)：87.

何一个社会来说，语言与文化都是其民族特色的重要组成部分与表现方式。正如英国著名文化人类学家怀特所指出的那样，“全部文化文明依赖于符号，正是由于符号能力的产生和运用才能使文化得以产生和存在，正是由于符号的使用才使得文化有可能永存不朽。”①

具体来说，语言与文化之间有着千丝万缕的联系。语言是文化信息的重要载体之一，不仅是文化的重要组成部分，还反映了一个民族想问题、办事情的思维、眼光与文化心理。因此，语言的使用就必然离不开语言所依赖的社会文化心理环境。翻译既是不同语言之间的转换，更是不同文化之间的沟通。所以，在翻译的过程中，语言文化心理就发挥着极其重要的作用。从原文文本与译文文本的角度来进行文化心理分析是对翻译研究进一步深化的不可缺少的手段。

刘宓庆曾在《文化翻译论纲》(1999)中对翻译中的文化心理分析进行了如下总结。

第一，要想在翻译过程中深化对文化的理解，对原文文本进行文化心理分析是一种不可或缺的认识手段。

第二，要想在翻译过程中检视对文本是否进行了正确的理解，就应该对原文文本进行文化心理分析。

第三，要想在翻译过程中使双语转换表现法多样化多层级化，就应对原文文本进行文化心理分析。

第四，非常态文本的意义具有符码化、隐喻化的特点，其反映出来的整体文化心理结构也具有较高的稳定性，因此对非常态文本进行文化心理分析就具有十分重要的意义。

综上所述，对文本进行文化心理分析是翻译中的重要环节，而并非一种可有可无的工作。

2. 文化心理导致的误译分析

尽管以上论述主要针对原文文本，其对于译文文本的文化心

① 林宝卿.汉语与中国文化[M].北京:北京科学出版社,2000:5.

理分析也是同样适用的，它对于不同历史时期、不同文化心理背景的译文文本的分析也指明了一个新的研究视角与方向。具体来说，为了深化对译作的理解，对特殊历史时期的一般或特殊文化心理的分析是一种十分有效的途径。需要特别指出的是，为了更好地体会当时的特定历史条件下文化心理对译者读者产生的影响，可从文化心理的角度对其中的误译展开定位与分析。通过分析，能够以一个更加宽容的态度来面对误译与译文的多样化，从而使译文具有自己的生命力，而不再是原文的附庸。

简单来说，误译就是对原文文本的错误传达，它既可以体现在文字层面，又可以体现在意义、思想、观点、情感等层面。尽管误译在翻译过程中是不可取的，但不容否认的是，误译是一种无法避免的客观存在。一个无法更改的事实是，任何一种语言都是特定民族在艺术、心理、哲学、历史等方面进行积淀的产物，而并不只是简单的字、词、句的组合。因此，翻译作为从一种语言到另一种语言的转换过程，也并非字、词、句之间的机构转换，而是受到不同文化沉淀的深刻影响，并由此而成为一个异常复杂的过程。

在这一过程中，译者作为一个有思想的主体，其对外来文化的态度以及本民族文化的深刻影响都会对翻译策略的运用带来自觉或不自觉的影响。就目前的大部分译文评介来看，主要包括以下两种类型。

(1)对译文的错误进行集中讨论。

(2)发表一些空泛的赞赏。

翻译不只是一种技巧，它更是一种社会文化活动。从翻译文化史来看，一种译本在文化沟通过程中所发挥的作用与其本身对原文的忠实程度之间并不存在一种绝对的正比例关系。这是由于翻译作品受到译者文化心理与译入语文化传统的影响是一种客观事实，所以译作评介应在一个更加广阔的文化心理背景中进行，而不能仅以是否忠实作为标准。

(二)文化因素

1. 中西方思维偏好的差异

概括来说,思维偏好是指人类通过分析、推理、评价、综合等手段来对外界信息进行感知的方式。由于英汉两个民族具有不同的文化心理,在思维偏好方面也表现出明显的差异。

(1)整体性思维与个体性思维的差异

整体思维是指把认知对象的各部分,或者整体的各种属性当作一个整体来进行研究。中国古代的哲学思想就是"天人合一",从人心的体验推导到对社会的感悟,以及对自然界的认识。这种思想由来已久,中国传统的哲学观点认为,人与自然、主体和客体都包含在整体之中,整个世界就是一个整体。整体是由部分构成的,欲了解部分必须先对整体有所把握,注重综合概括,反对孤立地看问题。因此,其思维模式和语言观具有"整体思维"的特点,倾向于从整体的角度对语言进行感悟。

分析性思维把整体分解为部分,把复杂的事物分解为简单的要素,然后分析各要素在整体中的性质,从而了解其本质。西方的思维模式就是典型的分析性思维,以逻辑、分析为特点,强调观察和分析的方式。所以,西方人寻求世界的对立,进行"非此即彼"式的推理判断。古希腊的柏拉图首先提出了"主客二分"的思想。分析性思维明确区分主体与客体、精神与物质、现象与本质,并把两者对立起来,进行深入分析。

(2)螺旋性思维与直线性思维的差异

经过漫长的历史发展后,中国人形成了螺旋形的思维模式。在撰写文章时,中国人在行文安排上往往将一些概括性、笼统性较强的话语放在开篇段落。在具体段落的写作过程中,中国人还会穿插一些与本主题或本章节内容不相关的信息。另外,文章的核心内容或主题不会被作者直接表述出来,这些内容通常体现在字里行间,需要读者自身去总结、领悟。中国人在运用语言表述自己的思想时往往重复使用一些词语或句式。中国人在语言表达上的典型特点是说话态度往往是模糊的，给人一种模棱两可的感觉。不管是交际过程中的谈话还是写文章，中国人在将自己的思维发散出去之后最终都会回归到原点。

西方人在漫长的历史演变过程中形成了直线型思维模式。西方人在撰写文章时通常会在开篇就表明自己的态度、观点、看法，针对某一问题提出自己的建议，并且开篇的这一主题同时也是下述各个段落的中心论点，整篇文章中的所有细节内容都必须围绕文章的中心论点展开。西方人在运用语言表述思想时往往不会重复之前已经使用过的话语。因此，西方人在表达思想或撰写文章时往往会有鲜明的态度、看法，喜好直截了当、开门见山的表述方式。在说话或写文章时，西方人态度通常很直接，并且表述人的立场从一而终，不会滔滔不绝地说一些与自己观点无关的内容，喜欢陈述事实。

2. 中西方价值体系的差异

(1)集体主义与个人主义的差异

所谓集体主义，就是将家庭、社会和国家的群体利益放在个人利益之前考虑。在处理个人与集体的关系方面，人们被要求与集体保持一致。人们习惯于忍让，力求个人身心与整个环境相适应。尽管现代社会的传统群体意识已经有所改变，但人们对集体仍有很强的归属感。集体主义的伸延表现为他人取向，也就是较多地考虑他人的感受。这使中国人养成求大同、不愿得罪人的习惯，主张“以和为贵”。集体主义观念指导下的人们在处理个人与集体的关系时，习惯上坚持“小家服从大家，个人服从集体”的原则，因此就产生了诸如“先天下之忧而忧，后天下之乐而乐”等充满集体主义色彩的话语。人们在“礼”文化的教导下，懂得尊敬长者和有地位的人，知道礼让，维护上下尊卑的社会秩序。

西方社会崇拜个人主义。西方个人主义取向在英语合成词中就有所体现，如以-self 为前缀的合成词有 100 多个。每一个个体都是独特的、与众不同的，是一个小宇宙。个人主义也意味着对个性的追求，人们想方设法体现出与众不同。保持一致，则是个体人格丧失的表现。西方人追求个性、自由、个人意志以及自我实现。个人主义取向并不意味着个人利益高于一切，他们的追求是在法律、法规的约束之中的，因而是积极、健康的。个人主义取向促进了进取、创新精神的形成，但是过于强烈的个人主义取向会影响社会群体的合力、亲和力。

（2）群体隐私观与个体隐私观的差异

中国传统文化是一种群体文化，个人存在的价值是和群体的命运紧紧相连的。因此，中国人的隐私存在于群体之间，具有很强的集体功利性，维护隐私旨在协调不同群体之间的和谐。中国人的群体隐私观应受到尊重，因为它的合理内核就是集体主义和爱国主义。在这个前提下，中国人寻求群体隐私和个体隐私的平衡。

西方文化中的隐私一般是关于个人的信息，是个体价值利益的体现。维护隐私是尊重个性，是崇尚个人主义的表现。西方人通过空间来构成个人领域，以调节与别人的交往。他们需要一段空间距离来保护自己周围那块无形无影的领地。人与人之间总会保持一定的距离，这已成为公共道德的一种体现。

（3）求稳心态与求变心态的差异

中西方文明的根本区别在于：东方文明主静，西方文明主动。中国的民族性格表现为中庸、含蓄、恭谦、情感本位等。由此可见，中国的民族性格体现了以人生为核心的人文特质，即注重人与自然、社会的和谐。所以，中国的民族性是入世的。西方的民族性格表现为自我奋斗、相互独立、讲究效率、勇于创新、平等、民主、自由。西方人倾向于追求客观世界的本质，而不是怎样为人处世。因而，西方民族性是创世的。

崇尚个人主义取向的西方文化倾向于“求变”。变化表现为不断打破常规、不断创新。对西方人来讲，变化、进步与未来几乎都是同义词。没有变化、进步，就没有未来。无论是变好还是变坏,他们历来变化多端。翻开西方历史,显而易见的是标新立异的成功。正是这种“求变”的价值取向,使西方人永远处于创造新生活的气氛中。“求变”集中表现在不同形态的流动,如事业追求、求学计划、社会地位、居住地域等。

第三节　译者关于文学翻译策略的选择

与其他体裁的翻译相比较而言,文学翻译中译者的作用更加突出。文学作品往往含有较强的意境,译者只有深入把握这种意境,同时采用合适的翻译策略传达出来,才能获取相对满意的译作。为此,本节就来分析译者关于文学翻译策略的选择。

一、归化策略

归化策略指的是将源语表达形式进行省略,替换成译入语的地道表达形式。使用这种文学翻译策略,会使源语文化意义丧失,在一定程度上会形成新的译入语文化作品。例如:

《红楼梦》是我国的经典著作,目前最权威的译本有两个,一个是杨宪益夫妇翻译的,一个是大卫·霍克斯翻译的。《红楼梦》这部小说的内容体现出了中国古代的风土人情和中国传统文化,对道教和佛教思想也有众多反映之处。杨宪益夫妇的译本多采用异化的手法,而霍克斯的译本多采用归化的手法。例如,对于译本中出现的“谋事在人,成事在天”一句,两种版本的翻译有着很大差异。

谋事在人,成事在天。

Man proposes, Heaven disposes.(杨宪益、戴乃迭 译)

Man proposes, God disposes.(霍克斯 译)

源语文本是一句带有中国特色的俗语,两个译本都将其翻译成了形式对仗的表达,不同之处是对“天”的翻译。中国尊崇佛教,杨宪益夫妇将其翻译为了 Heaven,符合中国的佛教色彩和汉语文化特色。而霍克斯为了迎合译入语读者，采用译入语读者接受的基督教表达形式，将其翻译为了 God。这种差异便是文化策略选择不同的结果。需要注意的是，无论是归化还是异化，都是为源语文本服务的，文化是平等的，无所谓高低贵贱之分。

二、异化策略

异化策略指的是译者保留源语的文化以及尽量向作者的表达方式靠拢的翻译策略。虽然语言都是对客观世界的反映，但是在不同的文化背景和思维方式等的作用下，不同的民族对同一事物所产生的文化联想也不尽相同。例如：

"It is true that the enemy won the battle, but theirs is but a Pyrrhic victory", said the General.

将军说："敌人确实赢得了战斗，但他们的胜利只是皮洛士的胜利，得不偿失。"

译者在翻译具有丰富历史文化色彩的信息时，要尽量保留原文的相关背景知识和民族特色。译文中采用了异化法，保存了原文的民族特色和文化背景知识，有效传递了原文信息，有利于文化交流。再如：

胆小如鼠 as timid as a mouse

脚踩两只船 straddle two boats

As the last straw breaks the laden camel's back, this piece of underground information crushed the sinking spirits of Mr. Dombey.

正如压垮负重骆驼脊梁的最后一根稻草，这则秘密的讯息把董贝先生低沉的情绪压到了最低点。

上例将原文中的习语 the last straw breaks the laden camel's back 进行了文化异化翻译，汉语读者不仅完全能够理解，还可以了解英语中原来还有这样的表达方式。

中西方人的心理与思维方式因社会的影响、文化的熏陶导致其存在一定的差异。对于这类翻译，译者应优先选择异化法。译文中，采用异化法进行翻译，保留了源语文化形象，有效地传达原文的信息，有利于读者加深对源语文化的了解和理解。

三、诠释策略

诠释(the annotation)策略指的是通过加字或者解释的方式对外来文化进行翻译，从而为译入语读者提供一定的语境或文化信息。例如：

三个臭皮匠，顶一个诸葛亮。

Three cobblers with their wits combined equal Chukeh Liang, the master mind.

上述原文带有中国文化的特点，是汉语表达中常见的形式。如果采用归化和异化法，由于译入语读者不熟悉“诸葛亮”这个人物，因此难以达到文化的交流。译者通过文化诠释测试，将其翻译为 Chukeh Liang, the master mind，从而使西方读者了解诸葛亮智者的身份。

四、融合策略

融合策略指的是源语文化表达形式与译入语文化表达形式相融合，以一种新语言形式进入译入语。[①] 融合策略的使用是基于英汉文化表达形式和文化背景的差异性。在具体的文学翻译过程中，一些词语在译入语中并没有对应的表达形式。此时，译者需要在自身的文化素养和翻译能力的基础上对文本进行融合，从而促进译入语读者的理解。例如：

脱掉棉衣换上春装的人们，好像卸下了千斤重载，真是蹿跳觉得轻松，爬起卧倒感到利落。

With their heavy winter clothing changes for lighter spring wear, they could leap or crouch down much more freely and nimbly.

---

① 曹东霞. 文化语境下的文学翻译[J]. 湖北广播电视大学学报，2007，(1)：104.

通过对原文进行分析，可以看出“卸下千金重载”“蹿跳觉得轻松”“爬起卧倒感到利落”都是汉语的表达形式，三者都表达的是“春装较为轻巧”的含义。但是这种表达在英语中没有对应形式，同时直译的话也不符合英语简洁的特点。为此，译者采用了融合的方式，将原文内涵翻译了出来。

译者是翻译的重要媒介，文学翻译在其文本特点的影响下，可以被看作一种文学再创造，融合策略就是这种再创造的重要手法。例如，《红楼梦》中出现了“一群耗子过腊八”的表达，西方国家并没有这样的节日习俗。在霍克斯翻译中，其采用了融合策略，将“腊八”翻译为了 Nibbansday。这个词为霍克斯首创，可以直译为“老鼠的节日”，符合原文的表达，再现了中西方文化的特点。

五、间歇策略

间歇翻译策略是建立在文化间性主义的基础上的一种翻译观。这种翻译策略要求构建一种相互协调、互惠互补的关系。在多元文化差异的当代社会，文化间歇策略通过运用文化共性进行文学翻译，能够提高文化的沟通。

译者应该具有文化间性的身份，具有文化间性身份的人会主动内化不同文化的组成要素，并且对不同文化的发展和进步持有开放、接纳的态度。用文化间性的理论去指导文学翻译实践，必然可以带来以下两种益处。

(1)译者会以开放的态度对异己文化进行包容和接纳，从而寻求最得体的方式来分析不同的文化。

(2)译者会对源语文化进行开发和拓展，运用共性的思维对中西文化进行思考，进而将源语文化推向世界。

大体上说，文化间歇翻译策略弱化了文化异化策略和归化策略的极端性。例如：

天时不如地利，地利不如人和。

译文一：

Sky times not so good as ground situation; ground situation not so good as human harmony.

译文二：

Opportunities vouchsafed by Heaven are less important than terrestrial advantages, which in turn are less important than the unity among people.

第一个翻译采用了直译的形式，对原文的表面含义进行了强译，难以表达出原文的内涵。第二个译文采用了文化间歇策略，表明了原文含义，促进了思想的交流。

在文学翻译中使用文化间歇策略需要译者把握好尺度，要注意从以下几个方面着手进行。

(1)译者将异国文化完全置于自己的文化当中。

(2)为了异国文化而抹掉自身文化的存在。

(3)对异国文化尽可能了解并逐渐恢复自身文化的身份和地位。

(4)在保持中立的基础上，逐步找到异国文化与自身文化的均衡点。

六、风格策略

文学作品都带有自身的风格，能够体现出作者的文学素养和表达特点。在进行文学翻译时，译者也可以根据表达需要对原文的文化风格进行再现。具体来说，风格包含以下几个方面的内容。[①]

(1)文体的风格，如诗歌、小说等不同的文学文体有着不同的风格，要求译者在进行文化翻译时，做到文体风格再现。在风格的各个方面中，文体风格是最主要的。

(2)人物的语言风格，也就是见到什么人说什么话，这在文学

① 兰萍.英汉文化互译教程[M].北京：中国人民大学出版社，2010：4.

作品中尤为明显。

(3)作家个人的写作风格,译文应尽量体现或简洁或华丽、或庄重或俏皮等原作者的风格。

例如:

Now, if you are to punish a man retributively, you must injure him. If you are to reform him, you must improve him. And men are not improved by injuries. To propose to punish and reform people by the same operation is exactly as if you were to take a man suffering from pneumonia, and attempt to combine punitive and curative treatment.

如果你的意图是施加报复地惩罚一个人,你就一定要伤害他。如果你的意图是改造他,你就一定要使他变好。而人们是不会为种种伤害而变好的。企图用同一做法,既惩罚人又改造人,恰恰就像对一个肺炎患者试图采用惩罚与治疗相结合的疗法。

上述例文选自英国作家萧伯纳的一篇文章,通过文章能够体现出萧伯纳对时政的鞭挞,表达出了作者的态度。译文虽然含义与原文基本一致,但是并没有体现出文章凌厉的锐气,损失了原文风格。因此,在文化风格翻译策略的指导下,可以将原文翻译为下文:

然而,志在惩罚,责令抵罪,非使人受苦不可。志在改造,则非教人向善不可。人是不会因为遭罪受苦而回心向善的。企图一举而收惩罚与改造之效,无异于对肺炎患者实行治罪兼治病之疗法。

在进行文学翻译之前,首先需要对原文本进行分析。上例文本思维严谨、文笔洗练,是一篇脍炙人口的传世佳作。译者抓住原文的风格,将其在内容和形式上进行了再现,既使读者了解了原文的信息,同时也体现了原文的风格,属于经典译作。

翻译是一项较为复杂的工作,这点在文学翻译中体现得更为明显。茅盾先生曾说,"文学的翻译是用另一种语言,把原作的艺术意境传达出来,使读者在读译文的时候能够像读原作时一样得到启发和美的感受”。因此,文学翻译是对原作艺术意境的再传达,是译者在了解原文的基础上进行的巧妙转换。从这个意义上说,译者的双语文化能力比双语应用能力在翻译中的作用更为突出。

第三章　文学翻译的基本问题

文学翻译自身涵盖多种表现方式，同时其又是在世界不同语种与文化下进行的。因此，文学翻译实践过程中需要对语境、交际、文化缺省问题进行关注，从而提高译文的质量。本章就对文学翻译的基本问题进行总结。

第一节　语境问题

在文学翻译中，语境直接影响着作者情节氛围的塑造，对人物形象、情节发展也都有着重要的影响作用。在文学翻译中，对语境的翻译影响着整体译文的格调，因此需要译者十分注意。

一、文化语境概述

（一）文化语境的定义

最早提出文化语境概念的是英国人类学家马林诺夫斯基（Malinowsky）。

人类是在特定的文化背景下生存的，这种文化会影响人类的思维、行为、交际等。在言语交际中，要准确理解对方的话语，必须结合一定的社会文化知识背景，也就是文化语境。所谓的文化语境指的是说话人所在的言语社区共同的文化价值观、社会交流、风俗习惯等。

语言是文化的一部分，与文化密不可分。在言语交际的过程中，为了更好地理解语言则必须充分地了解当地的文化，相反，理解文化才能更好地了解语言的深层含义，便于有效地进行交际。

因此，语言与文化的交融产生了文化语境，而文化语境也是语言交际中不可或缺的因素。

文化语境的外延十分丰富，不仅包括文字，同时还是影响语义的非语言因素。“受文化语境的制约，各个言语社团都在其长期的社会交往中形成一些比较固定的交际模式或语篇的语义结构。”[①]具体来说，文化语境包括当时的政治、历史、哲学、民俗、宗教信仰，同时还包括同时代的作家作品。[②]

学者韩礼德认为，情景语境与文化语境之间是一种互补关系，情景语境是文化语境的具体实例，文化语境是情景语境的抽象系统。[③] 对于文学作品来说，其人物的创设与情节的发展也都体现着一定的文化特质和语境关系。在文学翻译中，同样需要考虑源语与译入语的文化语境。

（二）文化语境的功能

文化语境的功能主要有限制功能和解释功能两种。

1. 限制功能

缺少了具体的文化语境，人们无法确定词义与句子含义，便无法进行准确的语言理解。例如：

A：Do you think he will?

B：I don't know. He might.

A：I suppose he ought to，but perhaps he feels he can't.

B：Well，his brother has. They perhaps think he needn't.

A：Perhaps eventually he may. I think he should，and I very much hope he will.

上述案例出自著名学者弗斯(Firth)，如果没有具体的文化语

---

① 张德禄，刘汝山.语篇连贯与衔接理论的发展及应用[M].上海：上海外语教育出版社，2003：8.

② 曹东霞.文化语境下的文学翻译[J].湖北广播电视大学学报，2007，(1)：102.

③ 转引自张娜娜.论文化语境对文学翻译的影响[J].海外英语，2011，(3)：117.

境，读者根本无法了解这个对话的具体含义。事实上，这是就参军问题展开的讨论。

2.解释功能

与限制功能相对，文化语境还具有着解释功能的作用。众所周知，语言与文化密不可分，语言反映文化，文化制约语言。具体语篇中的文化因素，能够反映出民族的社会习俗、宗教、思维等特征。这些具体文化信息的出现，能够为译者提供一定的信息，从而使其能够充分理解原文，增加译文的忠实性。例如：

It was Friday, and soon they'd go out and get drunk.

译文一：

周五了，他们马上出去喝个酩酊大醉。

译文二：

周五发薪了，他们马上出去喝个酩酊大醉。

如果原文的翻译为译文一，那么不了解具体文化背景的读者也许无法理解为什么周五要出去喝酒。而译文二考虑到具体的文化差异，添加了具体的信息，表达了周五是发薪的日子，所以大家要出去喝酒。这种正确的文化翻译就是基于译者对文化语境的了解，也就是英国在周五发薪水。

二、文化语境对文学翻译的制约

20世纪90年代初，翻译的文化转向(cultural turn)被提出，翻译逐渐向着文化传播与文化阐释的方向迈进，这一特点在文学翻译中体现得最为明显。由于文学作品带有强烈的主观性，因此靠单纯的机器翻译是无法准确传递原文内容和审美意蕴的，对于文学作品中饱含深意的文化内涵更是无从下手。

文学翻译不仅是语码之间的转换，同时也是不同民族审美情趣与思维形态的交流。这种翻译形式是多种文化因素共同作用的结果。下面从文学与文化语境的互动关系入手，对文化语境对文学翻译的制约进行研究。

(一)文学与文化语境的互动关系

文学是在语境中呈现与生成意义的,文学的文化语境主要表现在以下三个方面。

(1)作者创作的语境。

(2)读者阅读时的语境。

(3)文本的历史语境。

文化语境对作品有着重要的影响。例如,中国古诗通过寥寥数语,却能使人感受到丰富的意境与韵律,联系作者所处的文学氛围。下面以《天净沙·秋思》为例进行说明。

天净沙·秋思
枯藤老树昏鸦,
小桥流水人家,
古道西风瘦马。
夕阳西下,
断肠人在天涯。

上述诗作通过简简单单的陈述,营造出了一种秋思的气氛,能够带动读者对诗作的感悟。整篇使用二十八个字,包含了十一个意象,看似杂乱,却是作者精心布置的结果,构造出了一个有机整体,展现了秋的萧瑟与黯淡,同时也体现出了作者的心境。

文学作品是在语境中生成意义的,这种语境可能涵盖政治、经济、文化的不同方面。这种文学语境看似毫无关联,却能够给作品构造出框架,体现作者的思想。

(二)文化语境对文学翻译的制约

文化语境对文学翻译的制约主要体现在源语文化语境、译语文化语境和译者文化语境三个方面。

1.源语文化语境对文学翻译的制约

进行文学翻译需要考虑多种文化因素的影响作用。翻译时,如果不了解相关文化语境，译文的质量就难以保证。在众多文化因素中，源语文化语境对翻译有着最直接的影响。当译者不具备相关源语文化知识时，根本无法对原文进行准确理解，更谈不上进行适当翻译了。

外国文学作品是在其源语社会背景下产生和传播的，因而这些作品的翻译势必受到源语文化语境及原文作者文化背景的制约。[①] 例如：

Unemployment, like the sword of Democles, was always accompanying the workers.

失业犹如达谟克利斯的剑一样，随时威胁着工人。

在上面的英文例句中，源语文化语境对于翻译有着直接的影响作用。上例中源语理解的关键为 the sword of Democles 这一典故，其来自于古希腊文化，意思是“临头的危险”。这种表述直接会对译者和读者产生影响。例子中，译者将其直译为“达谟克利斯的剑”，显然是忽视了源语文化语境的重要影响作用，当读者对这一典故不熟悉时，其便无法理解句子的真正内涵。

文学翻译不仅需要译者具备语言转换的能力，同时还要具备一定的文化信息基础，在此基础上，还应有文学素养作支撑。译者作为翻译的媒介，应该认识到源语文化语境的关键影响作用，从而更好地进行翻译活动，促进译入语读者对文本内容的吸收与消化。

2. 译语文化语境对文学翻译的制约

美国著名翻译理论家奈达曾经指出，“翻译是不同语言文化间的交际活动，译文的语义最终取决于听者或者读者以自己所处的文化语境为导向而对文本的理解。”[②]

翻译实践活动是在不断发展变化的社会历史活动中进行的，

① 李志芳，刘瑄传. 论文化语境下的文学翻译[J]. 黄冈职业技术学院学报，2009，(4)：87.

② Eugene A. Nida. *Language, Culture and Translating*[M]. Shanghai: Shanghai Foreign Language Education Press, 1993: 116.

每一部作品都是在特定的社会文化历史环境中产生和发展的。因此,这样的翻译作品要求结合翻译者所处的时代背景和历史阶段,对原作进行重现和深层次阐释。同样的一部作品在不同的时期翻译都会展现不同的特色,而从翻译的文章中也可以体现出译者所处的时代的文化状况。例如:

It is a violation of human rights when women are denied the right to plan their own families and that includes being forced to have abortions or being sterilized against their will.

当妇女被剥夺规划自己家庭的权利时,这就是违反人权。

从上面的译文中我们可以发现,翻译者并没有把后边的部分翻译出来。这篇文章是原作者批判中国的计划生育制度和堕胎政策,在西方国家,这些都被认为是违反人权的。但是翻译成中文的时候,一定需要考虑中国的政治背景,因此就会剔除掉一些与中国的政策不相符的言论。

另外,受这些社会背景、时代环境的制约,译者的人生观、价值观也受到了影响。例如,在清末时期,以康有为、梁启超为代表的维新派主张学习西方先进的文化,翻译了不少有关西方的著作,目的是“师夷长技以制夷”,希望运用新的思想来教化国民。

对于不同文学作品的翻译还受到同时代译语文化语境的影响。翻译历史表明,在一个社会的特定时期,译者总是聚焦于某一类外国作品或某一位外国作者作品的翻译。① 这些作品的译介符合当时的社会背景,在语言上也能体现出当时的时代特点。可以说,译语文化语境对文学翻译也有一定的制约作用。

3. 译者文化语境对文学翻译的制约

译者是文学翻译的重要媒介,直接决定译文质量和读者对文本的理解程度。译者文化语境对文学翻译的制约主要体现在以下几个方面。

---

① 李志芳,刘瑄传. 论文化语境下的文学翻译[J]. 黄冈职业技术学院学报,2009,(4):88.

(1)译者的翻译观

译者的翻译观是指译者在从事翻译活动过程中的一种主观的倾向,是进行文学翻译的前提,直接影响译文翻译目的的确立、内容和形成。在文学翻译实践过程中,翻译者到底是选择以语义为中心还是选择以文化为中心,这都需要翻译者本身的立场来决定。在文学翻译中,有些译者倾向于直译,有些倾向于意译,有的则是倾向于转译等。

例如,在《圣经》之中有这样一句成语 flowing with milk and honey,这句话是选择西方人比较熟知的"牛奶"和"蜂蜜"作为喻体来指代一个事物,翻译成中文的时候,有些译者直译成了"奶蜜之乡",有些翻译者用意译的方式翻译成了"富饶之地",有些则从转译的角度翻译成了"鱼米之乡",我们不能评判谁翻译的对与错,只能说这是根据不同译者的翻译观而定的。

(2)译者的文化立场

文学作品带有一定的主观性,在翻译过程中,译者的文化立场和翻译意图对文本翻译也有着重要的影响作用。在译者文化立场的影响下,翻译的策略也会随之改变。一般而言,译者的文化立场包括源语文化立场和目的语文化立场。

例如,当中国处于半殖民地半封建社会时,传统文化受到了很大的冲击,那时候的翻译大多以直译为主,但是由于国人传统思想禁锢,很多在翻译时仍将外国语言翻译为本国传统语言。可见,即使在同一历史时期,由于译者的文化立场不同,翻译的文本也不尽相同。

(3)译者对文化的理解

译者对于文化的理解程度主要包含两个方面。

是否掌握原作的语言含义。

是否理解原作文字之外的文化背景。

译者是翻译活动的主体,翻译者理解源语文化背景有助于整个翻译过程的顺利进行。正如英国著名语言学家莱昂斯(Lyons)所说,语言是这个特定文化社会的重要组成部分,每一种语言的差异都会反映这个社会的事物、习俗以及活动的特征。因此，要求翻译者在翻译文学作品之前，应该首先要熟悉原作者的个人经历、家庭背景以及作者的写作特点。

(4)译者的文化素养

为了翻译的准确性，译者需要提高自身的跨文化素养，这主要体现在两个方面:提高对文化的敏感性和自觉性。传统的翻译观将翻译的中心都是放在语言的研究层面，即语音、词汇、句法等的翻译上，却严重忽视了文化层面所造成的问题。目前，这种情况已经逐步得到了改善，翻译者已经意识到翻译的文化性比翻译的语言性更重要。因此，翻译者应该提高自身的敏感性，把注意力放在文化研究层面，这样才能灵活地处理中西方文化的差异，才能提高文学翻译的质量。

第二节　交际问题

文学作品不仅体现出了作者的思想，同时也反映出了不同的交际形式。从交际的角度对文学翻译展开研究对于译文质量的提升也有重要的影响。

一、交际下翻译的可译性问题

进行跨语言交际的文学翻译，需要考虑文化传播与文化接触中的难点与阻碍，同时还需要了解跨语言翻译行为及作品的可译性。下面就对跨语言交际下翻译的可译性进行分析。

(一)跨语言翻译行为

“行为”指的是“人在主客观因素的影响之下而产生的外部活动，既包括有意识的，也包括无意识的。在正常的情况下，人的行为一般也都是有意义的。”[①]

翻译行为指的是译者的翻译活动，具体指的是在心理活动的作用下，将源语用译入语表达的过程。这个过程涉及多个要素，是一种具有社会制约性的社会行为，它既有行为发生的起因和目的，也有行为过程的结果。[②]

在翻译行为的基础上，跨语言翻译行为的范畴则更加广泛。作为一种跨语言交际行为的翻译行为，其示意图可以表示为图 3-1 的内容。

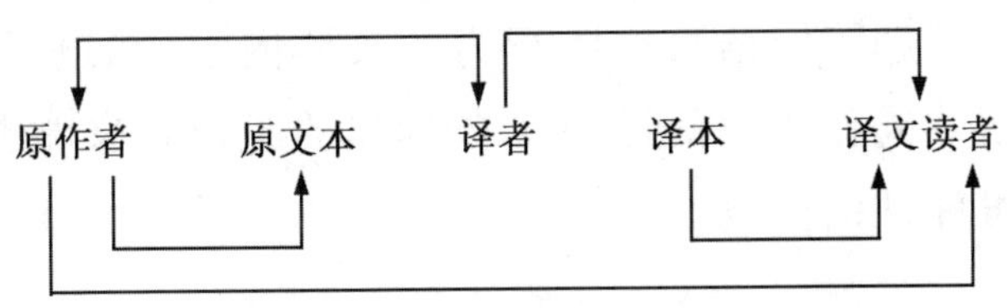

图 3-1 跨语言交际翻译行为示意图

在上图中，原作者、译者、读者都是交际中的主体，这些主体在语用的作用下会产生不同的关系，其中译者和原作者之间的关系、译者和译文读者之间的关系以及原作者和译文读者之间的关系最为重要。

译者是翻译交际行为完成的中介，是促进沟通和交流的桥梁。跨语言交际下的翻译行为需要在不同的因素作用下完成，因此可以将跨语言交际翻译行为的内容进行扩充，如图 3-2 所示。

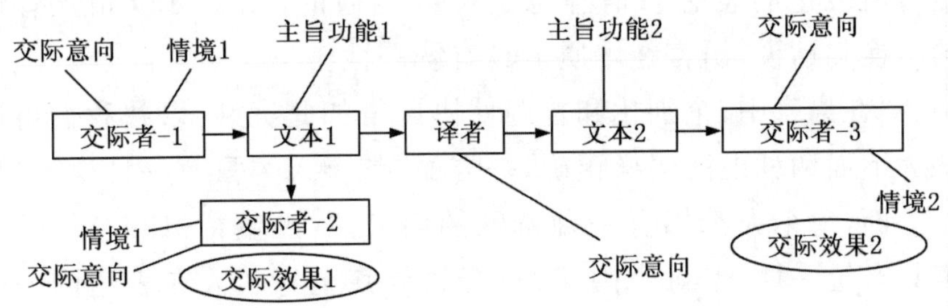

图 3-2 扩充后的跨语言交际翻译行为示意图

① 朱智贤.心理学大词典[M].北京：北京师范大学出版社，1989：786.

② 赵小兵.文学翻译：意义重构[M].北京：人民出版社，2011：24.

跨语言翻译交际是一种社会行为，在翻译目的的作用下，其作用范围也不一样。翻译行为需要在具体的社会文化语境中完成，并综合考虑社会、文化、心理等方面的影响。

翻译行为是带有动机和目的的操作过程，其翻译结果也会产生一定的影响。译者的翻译行为，是跨语言交际行为的中介，需要译者在具体译入语环境中进行传播。

（二）可译性问题概述

上文中了解了跨语言交际行为的具体内容，知道了翻译行为是不同因素共同作用下的结果。在具体的跨语言文学翻译中，还需要考虑可译性的问题。

1. 可译性概述

可译性指的是双语转换中源语的可译程度。[①] 具体来说，指的是一种语言所表达的思想内容和精神风貌能够在译入语中表现出来，这一点在文学翻译中尤为重要。

德国著名哲学家、语言学家洪堡特（Wilhelm von Humboldt）是最早从语言哲学角度对可译性进行研究的人，他最先使“可译性”成为人们关注的焦点。在洪堡特看来，不同民族、不同国家、不同宗教信仰的人在本性上是相通的，因此，他们所使用的不同语言所表达的思想与情感也是可以相通的，或是可以相互理解的。换句话说，语言在本质上具有统一性。

“在语言中，个别化和普遍性协调得如此美妙，以致我们可以认为下面两种说法同样正确，一方面，整个人类只有一种语言，另一方面，每个人都拥有一种特殊的语言。”（洪堡特，1997）尽管语言具有统一性，但每个国家、每个民族甚至每个人在表达同一事物时却有不同的特点，即语言又具有特殊性。语言的统一性是可译性的前提，而语言的特殊性又为可译性划定了范围，使可译性

① 刘宓庆．现代翻译理论［M］．南昌：江西教育出版社，1990：50．

受到一定程度的限制。

我国学者刘宓庆(1990)不仅提出了可译性的理论依据，还从语言文字结构障碍、表现法障碍和文化障碍三个角度论述了可译性的限度问题。他认为，“语言文字结构障碍是最常见也是最难逾越的可译性障碍”。[①]

2. 可译性的前提

虽然不同民族、不同语言下的人们认知特点带有差异性，但是由于人类的认知都是以对客观事物的观察为依据的，因此在脑海中所形成的概念系统框架也带有相似性。这个概念系统框架在语言学上被称为“语义结构”，并包含以下三层关系。

(1)认知关系(cognitive relation)：观念相对于事物的关系。

(2)表达关系(expressive relation)：语言相对于观念的关系。

(3)语义关系(semantic relation)：语言相对于外在事物的关系。

语言和观念都是一种标记符号，观念是对客观世界的内在记录符号，语言是记录观念的外在符号。这两种符号系统共同在人类认识世界的过程中发挥着重要的中介作用。同时，人类在认识世界的过程中有一定的交际需求，因此语言和观念带有了相似之处。这种相同点就是可译性的前提，具体表现在以下几个方面。

(1)生理与心理语言的共同性。虽然人类语言有几千种，但是语言的建立都是依托于人类的生理和心理机制。生理和心理语言的共同性为翻译可译性提供了重要条件。

(2)语言功能基础的共同性。语言的功能大体可以分为表情(expressive)、信息(informative)、呼吁(vocative)三种。也就是说，语言是为了满足人类之间感情、沟通的需要所进行的活动。这种语言功能间的相似性，促使世界各族人民展开语言上的交流与合作，这也是翻译可译性的重要标准。

---

① 刘宓庆. 文化翻译论纲[M]. 武汉：湖北教育出版社，1999：89.

(3)文化相互融合的作用。文化和语言相互影响、相互制约。语言是文化的载体和传播工具,因此文化的传播要受到语言的限制。文化的传播会增加语言的活力,促进语言的发展,从而促进语言之间的沟通。可以说,文化的相互融合,促进了语言可译性的提高。

3. 可译性的限度

可译性指的是语言具有可以互相翻译的可能,但是这并不意味着语言在任何情况下都是能够进行翻译的。也就是说,语言的可译性带有限度。一般来说,可译性的限度表现在语言和文化两个方面。

(1)语言上的限度

可译性在语言上的限度主要表现在词汇、句法、语义上。从词汇上说,世界上不同的语言间拼写系统、音韵系统不同,因此词汇形态也带有差异性。一种词汇的构成样式很难为其他语言所了解。从句法上来说,不同语言对句子组织的依据与规律不同,因此在翻译时也会造成很大的阻碍。从语义上说,语言最主要的目的是为了交流,在翻译过程中将语义传达出来也是翻译的主要目标。但是跨语言翻译是两种不同个性化言语的翻译,在实践过程中会出现一定的限制性。同时,不同语言对事物的表述不同,在翻译过程中可能会出现语义、语用上的空缺,这也是翻译可译性需要考虑的问题。

(2)文化上的限度

跨语言交际下的翻译,在文化上的限度主要表现在文化词汇空缺、文化词汇转义、文化词汇内涵不同几个方面。

文化词汇空缺:一些词汇属于某种特定语言文化,在跨语言交际翻译中并不能在译入语中找到对应的表达方式,因此就会出现文化词汇空缺的问题。但是需要指出的是,语言和文化带有融合性,在翻译的中介作用下,特有文化词汇会通过接纳、消化、推广而进入译入语,从而在译入语中产生对应表达。例如:

Hamburger 汉堡包

Sandwich 三明治

Hacker 黑客

Internet 因特网

Barbie 芭比娃娃

阴阳 Yin Yang

太极 Tai Ji

文化词汇转义:语言带有发展变化性,是随着社会的发展而不断演进的。在文化的多种作用下,词汇的文化含义也会进行转义。在进行跨语言交际翻译中,对文化词汇转义的翻译需要译者进行一定的解释和注释,从而促进语言的沟通与理解。

文化词汇内涵不同:当源语和译入语对同一种事物都有对应表达时,并不意味着这种表达带有内涵等值性。文化差异性的存在使得语言对事物赋予不同的文化内涵与联想意义。例如:

数字 13 在英语文化中非常不吉利,而在汉语中却没有这种含义。类似的例子不胜枚举,这类词汇的可译性限度最强。

(三)跨语言翻译错位

由于英汉间的差异性,导致不同民族会有不同的历史性感受(diachronic experience)和共时性感受(synchronic experience)。

来自不同文化背景下的人们会形成对事物不同的看法,从而衍生出不同的语言表达形式。在跨语言交际的文学翻译过程中,了解翻译错位,并懂得使用一定的翻译策略来修正这些错位,是提高翻译质量的重要手段。大体上说,跨语言交际下的文学翻译错位主要表现在时空错位、身份错位和文化欠额三个方面。

1.时空错位

在英汉跨语言交际文学翻译中,时空的错位主要表现在古汉语的英译以及古英语的汉译方面。

英汉语言的存在时间都很长,在发展中语言也有着不同的特点。古汉语翻译中最典型的是对中国典籍的英译。由于中国典籍多为文言文，因此在翻译时需要首先将其转换为现代汉语，然后再翻译为英语，这种转换必然带来语义的缺失。加之中国典籍中大量含有体现中国不同文化特点的语言信息，在英译过程中，需要对中西方文化认知、审美情趣进行考虑。

英语是从古英语向着现代英语迈进的，在翻译中译者需要把握古英语的表达形式，从而提高译文的质量。当译者的水平不足以理解古英语的特点时，其译文中便可能出现时空错位的现象。

2. 身份错位

跨语言交际中的身份错位指的是人物身份错位、视角身份错位和称呼错位。这种身份错位现象对文学翻译影响深远。

(1)人物身份错位。文学翻译带有整体性和完整性，在翻译过程中切不能改变作品中人物的行为方式，从而避免人物身份错位现象的产生。例如，在进行西方文学作品翻译时，译者最好不要完全将其文化特点、人物举止内化为中国的行为特点，这种人物身份的错位不利于文化间的沟通与融合，对跨文化交际的进行也十分不利。

(2)视角身份错位。视角身份错位指的是译者以自身文化背景对待文本中不同生活方式来进行翻译。针对带有文化内涵的文学作品，译者可以采用不同的视角，通过变换处理来传译作品文化。

(3)称呼错位。在跨语言交际的文学翻译中，称呼的翻译十分常见。译者需要结合时代背景，对这些称呼进行合理翻译。例如，随着女权意识的增加，英语中很多带有男权色彩的表达就要进行相应处理，如将“主席”翻译为 chairperson 代替男权意识强烈的 chairman。

3. 文化欠额

纽马克(1981)将文化欠额翻译(under-loaded cultural translation)定义为“在翻译中零传输或者部分传输了源语文化环境中的内涵信息的现象,即译文所传递的文化信息量小于原文的文化信息量”。语言往往包含一定的文化信息量,文化欠额翻译就是将原文中的文化信息进行不完整的传输,会严重影响译文质量。

在跨语言交际文学翻译中,文化信息欠额与文化信息量往往呈反比例关系。具体来说,译文体现的文化信息量越大,文化信息欠额就越小;译文体现的文化信息量越小,文化信息欠额就越大。因此,为了将文化信息欠额最小化,我们不能将字面信息等值作为翻译的唯一目标,而应在传达原文字面意义的同时,将其背后的文化内涵也体现出来。例如:

银川是宁夏回族自治区的首府,位于宁夏回族自治区中心。从明清以来,她就是伊斯兰教在西北部的居住地和传播中心。

Honored as a smaller Mecca, Yinchuan, the capital of Ningxia Hui Autonomous Prefecture, is located in central Ningxia Province. Since the Ming and Qing dynasties, Yinchuan has been a place for Moslems to live and a center of Islamic education in the Northwest.

译文没有对原文进行直译,而是将银川比作麦加(伊斯兰教最神圣的城市)。这种巧妙的手法准确地传达了银川在中国穆斯林心目中的位置,极大地减少了翻译过程中的文化信息欠额。

二、交际下翻译的话语权问题

翻译可以分为译入和译出两个方面。译入翻译指的是译入语是译者的母语。译出翻译指的是源语为译者的母语。在具体的翻译实践中,译入语语言文化是进行语言文化信息转换的载体,对翻译有着明显的制约作用,表现为对源语语言文化的过滤和选择。上文中也提到过,在文学翻译中,译者处于中心位置,因此译者对文化信息的选择、转译等就体现出了译者的话语权。具体来说,话语权又可以表现为意识形态、权力话语和赞助形式三个方面。

（一）翻译与意识形态

翻译活动是多方主体共同参与，在多种要素影响下的行为过程。译文的最终呈现能够体现出主体、交互主体的感知行为和结果。不同的观念，如心理、审美、价值观、思维方式、情感、道德等都会对翻译主体的思想有着影响作用。

意识形态与翻译的关系主要是主体（个体、集体）在翻译实践中的态度和交往行为的动力关系。[①] 在具体的文学翻译实践过程中，译者的意识形态是译文形成的重要内在影响因素，对译作的产生、流通、接受、效果都会产生深刻影响。

（二）翻译与权力话语

权力和话语有着密切的关系。通过使用话语，个体能够在社会结构中获得一定的身份认同，从而在社会关系中获得权力。但是这种作用是双向的，话语既可以促进权力的形成，也可以影响权力的实施。

在纷繁复杂的社会中，存在着多种权力关系。语言在社会中充当着权力维系的根基作用，没有话语的产生、聚集，权力是不存在的。翻译是语言之间的转换活动，是文化内部的话语方式。

译者通过被赋予特殊化的权力，从而能够将翻译作为一种话语传递的方式，取得一种活跃的、建设的行为。例如，我国佛经的翻译活动便是一场巨大的知识输入运动，在社会中发挥了权力作用。

翻译活动的进行需要获得现有的社会文化的权力话语的准许，或者在现有的社会文化中争夺独立的权力。翻译往往并不完全是一种知识的输入，更重要的是“被社会化”的权力，其被作为一种权力话语，对别的话语和社会文化施加影响的理论。[②]

---

① 彭建华.文学翻译论集[M].杭州：浙江大学出版社，2012：72.

② 同上，第78页.

（三）翻译与赞助形式

翻译是对原作的改写和再创造，其过程有时是在译者的意识形态作用下形成，有时是赞助人（patronage）强加的。

赞助形式指的是某种权力的事物或个人，其可以促进或者阻碍文学翻译的过程。赞助形式对翻译的影响表现在多个方面，如控制翻译作品的产生、出版、流通、接受等。

从根本上讲，赞助形式可以从规范的建立上对翻译产生一定的影响作用。具体表现在，赞助形式利用自身的话语权力对翻译行为进行直接干预，了解了具体意识形态的译者会自觉规避触犯赞助形式意识形态的翻译形式。可以说，译者是在他们认为允许的范围内，操控他们的话语行为，也就是翻译活动。

在国际交往日渐频繁的当代社会，翻译与意识形态、权力话语、赞助形式的关系越来越密切。甚至可以说，翻译在一定程度上也能够体现出一定的国家文化实力，是多种社会要素共同作用的结果。

第三节　文化缺省问题

在文学翻译中，文化缺省的现象也经常出现。译者需要了解文化缺省的生成机制，并懂得文化缺省的解决办法。

一、文化缺省的生成

在人类的交际过程中，交际双方想要顺利实现交际目的，就必须拥有相同的背景知识，在此条件下，交流双方就可以省去很多双方都知道的、显而易见的事情，这将会大大提升交际的效率。认知心理学经过大量研究后发现，人类的知识通常以固定的形式存储于大脑中，在运用时可以随时进行搜索和提取，这种固定的形式在认知语言学中被称为“图式”。也就是说，人类知识的存储形式是块状的，即某一个概念或术语以长期记忆的形式保留在人类的大脑中。

在人类的认知过程中，所涉及的内容往往比单词、概念的范围更大，是更大的组织单元，其中就包括人们熟知的情景及其与事件之间的直接关系。因此，文化缺省的生成机制涉及交际、图式两个因素。下面首先认识一下这两个术语，然后再来了解文化缺省的生成机制。

（一）文化缺省的理论基础

1. 交际

（1）交际的定义

交际是一个编码和解码过程，编码是把思想、感情、意识等编成符号的过程；而解码则是对符号赋予意义的过程。当发出信息的人和接收信息的人共享语码系统时，交际才有可能顺利进行，而且交际双方对其他相关因素的理解也有一定的影响。交际行为是社会性的行为，它主要受到以下三个社会层面的因素影响。

交际情境，涉及交际双方的社会地位、角色关系，以及交际发生的场合、时间及谈论的话题等。

文化背景，涉及价值观念、社会结构、心理、环境等。

代码系统，主要指对接收的信息赋予意义的过程中产生的“文化过滤”机制。

由于交际中存在着很多变量，交际过程中意义的获得十分复杂，编码的信息和解码的意义不可能完全一致。所有的交际都发生在一定的语境中。交际发生的语境可以是物理的、社会的和人际关系的。

物理语境指交际实际发生的地点，如公开、私人、拥挤、喧闹或安静。

社会语境指交际发生的不同社会场合，如婚礼、葬礼等，不同的社会场合都对人们的交际行为有不同的期待。

人际关系语境指交际双方所处的社会关系。社会关系不同，交际行为就有不同的规定。

此外，交际包括很多变量，所以它是一个动态变化的活动，就如同一部动画。在交际中，人们不断发送信息并接收彼此发出的信息，而且交际中的各个构成要素之间彼此作用，所以交际具有动态性。

(2)交际的特征

交际发生在一个庞大的系统中，这个系统包括交际发生的场景、时间和交际者的数量，所以交际具有系统性特征。交际发生的场景决定了人们制造的符号及其代表的意义。场景某种程度上规定了交际的原则，服饰、语言以及话题等因素都要适合场景的要求。每一种场合都有其特定的行为模式，每一种文化所规定的行为模式又各不相同。任何交际都发生在一定的时间区间，如正式的演讲和一般的谈话持续时间的长度会不同。交际中参与的人数也会影响交际的过程。当与一个人讲话，或是在一群人面前讲话时，其感受和行为一定有所不同。与个人交谈时，会进行较多的眼神交流；而与一群人交际时，会加大头部的运动以顾及每个人的存在。

社会的形成和发展有赖于交际活动的进行。人们形成一定的群体、组织、社区，正是由于交际的存在。社会是由人组成的。随着社会的发展，低级简单的初级社会发展成为高级复杂的信息社会，传统社会发展成为现代社会，人们也由封闭、单一的交际模式发展成为多元立体化的交际模式。由此可见，社会的发展改变了人们的交际模式，而人们的交际活动也影响了社会的变化。

2.图式

(1)图式的内涵

“图式”(schemata)最早是由德国哲学家康德(Kant,1781)提出的，是认知心理学中的一个重要术语。20 世纪 70 年代中期以后，现代图式理论有了长足发展。

美国人工智能专家鲁梅尔哈特(Rumelhart,1977)认为,图式是“以等级层次的形式存储于长时记忆中的一组‘相互作用的知识结构’或‘构成认知能力的建筑砌块’,进而将图式概括描述为‘人们所有一般知识的总和’。”[①]

刘明东(1998)认为,图式是“人们在理解、吸收输入信息时,需要将输入的信息与已知的信息联系起来;对新输入信息的解码、编码都依赖于人脑中已存的信息图式、框架或网络。”[②]

从认知功能来分析,图式对于信息的选择、整合与理解具有积极的促进作用。图式主要包括语言图式(linguistic schema)、形式图式(formulor organizational schema)、内容图式(content schema)、策略图式(strategy schema)等。图式是认知的基础,在大脑中形成的图式会对以后获得的新信息进行重新组织、理解和记忆。[③]

图式作为一种“通用的信息”,不仅包括人们生活中所遇到的各种事件,而且还包括事件的发生顺序以及该事件所带来的社会影响。学者巴特利特(Bartlett,1987)提出,人们不能将图式看作一个连续的单个事件和经历的积累,而必须对图式进行一定的组织并使其随时可以被搜索到。因此,图式是确定的“数据结构”,或者说结构确定并拥有固定的成分,是“高度复杂的知识结构”。

(2)图式的结构

图式通常由带有标记的若干空位组成,这些空位又由填充项来填充。例如,以“饭店图式”为例,其中带有标记的空位指的是“服务员”“菜单”“餐桌”“餐椅”等,以上因素是饭店必须具备的,而现实社会中某个具体的饭店则被认为是“饭店图式”的一个例子。人们如果将某一个具体饭店的特征一一填充到上述饭店图式中的空位,就可以在大脑中呈现该具体饭店的画面。上述过程是一个自上而下的搜索过程,当图式中的某个空位被激活时,有

① 王荣英.高校英语输出教学论[M].上海:上海交通大学出版社,2008:68.

② 同上,第69页.

③ 樊永仙.英语教学理论探讨与实践应用[M].北京:冶金工业出版社,2009:105.

可能顺带着将其他空位也给激活了，最终整个图式就会被激活。例如，当个体大脑中的“餐桌”被激活后，自然而然就会想到“菜单”“餐椅”“服务员”等，也就意味着具体饭店的整个图式被激活了。

(3)图式对理解的影响

在阅读时，图式对理解有十分重要的影响。从一定程度上而言，图式决定着读者能够理解什么、理解到何种程度以及是否能理解。根据图式理论的内容可知，文本理解是个体建构知识的过程，其中个体大脑中的先有知识是一个非常重要的因素。图式可以帮助读者推测、预知未来，支持读者填充作者在文本中并未提及的信息，进而推断作者的写作意图。例如：

John was feeling very hungry and he entered the restaurant. He settled himself at a table and noticed that the waiter was nearby. Suddenly, however, he realized that he'd forgotten his reading glasses.①

当读者看到上述句子时，如果其具有“饭店图式”的常识，就会顺利地理解这些句子之间是彼此联系的。约翰显而易见需要用眼镜来阅读菜单，虽然上述例句中并没有提及菜单，但当约翰进入这家餐厅时，一些平常可以预料的事情就毫不意外地发生了。

事实上，上例所叙述的内容十分符合顾客在饭店就餐时所期待发生事件的标准过程，因而就会在读者的大脑中出现“饭店图式”，作者在写作时并不需要告诉读者饭店中有餐桌、餐椅、服务员、菜单等，也不需要向读者描述顾客到饭店里需要点菜、付账等环节，因为这些都是常识，任何一位大脑正常的读者都会具备。如果作者将饭店图式的填充项都描述出来，在读者眼中反而觉得啰唆、无趣，从而起到适得其反的效果。

在上述例子中，那些并未提及的填充项如“餐桌”“餐椅”“菜

① 转引自王大来．文学翻译中的文化缺省补偿策略研究[M]．北京：光明日报出版社，2016：8.

单”等具有归约性的情景被认为是缺省成分，这些成分虽然在文本中没有出现，但在读者眼中却是与文本同在的，除非读者被特别告知的例外情况出现。因此，图式对理解的作用就在于允许作者在写作过程中省略一些读者同样知道的细节、常识，读者可以根据自己的先有知识以及作者所提供的信息做出准确推断。

（二）文化缺省的形成

在交际过程中，不管是拥有相同文化背景的人还是拥有不同文化背景的人，在理解对方话语的过程中总会存在语义上的缺失或曲解，因为世界上任何两个人的背景知识都是不同的。话虽如此，但如果交际双方使用的是同一种语言，又生活在同样的社会、文化背景下，那么他们便拥有充分相同的背景知识来确保交际的有效进行。因此，作者在写作过程中就不需要告诉读者大脑中已经知道的、显而易见的信息，以最大限度地保证信息表达的经济性。作者与读者共享的背景知识在文本中可以省略，人们将省略的这部分称为“情境缺省”(situational default)，其还可进一步细分为以下两种。

(1)语境缺省(contextual default)。如果文本中缺省的成分与语篇中的信息即上下文相关，就属于语境缺省。

(2)文化缺省(cultural default)。如果文本中缺省的成分与文化背景知识相关，就属于文化缺省。

由上述内容可以得知，语境缺省的内容通常是可以在文本中搜索到的，但文化缺省的内容在文本中一般找不到具体答案。由于文化缺省的成分往往具有鲜明的文化特色，并且在文本中找不到具体描述，是一种文化内部积累、演变的结果，因而会对处于两种不同语言文化背景下的读者形成一种“意义真空”。这些读者因为大脑中不存在应有的图式而无法将文本内的信息与文本外的信息之间建立联系，进而不能建立理解话语过程中所必须的语义连贯与情境连贯。

如果读者根据自己以往的先有知识与文本内的信息建立联

系并推断作者意图，这种行为得出的结果往往也是错误的。因为读者与作者所拥有的图式内容并不完全相同，读者大脑中的图式内容与文本信息之间并不一定就是相关联的。例如：[①]

A：你们家今年炸丸子吗？

B：炸！不炸就没气氛了。

上述对话发生在中国北方地区的一个县城中，当时正处于春节前夕。在当地有一个传统习俗，就是春节前每家每户都会炸丸子。由于谈话双方拥有相同的文化背景，因而这一习俗对交际双方来说是不言而喻的，在谈话过程中起到了隐形桥梁的作用，阐述如下。

当B听到A的问话时，他的大脑中就会立刻激活帮助理解对方话语所需要的填充项，即"过年""炸丸子"，可见，A与B通过彼此共有的、无需言明的文化背景知识为媒介实现了顺利、连贯的交际。换言之，A实现了自己所期待的交际目的，而A与B之间的话语意义就有了连贯性。但是，如果A将上述的话语说给外国游客听，那么就有可能达不到自己预期的交际目的。因为A的语用前提可能是外国游客所没有的，是不认同的，即外国游客的图式知识中根本就没有"春节炸丸子"这一内容，因而国外游客很可能就会给出"我家今年为什么要炸丸子"等表示不理解的话语，双方的交际便会中断，而A更无法获得自己的预期谈话目的。

文化缺省是作者在同自己的意向读者交流时双方共有的相关文化背景知识的省略。[②] 然而，由于狭义上的翻译是一种跨文化的行为，原文作者与译文读者往往生活在不同的社会背景下，二者并不具备相同的文化背景知识。因此，对原文读者不言而喻的背景内容对于译文读者来说就形成了文化缺省。换言之，原文作者在创造作品的过程中是不会考虑译文读者的接受能力的。

来自不同文化背景下的人因为拥有的文化图式不同而经常不能相互理解，文化图式对读者理解文本过程中的反应会产生极

① 转引自王大来.文学翻译中的文化缺省补偿策略研究[M].北京：光明日报出版社，2016：9.

② 同上，第10页.

大的干预。当读者不具备文本的基本文化图式时，就不能对文本中所描述的真实世界产生连贯性的理解。例如，在中国文化中，“乌龟”通常代表着负面的文化内涵，有很多与乌龟相关的词语都是骂人的，如“龟孙”“龟儿子”“乌龟王八蛋”等；但在西方文化中，“乌龟”是长寿的象征，是褒义词。因此，西方读者对中国文化中的“乌龟”与“骂人”之间的关系就会构成理解过程中的意义真空，从而不能获取连贯、准确的理解。

二、文化缺省的解决

语言是作者创造意象、表达思想情感的工具，通过语言形式形成的文学作品则是作者的一种艺术创造。为了增强文学作品本身的艺术感染力，作者必须充分利用语言的表达资源，进而提升语言的表达能力。可见，文学作品具有艺术的意图以及美学的价值。在文学翻译过程中，译者通过对原作品的艺术再创造而形成译文，这里的再创造与作者原作品的再创造完全不同，其受制于很多因素。换言之，译者的艺术创造不是随心所欲的，而是需要在原作品的框架内创造出新的作品，并最大限度地保证译文的艺术价值与原作的艺术价值等同。

想要实现上述翻译目的，译者必须对原作品有正确的理解。一篇译文是否太机械或太死板，都取决于译者对原作品的理解程度。事实上，译者能否尊重作者的艺术动机与创作意图将在很大程度上影响着译文质量的好与坏。因此，译者在翻译文学作品时，首先需要做到的一点就是尊重作者的艺术动机。

（一）尊重作者的艺术动机

英汉两种语言属于不同的文化系统，语言结构存在较明显的差异，英语属于形合语言，汉语属于意合语言。不同的语言结构属性反映在两种语言的句法结构上：英语句法复杂、严密、固定，而汉语句法松散、灵活、简约。这两种不同的句法规则在传递文学信息过程中的表现也不同：英语通常以显性语法结构来传递文学信息,而汉语则多以隐性表达方式来传递文学信息。

在翻译文学作品时译者应该以句子为划分单位,从整体上把握作品的艺术审美价值,进行全方位的思考。在这一环节中,译者还需要考虑到原作中的语言美、结构美、艺术美、形象美等,然后通过造句来体现出原作中的历史人文内容。大致而言,译者尊重作者的艺术动机主要表现在以下三个方面。

首先,原作语言、结构的再现。具体而言,语言、结构指的是音韵、字形、语义、修辞、结构等内容。由于原文与译文所使用的语言不同,译者很难将原作中所体现的语言、结构丝毫不差地再现出来。因此,译者需要考虑应该保留什么、舍去什么,进而在翻译实践时做出选择。事实上,人们经常讨论的直译、意译、神似、形似等话题都是围绕应该保留什么、舍去什么而进行的。

其次,再现原作品的艺术形象。在这一步中,译者需要重点考虑的是对于原作中的艺术形象是进行原封不动的移植,还是要改头换面地再创造,从而更适合目的语读者的准确理解,这需要综合考虑多方面的因素,然后再下决定。例如,霍克斯在翻译《红楼梦》时就将很多内容进行了改头换面,如将"怡红公子"译为green boy。虽然这种译法有利于目的语读者理解与接受,但其十分严重地损害了原文中的文化信息内容,从一定程度上而言是不可取的。

最后,再现原作中的历史人文。这方面也是译者不得不考虑的内容,对于一些文化内容其实没有必要进行详细的、进一步的解释,可以为读者留下一些"空白",这些"空白"将会为读者带来审美体验上的快感。

在充分考虑上述几个方面的内容后,译者进行全面、深入思考,然后找出各个点的最佳结合,在此基础上动笔翻译,在尊重作者艺术动机与创作意图的基础上,充分再现原作中所体现的艺术美。

(二)补偿文化缺省的策略

1. 置换策略

置换策略是一种比较常见的应对文化缺省的策略,这一策略具体指的是在对文化信息进行转换或翻译时,如果想要通过转化后被译入语读者认同,或在置换后不影响理解,就应对源语和译入语规范进行综合考虑,对原文的文化缺省部分采用缺省置换的翻译策略进行翻译。

缺省置换的翻译策略具有直观、达意,并且与译入语规范相符合的特点。通常情况下,这种策略适用于源语和译入语存在差距,通过保留、调整“缺省”达意比较困难的情况。例如:

每次我要发言时,心里都打鼓。

Whenever I have to make a speech, I get butterflies in my stomach.

本例中,“心里打鼓”一词是一个汉语文化下独有的词汇,表示“忐忑不安、心里没底”之意,译文中将“打鼓”这一形象用 butterflies 进行替换。再如:

她考试前开夜车。

She always burns the midnight oil before the examination.

本例中的“开夜车”指的是“在夜间工作”。译文在翻译时使用 the midnight oil 将其进行了形象的替换。又如:

假使有钱,他便去押牌宝。

If have the money, he went gambling.

在汉民族古代的民间文化中,“押牌宝”是一种比较常见的赌博方式,这种方式是汉民族文化所独有的。但是,现在社会这种现象已经不存在了。因此,在很多译本中直接用 gambling 一词来替代。

2. 套用策略

针对文化缺省进行翻译时,译者还可以采用对译入语中类似文化现象对应的情况进行翻译,即套用策略。例如,针对西方文化中比较知名的人物、事件等来诠释汉语文化中所特有的文化内容。例如,将汉语文化中的"梁山伯与祝英台"比作"罗密欧与朱丽叶",将中国的江南水乡"苏州"比作东方的威尼斯,将"济公"比作"罗宾汉"等。其中浙江兰溪的济公纪念馆中有这样一句话:

济公劫富济贫,深受穷苦人民爱戴。

在对本句中的"济公"进行翻译时,将其译为 Ji Gong, Robin Hood in China robbed the rich and helped the poor,这一翻译就是套用策略的典型运用,这样更加有利于译入语读者的快速理解。

第四章　文学翻译的信息传递

文学作品是一种“表达性文体”(expressive texts),作者在其中抒发自己的情感,表达自己的思想。因此,在文学文体的翻译中,译者不仅需要再现出原文的文体风格,同时还需要对译文的语言艺术进行锤炼。从这个意义上说,进行文学翻译的信息传递并非易事。本章就从文学翻译的语言信息、风格信息、语用信息、审美信息的传递几个方面进行分析。

第一节　语言信息传递

语言信息的传递是一切翻译的基础,翻译从实质上就是进行语言信息的传达,从而达成一定的交际目的。具体来说,语言信息指的是文学作品中字面上所蕴含的信息,具体包括语义信息、语法信息、结构信息、修辞信息等。

一、语义信息的传递

文学作品中的语义信息是进行整体信息传递的基础,其他类型的信息传递都是在语义信息的基础上衍生出来的。一般来说,语义信息主要出现在文学作品的明示层(the surface level),或曰“符号层”(the semiotic level)。

语义信息,主要指的是词语所表示的字面意义(denotation),或概念意义(conceptual meaning)。在进行文学翻译的过程中,概念意义不易流失。但疏忽和理解方面的错误也会导致语义流失和信息失真。[①] 例如：

武行者心中要吃，哪里听他分说，一片喝声道：放屁！放屁！

（《水浒传》第三十二回）

Now Wu the priest longed much in his heart to eat, and so how could he be willing to listen to his explanation? He bellowed forth: "Pass your wind, pass your wind!"

（Pearl S. Buck 译）

由于英汉语言之间差异的存在，因此译文对原文中"放屁"一词的翻译出现了偏差。译者采用语义信息直译的方法，将其译为了 pass your wind，这种翻译容易造成原文信息的失真，从而影响读者对原文内容的吸收。译者应该在原文语义信息的基础上，联系相关民俗文化和语境，将"放屁"翻译为 nonsense。再如：

……

十六君远行，瞿塘滟滪堆。

五月不可触，猿声天上哀。

（李白《长干行》）

译文一：

When I was but sixteen you went away,
In Chu-tang Gorge how yen-yu's billows roared!
For five long months with you I cannot meet,
The gibbon's wail re-echoes to the sky!

（W. J. B. Fletcher 译）

译文二：

At sixteen you departed,
Forever and forever, and forever.
You went into far Ku-to-Yen, by the river of swirling eddies,

① 周方珠. 文学翻译论：汉、英[M]. 北京：中国对外翻译出版有限公司，2014:27.

And you have been gone five months.

（Ezra Pound 译）

译文三：

At sixteen you embarked on a long journey,
Passing Yanyu Rock beneath Qutang Gorge.
May is no time for endeavoring the passage,
Sad calls of apes in the skies reverberate.

（任治稷、余正 译）

对上述三个译文进行分析，可以看出其对原文中的“五月”一词的翻译有所不同。

其中译文一和译文二将“五月”译为“五个月的时间”，是属于对原文理解的错误。译文三对“五月”的理解是正确的，但是由于唐代采用的是皇帝的年号纪年，自新中国成立之后我国采用的是公元纪年，原诗中的“五月”实际代表的是公历的“六月”。结合现实状况，六月份正值雨季，长江流域洪水泛滥，会引起瞿塘和滟滪的险情，出现沉船事故。因此，将译文三中的 May 换为 June 翻译较为准确。

在进行文学翻译实践的过程中，虽然语义信息多为概念信息，但是由于中英文词汇的概念信息并不是一一对应，因此在翻译中需要译者进行仔细剖析，从而结合语义链（semantic chain）寻找最恰当的表达方式。

二、语法信息的传递

在不同的文化背景、社会环境、思维模式的影响下，人们的语言组织也会有不同的习惯。语法中的句子结构因为受到文化因素的影响也会有差异出现。

语法是语言的重要组成部分，英语语法是进行英语语言交流的基础，没有语法就无法进行语言的组织，因此也就无法完成交际目的。但是了解了语法规则，对文化一无所知也会造成语言交际的障碍。语法和文化相辅相成。

语法运用会受到现有文化背景的制约，这就是在语言学中所提到的母语负迁移的影响。“所谓的母语负迁移就是指在第二语言的学习中并没有起到支持和促进的作用，反而在某种程度上干扰了第二语言的习得。”①中式英语的出现就是典型的母语负迁移的影响，对西方文化意识的不了解影响了英语的学习。文学翻译对译者的语法能力和文化能力都有着较高的要求。

英汉语言分属于不同的语言体系，英语属于结构缜密的形合语言（hypotaxis），汉语属于结构灵活的意合语言（parataxis）。从语法结构上说，英语语法较为复杂、严密，汉语语法则较为松散、灵活。在这种语法影响下的文学作品也会使用不同的表达手法。大体上说，英语习惯使用显性语法结构，汉语习惯使用隐性语法结构。在翻译过程中，译者需要准确把握原文的语法规则和译语的语法规则，从而提高翻译的质量。例如：

“What an excellent father you have, girls!” said she, when the door was shut, “I do not know how you will ever make him amends for his kindness; or me either, for that matter. At our time of life, it is not so pleasant, I can tell you, to be making new acquaintance every day; but for your sakes we would do anything.”

(Jane Austen: *Pride and Prejudice*)

译文一：

“你的父亲多么好，”房门关上后，贝纳太太向女儿们说道：“我真不知道你们该怎样报答他的恩德，我自己也不知道该怎样报答他。我说这年头呀，要每天认识新朋友可真不容易呢。可是为了你们这几个，我们什么都愿意干。”

（张振玉 译）

译文二：

“孩子们，你们竟有这么好的爸爸！”门关上时她说，“我不知道你们将来怎样才能报答他的慈爱；为这件事，又怎样来报答我。

① 牟杨.新编简明英语语言学教程学习指南[M].成都：西南交通大学出版社，2009：168.

我告诉你们吧，在我们这个年龄，要天天去结识新朋友并不是愉快的事呢；只是有了你们的益处，我们什么都愿意干。”

（李素 译）

译文三：

门一关上，班纳特太太便对她的几个女儿说：“孩子们，你们的爸爸真太好了，我不知道你们怎样才能报答他的恩典；再说，你们还应该好好地报答我一番呢。老实跟你们说吧，我们老夫妇活到这么一大把年纪了，哪儿有兴致天天去交朋结友；可是为了你们，我们随便什么事都乐意去做。”

（王科一 译）

上述三个例子对 or me either, for that matter 的翻译有所不同。对原文进行分析可以知道，make him amends for his kindness 中的 him 指的是父亲，而下文中的 me 指的是母亲。or me either, for that matter 为省略句，结合上下文可以知道 him 和 me 的语法形式与功能相同，因此所传递的语法信息也一样。这句话的内涵是，“父母为女儿的婚配对象劳心，女儿应该感恩父母的恩情”。因此，译文一的翻译并不正确，未能传递出原文的语法内涵。译文二和译文三虽然具体表述不同，但是都正确理解对了原文语法信息。

三、结构信息的传递

英语是一种“以形达意”的语言，通常通过描述性语言进行立体性的表述，其语言关系较为外露，表达比较直接。在结构上，英语文本大多较为严谨，整体像一棵枝条疏密有序的大树。

汉语为一种“形随意动”的语言，通过流动的、转折的、婉转的语言进行表述，力图达到一种语言的平衡。在结构上，汉语文本整体就像流动的水。

英汉文本结构的不同，在语言表述上也各有利弊。英语表达较为直白，缺少汉语表达的灵动。汉语表达较为含蓄，缺少英语结构的严谨。在文学翻译中，这种结构上的影响更为明显。

例如：

l(a)

l(a
le
af
fa
ll
s)
one
l
iness

(e. e. cummings)

孑然

茕
茕
一
叶
子
孑
然
飘
落

上述诗作选自肯明斯，诗人将自己的姓名和诗歌第一行的字母小写，将诗歌进行垂直排列，从而体现出了诗作的主题，营造了一种孤独寂寞的氛围。在对原诗进行翻译时，译者也模仿原诗结构进行汉译，追求形式上的对应，从而更加忠实地传递原文的结构信息。

四、修辞信息的传递

《现代汉语词典》(2002)将修辞解释为“修饰文字词句，运用各种表现方式，使语言表达得准确，鲜明而生动有力”，进而将修辞学定义为“语言学的一个部门，研究如何使语言表达得准确、鲜明而生动有力”。[①]

《辞海》将修辞学解释为“语言学的一门学科。它研究如何依据题旨情境，运用各种语文材料、各种表现手法，来恰当地表达思想和感情。它揭示修辞现象的条理、修辞观念的系统，指导人们运用和创造各种修辞方怯恰当地表现所要表达的内容”。

与《现代汉语词典》相比，《辞海》的定义既涵盖了书面文字和口头语言，又突出了“依据题旨情境”的“恰当”表达是修辞追求的目标，也是修辞学的研究对象。

语言是一种交流的工具，为了互相交流，英语被用在不同的场合。所以，学习英语口语一直都是十分必要的。在通讯手段日益发达的现代社会中，仍有 60%以上的信息依靠人的口语去传递。口语在语言中的重要地位是不可磨灭的。在社会交际中，良好的谈吐可以助人成功，而蹩脚的谈吐同样可以导致人失败。看看我们周围的人，有的谈吐隽永，绘声绘色，满座生风；有的拙嘴笨舌，语言干瘪，令人生厌；有的唇枪舌剑，妙语连珠；有的支支吾吾，言不逮意。之所以有这么大的差别，很重要的一个原因就是在说话技巧上的优劣，也就是说口语表达能力高低的问题。良好的沟通能力除了需要广博的知识和严谨的思维外，还应该掌握一定的修辞手段和技巧。

历史上有作为的人，特别注重口才的训练，并将口才作为人必备的修养之一。我国历史上，孔子教学就开设过口才课。他在《论语・泰伯篇》中就论及君子修养的三个方面，其中之一是：“出辞气，斯远鄙倍矣”，意思是：说话的时候，要注意修辞和语气，这

① 蓝纯. 修辞学：理论与实践[M]. 北京：外语教学与研究出版社，2010：4.

样就可以避免粗鲁和错误。在孔子的教导和训练下，其弟子中出现了不少雄辩之才。另外，从古代的埃及、巴比伦、希腊、罗马到现在欧美各国，都一直把口才当作一门学问来看待。很多学校都开设口语演讲课，许多的高层政治家也参加口才训练，因此现代西方人都有着较强的口头表达能力。

开放的社会对人们口语表达的要求愈来愈高。亚洲大专辩论会就顺应了时代的这种要求。我们看到，在辩论中，辩手们表现出了高超的口才，把比喻、对照、排比、层递、讽刺、反语、仿拟、修辞疑问句等修辞手段，同简练有力、鲜明感人的词语巧妙地结合起来，使其辩论跌宕起伏，犹如高山流水，欢畅清澈，雄壮奔放，摄人心魄，给人以美的享受。

现在早已不是“鸡犬声相闻，老死不相往来”的封建时代，现代社会是高度信息化、知识化的社会，信息传递的一种重要形式就是口语表达，可以说，没有口才的人将不能适应飞速发展的时代。然而，口才不可以无师自通，必须靠有意识地去训练和培养。在此之中，修辞可以助人一臂之力，因为它是说话的技巧和艺术。它使人处世办事应付自如，它使人提升美的境界，它使人充分展示才华。

随着世界经济全球化的不断发展，各种文化间交流频繁，在这种交际中包括口头和书面两种形式，可见，口语能力是交际能力的重要组成部分。面对日益开放的时代，能讲一口流利的、规范的、漂亮的英语是一个非常现实和必要的事情。不管在哪种场合，只要能潇洒自如地用英语表达自己的观点和见解，就具备了一个现代人应有的文化素质。除了要遵循必要的语法规则，还应该掌握一定的修辞知识。掌握了一定量的修辞知识之后，要将理论应用到日常的英语口语实践中去。这样循序渐进的学习对提高英语口语能力有很大的帮助。

由于修辞在语言使用中的重要作用，中西方在修辞上带有一定的相似性，即修辞的出现都是为了对语言进行美化与锤炼。英汉两种语言中大多数的修辞格都是对应的，但是这种对应并不是说修辞信息的等值。文学作品中为了表达作者的感情,经常会使用大量的修辞形式。因此,对修辞的有效翻译,也成了读者进行信息理解的重要渠道。在传递修辞信息时,译者应该紧贴原文情境,并在文章背景和文章主题的综合作用下进行翻译。例如:

Winter kept us warm, covering
Earth in forgetful snow, feeding
A little life with dried tubers.

(T. S. Eliot: *The Waste Land*)

冬天,冰雪覆盖着大地,
用涓涓水滴保护着枯枝衰草的生命,
温暖着被忘却的心灵。

上述例句使用 forgetful 修饰 snow,为移就的修辞手法。能够营造一种茫茫雪原,想领略大地风采却又不能的环境,从而留给了读者充足的想象空间。

第二节 风格信息传递

风格,多用于表示文学作品、绘画、音乐、建筑等因人、因地或因不同的历史时代而形成的独特的文体、语体、格调和式样等。[①]

学者童庆炳(2001)指出,“文学风格就是作家创作个性与具体话语语境造成的相对稳定的整体话语特色。”[②]

在文学翻译过程中,对于风格的翻译一直为学者所专注。传统的翻译观几乎将风格的传达作为衡量译文质量好坏的重要标准之一。林语堂先生指出:“译艺术文最重要的,就是应以原文之风格与其内容并重。……一作家有一作家之风度文体,此风度文体乃其文之所以贵。……故文章之美,不在质而在体,体之问题即艺术之中心问题。……凡译艺术文的人,必须先把其所译作者

① 周方珠.文学翻译论:汉、英[M].北京:中国对外翻译出版有限公司,2014:55.
② 童庆炳.文学原理教程[M].北京:高等教育出版社,2001:249.

之风度神韵预先认出，于译时复极力发挥，才是尽译艺术文之义务。”①

从宏观的角度分析，风格可以分为广义风格和狭义风格。

广义的风格指的是民族语言本身的特点及其运用中各种特点和变体的总和，主要包括以下几个方面。

(1)民族风格。

(2)时代风格。

(3)流派风格。

(4)阶级风格。

(5)语体风格。

(6)修辞风格。

(7)个人风格。

狭义的风格指的是语言运用中的某些风格或某些风格现象，主要体现在以下几点。

(1)语体风格。

(2)修辞风格。

(3)作家个人风格。

对于文学翻译中风格信息的传递主要从作者风格、民族风格、地域风格、时代风格几个方面进行分析。

一、再现作者风格

文学作品是作者主观创作的结果，体现出了作者的世界观、艺术观、艺术修养、个性特点等。这些因素贯穿在文学作品中，最终形成了作者的风格。文学风格指的是作家在其作品中所反映的创作个性与稳定的整体话语特色。②

我国著名的文学理论批评家刘勰在《文心雕龙·体性》中论述过作品与作家风格的关系。他指出，“夫情动而言形，理发而文

① 转引自林玲帼.试论翻译与风格[J].四川外语学院学报，1998，(1)：91.

② 周方珠.文学翻译论：汉、英[M].北京：中国对外翻译出版有限公司，2014：57.

见，盖沿隐以至显，因内而符外者也。然才有庸俊，气有刚柔，学有浅深，习有雅郑，并情性所铄，陶染所凝，是以笔区云谲，文苑波诡者矣。故辞理庸俊，莫能翻其才；风趣刚柔，宁或改其气；事义浅深，未闻乖其学；体式雅郑，鲜有反其次；各师成心，其异如面。”

我国著名学者钱钟书所言“文如其人”便是作者风格的体现。

纵观我国著名文人，无不形成了自己独特的文学风格：

李白的作品带有明丽爽朗的特点；杜甫的作品带有沉郁顿挫、忧国忧民的特点；老舍的作品言辞温婉、凝练隽永，读来京腔京韵，情趣盎然；鲁迅的作品言辞犀利，讥诮幽默。

可以说，每一部文学作品都是作者情感的流露，同时也是作家个性和气质的反映。例如：

It was the best of times, it was the worst of times, it was the age of wisdom, it was the age of foolishness, it was the epoch of belief, it was the epoch of incredulity, it was the season of light, it was the season of darkness, it was the spring of hope, it was the winter of despair, we had everything before us, we had nothing before us, we were all going to heaven, we were all going direct the other way.

(Charles Dickens: *A Tale of Two Cities*)

这是最美好的时代，这是最凄惨的时代；这是智慧的年代，这是愚蠢的年代；这是充满信心的时代，这是疑惑重重的时代；这是光明的季节，这是黑暗的季节；这是富有希望的春天，这是令人绝望的寒冬；我们拥有一切，我们一无所有；我们一路走向天堂，我们径直走向地狱。

上述例子选自狄更斯的《双城记》，为书中开篇的引子。作者通过 7 个英语对偶句式引出小说，旨在向读者揭示 18 世纪末不同的社会矛盾。作者通过对偶修辞的使用，提高了文章表达的韵律感，这种表达手法也形成了狄更斯的个人风格。

译者在进行作者风格再现时，要注意作者的选词习惯，还要注意文学作品本身所体现的效果，从而在译文中整体把握文章风格，进行信息再现。例如：

…I went and grabbed her wrist. "What do you mean?" I says.

"None of your damn business," she says. "You turn me loose."

Dilsey came in the door. "You, Jason," she says.

"You get out of here, like I told you," I says, not even looking back. "I want to know where you go when you play out of school," I says. "You keep off the streets, or I'd see you. Who do you play out with? Are you hiding out in the wood, with one of those damn slick-headed jellybeans? Is that where you go?"

"You—you old goddamn!" she says. She fought, but I held her. "You damn old goddamn!" she says.

(William Faulkner: The Sound and The Fury)

……我走过去，一把抓住她的手腕。"你要干啥？"我问她。

"关你屁事，"她说，"放开我。"

迪尔赛走进屋里。"杰生，你，"她直呼其名。

"你给我滚出去，老子对你说过，头也别回地滚出去。"我对她说。"我要你对老子说，你不上学，野到哪去了。你不要在大街上鬼混，你逃不过老子的眼睛。你和谁在一块鬼混？是不是在林子里和那个油头滑脑的软蛋在鬼混？是不是在那个鬼地方？"

"你——你个老不死的！"她边骂边挣扎。可是我紧紧抓住她不放。"你个该死的老东西！"她骂个不停。

（周方珠 译）

上例选自福克纳的《喧嚣与骚动》，场景为舅舅与外甥女之间的争吵。由于作者选用了适合人物身份的语言，体现出了二者的人物特点，在翻译时也应该尽量还原作者的这种风格。

二、再现民族风格

文学作品能够体现出一定的时代特点和民族特点，因此在进行文学翻译过程中再现民族风格也十分有必要。民族风格具体指的是作品中所体现的民族风俗、民族精神、民族语言等。例如：

one pound of flesh 割肉还债，残酷榨取

出自莎士比亚的作品《威尼斯商人》中夏洛克要残忍地从欠债人安东尼奥的胸前割下一磅肉来的故事情节。在对上述习语进行翻译时，译者首先将其字面含义翻译出来，然后将内涵意义展现出来。再如：

Would any of the stock of Barrabbas
Had been her husband rather than a Christian!

（莎士比亚《威尼斯商人》）

译文一：

我宁愿她嫁给强盗的子孙，不愿她嫁给一个基督教徒。

（朱生豪 译）

译文二：

哪怕她跟巴拉巴的子孙做夫妻，
也强似嫁给了基督徒！

注：巴拉巴（Barabbas）：古时强盗名，见《新约·马太福音》XX—VII，15—20。

（方平 译）

在上面的例句中，Barrabbas 是一个强盗的名字，其出自《圣经·新约》第 27 章。在翻译这句话时，译者需要考虑文本的民族风格。西方国家对于上述典故十分熟悉，但是对于不太熟知西方民族语言特点的中国读者来说，这个典故的直译便十分难以理解。针对具体的民族风格，译者朱生豪运用归化的方法，将 Barrabbas 翻译成了“强盗”，这样不仅便于读者理解，也清楚地传达了原文含义。译者方平则采用了直译加注的方法，对 Barrabbas 进行直译，同时又进行了进一步的解释，这样不仅可以让目的语读者了解这一典故的文化内涵，而且丰富了目的语读者的宗教文化知识。

三、再现地域风格

地域特点、自然环境等的差异也是创造世界众多文化的重要因素。在地域等的作用下，民俗风情得以形成，这些特点在文学作品中也有表现。地域风格不仅与人们的观念信仰、风俗习惯等有着紧密的联系，还蕴含着丰富的文化气息。要想准确地对地域风格进行翻译，不仅需要了解方位词所蕴含的文化信息，还需要掌握一定的翻译方法。例如：

He said the pleasantest manner of spending a hot July day was… mine was rocking in a rustling green tree, with a west wind blowing, and bright, white clouds flitting rapidly above; …

(E. Bronte: *Wuthering Heights*)

他说消磨七月酷暑天最惬意的办法就是……我的理想，则是坐在沙沙作响的绿树上摇荡，西风簌簌地吹着，晴朗的白云一溜烟地从头顶上掠过；……

(孙致礼 译)

从地理位置来看，英国是个岛国，东临欧洲大陆，西临大西洋。每到冬季，来自北欧的“东风”与“东北风”为英国带来的是刺骨的寒冷。春夏两季，来自大西洋的西风不仅给万物带来生机，还为欧洲大陆带来充沛的雨水，使欧洲进入温暖湿润、令人惬意的舒适季节。因此，在西方文化中，对 west 有所偏爱。

中国西部地区多为高原、高山地貌，秋冬季节的西北风吹来时寒意渐浓，草枯叶败，万物凋零，不禁让人瑟瑟发抖，徒增伤感。因此，汉语中的“西风”多表达负面含义。

上述例句选自艾米莉·勃朗特的《呼啸山庄》。原文中的 west wind 对应的应为汉语中的表示温暖的“东风”。但是译者在翻译时并没有添加相关注释或进行解释说明，为的是保留原文中的地域风格。同时由于东西方沟通的频繁，读者已经具备了相关的地域知识。

O, wind,

If winter comes,
can spring be far behind?

(James Shirley：*Ode to the West Wind*)

啊，西风，
假如冬天已来临，
春天还会远吗？

四、再现时代风格

语言是随着文化和时代的不断演进而发展变化的。时代的发展会孕育新的词汇和语言使用方式，从而在语言上打上时代的烙印。

例如，英语便可以分为以下几个时期。

(1)古英语时期(Old English，公元 1100 年以前的英语)。

(2)中古英语时期(Middle English，公元 1150—1500 年间的英语)。

(3)近代英语时期(Modern English，公元 1450 年至今)。

汉语主要可以分为古代汉语和现代汉语时期。通过语言的使用方式和句法结构，读者能够分清文学作品的不同时代特色，同时还能对作品的时代背景进行分析。例如：

文艺复兴晚期，《圣经》(*King James Bible*)和莎士比亚作品对英语词汇的发展产生了不容忽视的影响。虽然《圣经》在编写过程中使用的是相对保守的语言，没有选用大量的新词，但《圣经》中的许多表达已经成为人们耳熟能详的习语流传至今。

a wolf in sheep's clothing 披着羊皮的狼

new wine in old bottles 旧瓶装新酒

莎士比亚在诗歌和戏剧创作中使用了大量的新词，有不少新词已成为流行词汇并沿用至今。例如：

pedant 书呆子

dwindle 缩小

majestic 威严的

flesh and blood 血肉之躯

Uncle Tom(汤姆叔叔)是来自美国作家哈利特·斯陀夫人(Harriet Beecher Stowe)的小说《汤姆叔叔的小屋》(*Uncle Tom's Cabin*)中的主人公。斯托夫人的本意,是将汤姆塑造成一位"高贵的英雄"以及值得称颂的人物。汤姆是一个虔诚的基督教徒,虽然身为奴隶却高贵隐忍。在整部作品中,汤姆虽然忍受着剥削带来的痛苦,但始终坚持着自己的信仰,到了最后连他的敌人也不得不敬重他。但是后来 Uncle Tom 却用来借指逆来顺受的人,尤其是黑人,这种人情愿忍受侮辱和痛苦,在思想上和行动上绝不反抗。

在翻译带有时代背景的文学作品时,需要译者仔细考量时代背景与文本主题之间的关系,在不影响文章表现的基础上传译原文的时代风格,从而力图使读者感受到与原文读者相同的阅读感受。

第三节 语用信息传递

语用信息指的是话语在语言使用语境下所承载的信息。在文学作品中,通过语用信息的分析能够了解作者的语言意图与使用动机。文学翻译需要重视语用信息的传递。

一、语用信息传递的依据

文学语用学是一门将语用学与文学相结合进行研究的学科,其结束了语言学与文学研究相分裂的状态,对于翻译研究的发展也有着重要的促进作用。

受结构主义语言学与文艺学的影响,学者们开始从语言分析的角度来研究翻译问题,继而产生了文学语用学翻译研究。霍姆斯(Holmes)在《翻译研究的名和实》(*The Name and Nature of Translation Studies*)一书中,就将翻译学分为了三类:描写翻译研究、理论翻译研究和应用研究。

20 世纪 80 年代,在翻译学蓬勃发展的浪潮中,语用学也获得了学者们极大的关注,学术界出现了从语用学的途径来研究翻译问题。到了 20 世纪 90 年代中期,越来越多的学者开始从语言结构之外的社会因素(如历史、政治、文学等)来研究翻译,推动了翻译研究的文化转向,这也为文学语用翻译提供了一定的理据。总体来看,文学语用学翻译的研究还在不断深入。文学语用翻译学的发展就是语用信息传递的重要依据。

二、语用信息传递的取向

尽管 20 世纪 90 年代以后语言学翻译派日益式微,但它对翻译学依然有着不可磨灭的贡献。具体来说,文学语用学翻译观不仅体现了文化学派所注重的原文、译者、译文、读者等因素之间的动态关系,更注重翻译的本质是语言的转换。由此可见,文学语用翻译观是对语言学翻译观和文化学派翻译理论的一种融合。在进行语用信息传递时,应该重视文学语用翻译的观念。

温特司(R. J. Watts, 1991)认为,"文学语用学研究的是文学作品语言结构外的语篇意义",[①]并提出了文学语用学研究的两种方法:内观法和外观法。

(1)内观法(inward looking):强调文本语言转换中的语用现象,如指示语、会话含义、预设推理、言语行为等。

(2)外观法(outward looking):强调赞助者、意识形态、政治、历史、读者、诗学等文本外在的制约翻译的因素。

从翻译的视角来看,文化学和翻译学的发展是促成文学语用学发展的重要动力。这一点可以从宏观、微观两个层面看出。

(1)宏观上看,文学语用学不仅对交际语境、语言语境、特定社会文化语境等翻译的影响因素有充分的考虑,还将文学作品的

---

① Watt, R. J. *Cross Cultural Problems in the Perception of Literature*[M]. London: Routledge,1991: 27.

创作与接受视为一种互动的交际过程。

(2)微观上看,文学语用学翻译主要探讨的是语用学理论(如会话含义理论、言语行为理论、关联论等)对文学翻译理论和实践的指导作用,同时还对语用视角下作者、译者、读者、译文等多方关系进行研究。

文学语用学翻译观用语用学的观点、理论来描述和解释文学作品。意图揭示文学语言系统中潜在的、具有普遍解释力的系统的文学语用学翻译哲学、原则、翻译理论,探索文本意义的构建过程以及潜藏其后的语言结构、认知过程、文化意义和语用意义,以及文学语用学翻译的文化价值、语用价值、创造价值、社会价值,将科学的想象和理性的推导相结合,把文学语言与社交、认知、文化、心理、社会功能等语用学翻译语境中多维动态因素结合研究,并将交际世界、文本、交际者结合起来作整体研究,对文学语言的交际过程、功能和语用进行解读,这就为语用信息的传递提供了更加充分的理论依据。

三、文学阐释与语篇的翻译

每种言语活动都具有一定的语用目的,这由语用意象决定。翻译包括文学翻译的文化取向。翻译是一种跨语言、跨文化的言语交际,涉及的原文作者、译者、译文读者分属不同的语系与社会、文化背景,具有不同的认知语境与认知能力,因此它较一般意义上的言语交际更复杂。社交世界、心理世界、物理世界以及语言内部的文化世界和交际世界都属于语用思维的世界。语用学可以引导我们从整个语用思维的世界来透视干涉语言使用的因素,从而求得文化翻译的真谛。因此,利用语言学翻译观来审视文学翻译有助于避免过度的文化转向。

当源语中包含独特的文化信息时,译者若要还原源语的语用功能,就不能死板地按照每个单词在词典中的解释或字面意义,而应该调动自己的一切知识,根据上下文语境挖掘出字面背后的真正含义,然后根据原文与目的语表达习惯的差异,适当采用增减译、调整语序等方法，对原文进行适当转换，保证语义、功能忠实于原文。例如：

只见王婆推开房门，人来怒道："你两个做得好事！"

西门庆和那妇人吃了一惊。那婆自便道："好呀！好啊！我请你来做衣裳，不曾叫你来偷汉子！……"

（施耐庵《水浒传》）

... Mitress Wang pushed open the doors and came in. She pretended to be angry.

"Pretty tricks you two have been to," she cried, startling the lovers. "A fine thing! I asked you here to make me garments!" she said to Golden Lotus, "not to play adulterous games! ..."

（沙博理　译）

Soon afterwards Mrs. Wang returned and pretending to be angry, said, "You two look happy." Both Westgate and Mrs. Wu were started, and Mrs. Wang continued, "I asked you to come here to help me to make some clothes, and not to carry on this man."

（杰克逊　译）

The old woman Wang came ... crying, "This is a good thing you have done!"

Then His Men Ch'ing and that woman both started with fright and the old woman said, "Ha, good! Ha, and this is well! I ask you to come and make clothes and I did not tell you to come and steal a man! ..."

（赛珍珠　译）

本例原文是《水浒传》中王婆发现西门庆和潘金莲偷情时说的话。通过这些话，读者对王婆这个人会有进一步的了解。在翻译这段话时，三位译者采取了不同的语言表达，在刻画王婆的语态、语气与语义上也有所差异，翻译结果也就相去甚远。例如，在翻译"偷汉子"时，赛译采用了直译法，杰译对原语的结构进行描摹，沙译体现了中国文化背景。由此可以看出，文学语用学对多维层面十分重视。译者只有具备了扎实的语言基础和文化知识，才有可能克服文学翻译中语用问题的障碍，从语言文字到语用功能均做到与原文一致。

四、语用信息传递的价值

文学语用学翻译作为一种跨文化交流活动，其目的在于克服历史、时空等因素造成的差距，消除目的语读者对源语文本的陌生感，从而把文学的交际意义传承给人类，让文学作品的意义得到阐释与延续。无论是文学翻译，还是文学语用学翻译，其价值都是多方面的（如社会价值、语言价值、历史价值、创造价值等）。显然，这些价值的实现必须依靠作者、读者以及译者三方的共同努力才能实现。

从翻译活动的形式上看，文学语用翻译并未脱离一般翻译的基本形式，即语言转换，但不同的是，文学语用翻译在对语言文字进行转换的同时，对源语思想、文化、语用意图等都进行了还原和传播，并对读者的情感与思想产生影响，甚至可以引发社会的政治、经济改革或读者的革命运动。而翻译本身的社会性决定了语用学翻译的社会价值，体现它对社会交流与发展的强调作用。

从文本解读上看，译者和读者对文本的解读具有历史性。换句话说，他们的解读总是受到历史时代的限制。具体来说，不同的文明状态有不同的文化需求，时代背景和读者接受能力对译语具有不容忽视的影响。由于文本与读者、译者处在不同的时代或时间，译者要想使译语体现作者的真正所想与所感，就必须不断去挖掘，这样才可能挖掘出文学作品的真正内涵，发现作者写作的真正意图。

从美学的角度来看，文学语用翻译又是一种追求美的创造性过程。文学语用翻译的美学观认为，文学翻译体现了译者对审美客体认识的超越性，因此从本质上来看，它就是创新的艺术活动。在这一过程中，译者是特殊的审美主体与艺术创造者，应在感知文本的形式同时深入对原文字面之外所蕴含的意味进行发掘创造,并以本民族语言读者的接受为出发点来透视源语含义。只有这样,译者才能进入作者创作作品时的内心世界中去,感受作者的思想、心情、情感,继而在翻译时最大限度地加以还原。例如:

The Page No, my lord. I shall be kind to him, Because when The Maid is brought in, Pious Peter will have to pick a peck of pecked pepper.

(Bernard Shaw: *Saint Joan*)

侍童 是,爵爷。我一定对他规规矩矩,要不然的话:老彼得、假正经,见了少女就害怕。醋泡胡椒塞一嘴,又是酸来又是辣!

(刘宓庆 译)

侍从 不会的,老爷。我会毕恭毕敬的。因为牧羊女被带上来以后,虔诚的彼得就不得不啃一口辣椒了。

(申永平 译)

本例原文中的"Peter will have to pick a peck of pecked pepper"出自一首著名的英语儿歌,这里从侍从嘴里信口说出,意在对主教进行戏弄。对比上面两个版本的译文可以看出,刘译仍以童歌形式译出,既体现原文的节奏、音律、情趣与神韵,又能写尽原文谐谑之情。申译则采取了直译的方法,致使译文失去了原文儿歌的节奏感,诙谐的笔调也大打折扣。

五、语用信息传递的方法

为了能充分传递原文的语用信息,作者应该在正确理解文学作品语用信息的基础上,思考以下几个问题。

(1)What did the speaker/writer intend to say?(言者/作者欲言何事?)

(2)What did the speaker/writer intend to imply?(言者/作者所言何事?)

(3)What was the speaker/writer's attitude to what was said

and implied?（言者/作者对所言之事/人持何种态度?）

一般来说,文学作品的结构主要分为以下三个部分。

(1)符号层(semiotic level)。

(2)形象层(figurative level)。

(3)深层结构层(deep-structure level)。

在上述三个层面中,作者的语用含义一般包含在第二或第三层面中。译者在进行文学语用翻译时,需要在了解作者个人经历、时代背景的前提下对作者的文学意图、观点态度进行分析,从而透彻理解文学语言中的"所指"内涵。

除此之外,在进行语用信息传递过程中,作者还需要采用一定的翻译策略。

(一)保留语用内涵

在文学作品的翻译中,针对一些中英语言中相同或相似的表达方式可以采用保留语用内涵的方法,也就是采用直译(literal translation)的方法,对原文和译文中相似的表达进行保留。

所谓直译就是在不违背目的语语言规范的前提下,保留原文的修辞特点、文化特点,从而使译文更好地传达原文的表达效果。但是需要指出的是,直译是建立在对源语、原文作者、目的语和译文读者的认知环境有充分了解的基础上的一种翻译方法。因此翻译人员要对翻译的三元关系,即对原文作者、译者、目的语读者之间的关系有充分的了解,否则就可能造成交际的失败。

有的文化词,即使认知环境不同,但是仍然可以理解,在这种情况下,直译能够完好无损地保留源语的语体形象和文化韵味,即语词的文化内涵。例如:

pie in the sky 天上的馅饼

上述例子中 pie in the sky 的说法源自美国作曲家乔·希尔在 1911 年所作的《传教士与奴隶》这首著名歌曲中。显然,汉语的普通读者对这一特殊的社会文化认知语境是无从知晓的,但这一表达方式与汉语中的"天上不会掉馅饼"的说法很接近,因此汉语读者很容易理解 pie in the sky 的说法是用以形容不可能实现的事情的，可以将其理解为暗喻“渺茫的希望”“不能实现的空想”“空头支票”“虚幻的美景”。

文学作品能够体现出不同民族语言使用的特点，会大量使用习语的表达。英汉两种语言中的有些习语在语言表层，即用词、语义和句法上存在相似或相同之处，而且这些习语隐含的意义很容易被目的语读者所理解。另言之，目的语读者与源语读者有着共同的生态文化的认知环境，如大自然的规律无论在世界哪个角落都是一样，在文学作品中翻译这类习语时宜采用直译的方法。例如：

to kill two birds with one stone 一石二鸟

If you run after two hares, you will catch neither.

同时追两兔，全都抓不住。

When the fox says he is a vegetarian, it's time for the hen to look out.

狐狸表白吃素之日，该是母鸡提高警惕之时。

The cuckoo comes in April, and stays the month of May; sings a song at midsummer, and then goes away.

布谷鸟，四月到，五月在，仲夏唱支歌，随后就离开。

（二）保留语用外壳

在文学语用翻译中保留语用外壳指的是将源语的表达方式全部或部分地移入目的语中。例如：

karaoke 卡拉 OK

Coca-Cola 可口可乐

Disco Bar 迪吧

Disney 迪士尼

Johnson 强生

L'Oreal 欧莱雅

Colgate 高露洁

Sony 索尼

Benz 奔驰

Ford 福特

Cadillac 凯迪拉克

文学作品中经常能出现一些品牌名称，对于这种品牌名称的翻译需要结合时代背景进行。

（三）弥补文化差异

虽然英汉语言对一些事物的表述方式有所不同，但是由于人类思维的共通性，一些表达在不同的语言中有着对应的表达方式，这时就可以通过弥补文化差异的方式，采用对译（replacement by synonymous idioms and proverbs）的方法，即将源语的表达方式用译语相对应的表达形式译出，而不改变其文化内涵。例如：

to have the ball at one's feet 胸有成竹

to shed crocodile tears 猫哭老鼠

to laugh off one's head 笑掉牙齿

to spend money like water 挥金如土

a drop in the ocean 沧海一粟

wait for gains without pains 守株待兔

（四）嵌入语用含义

针对文学作品中的语用文化差异，需要译者在译文中嵌入原文的语用含义，从而增加原文表达的完整性，做到语用等效翻译。例如：

I will cross my fingers for you today!

希望你今天好运！

在西方文化中，通常使用象征耶稣救世的十字架来祈福、避邪，但有时人们并没有随身携带十字架，说话者为了表达其语用含义只能把中指叠在食指上，两指交叉成X状，这样就有十字架的祈福、避邪功效了。现在人们往往使用 keep one's fingers crossed 或 cross one's fingers，来表达“好运”。译文采用了为英语读者所熟知的习语，将抽象概念具体化，表达地道，将源语的语用含义准确、生动地传达了出来。

第四节　审美信息传递

美是文学作品的基本属性之一。很多作者都通过文学作品来表达自身对美的认识。

王国维在《人间词话》中指出，“境非独景物也，喜怒哀乐，亦人心中之一境界。故能写真景物，真感情者，谓之有境界，否则谓之无境界。”

美学信息是文学作品中最具生命力的活质。在文学作品中，美学氛围的营造主要是通过意象的组合与排列完成的，例如：

天净沙·秋思

马致远

枯藤老树昏鸦，

小桥流水人家，

古道西风瘦马。

夕阳西下，

断肠人在天涯。

上述为元朝马致远所作的小令，通过 28 个字进行意象排列，虽然并未出现“秋”字，但是却描绘出了一幅凄凉动人的秋天夕照景色，给人一种悲苦的感受。

进行文学作品中审美信息的传递需要译者对审美信息进行认知与再现。

一、审美信息认知

审美信息的认知指的是对文学作品中审美活动的感知过程。一般来说，审美信息的感知有如下几个步骤。

(1)通过视觉和听觉进行审美刺激，也就是直接捕捉到实际景物和文学作品中的意象。

(2)对意象进行想象，获得审美感受。

(3)审美移情。

在这三个步骤中，移情是最关键的步骤。文学作品阅读中，读者进入一种忘我的境界，将自己带入作品的角色中，从而产生"共性的知觉"，这就是移情的审美效应。

二、审美信息再现

文学语言在表达时语义带有模糊性和复杂性，审美信息是上述语言信息、风格信息、语用信息的总和，需要从宏观上把握。任何一种信息的流失，都会影响审美信息的再现。

审美信息再现的关键是移情。所谓移情，指的是文学艺术家基于自然景物之美而兴起的情感在作品中的体现，并由此而激发读者和译者的情感，即在戏剧表演中所谓的进入角色。[①]

在文学作品中，当读者以作品中的角色为中心进行话语考虑时，往往会根据对方的心理、情感、物质等方面的需求来调整自己的视角，从而满足对方需求。这就是说读者在阅读中移入了情感，产生了移情(empathy)。

学者冉永平指出，"在人际交往中，移情主要体现了交际双方之间的情感及心理趋同"。移情的目的是缩短交际双方的心理距离，出现情感趋同，维持良好的人际关系，帮助达成交际目标。这一点在文学作品的阅读和理解中同样如此。

和语用移情相对的是语用离情(de-empathy)。冉永平(2007)还曾指出，离情是指交际者之间情感、心理上的趋异、排他性，甚至对立。指示语的语用离情功能是体现发话人和所指对象之间心理、情感上的距离，是表达不满的一种重要的语言策略。例如：

---

① 周方珠.文学翻译论：汉、英[M].北京：中国对外翻译出版有限公司，2014：83.

A:what is the purpose for your daughter of appealing you to the court?

B:Their three daughters appeal me for the inheritance of the house. Just for money!

A:您的三个女儿又到法院上诉的目的是什么?

B:她们上诉是为了房子的继承权,还是为了钱。

上例是记者和采访者的一段对话,采访者B的三个女儿为了争夺他的房产两次将自己告上法庭。采访者B对此表示非常不解和气愤。这一点从B回答记者问题的语言上就能够看出。一般而言,在说到自己的三个女儿时,当父亲的都会说“我的三个女儿”或“三个女儿”,但采访者B却用了“她们三个女儿”一语,将自己和三个女儿之间的关系分割开来,表现了受访者自己本身和三个女儿之间的心理和情感趋异,是体现离情的语言形式,也充分体现了受访者内心的气愤和无奈。

在进行文学作品翻译的过程中,译者需要进入作品中的角色才能身临其境地感受作品的思想和发展脉络,并在移情的基础上进行文章信息的传递。例如:

When we two parted

—George Gordon Byron

When we two parted
In silence and tears,
Half broken-hearted
To sever for years,
Pale grew thy cheek and cold,
Colder thy kiss;
Truly that hour foretold
Sorrow to this!

译文一:

当我俩分手时,
相泣而无言。

离别数载，
真是令人心碎。
你的脸庞苍白而冰冷，
而更冷的是你的吻，
正是那一刻，
预言了我现在的悲凉！

（徐翰林 译）

译文二：

当初我俩分离时，
默默无语泪满面，
离愁绞得心半碎——
一别将是若干年；
你的脸苍白冰凉，
你的吻冷而又冷；
真就是那个时光，
预示了今日悲恨！

（黄杲炘 译）

译文三：

依依惜别时

——G. G. 拜伦

依依惜别时，
落泪却无言：
仿佛心已碎，
天隔若许年。
容颜暗且冷，
相吻唇更寒；
此等伤与痛，
当时已预言。

（周方珠 译）

上述诗作选自英国著名的浪漫主义诗人拜伦的 *When we two parted* 的第一节。这首诗多为五个音节，和汉语中的五言律诗十分接近。诗歌是文学作品的重要组成部分，在翻译时需要在音、形、义三个方面都和原文接近。

上述三个译文为三种不同的风格，在再现原文语言信息的基础上，糅合了作者对诗作的感受与体会，是对原诗作进行的审美再创造活动。这种翻译形式并无优劣，只要读者能够感受到原作的诗韵之美即为合格的译文形式。再如：

My own favorite country, perhaps because I know it as a boy, is that of the Yorkshire Dales. A day's walk among them will give you almost everything fit to be seen on this earth. Within a few hours, you have enjoyed the green valleys, with their rivers, fine old bridges, pleasant villages, hanging woods, smooth fields, and then the moorland slopes, with their rushing streams, stone walls, salty winds and crying curlews, white farmhouses, and then the lonely heights which seem to be miles above the ordinary world, and moorland tracks as remote, it seems, as trails in Mongolia.

(John B. Priestley: *The Beauty of Britain*)

也许使我迷恋的地方是约克郡溪谷的乡间，因为我从小就熟悉那儿的山山水水。在那里漫步你一天之内就可以见到几乎在地球上所能见到的赏心悦目的一切。在短短的逗留中，你可以饱览葱郁的山谷，看到汩汩的河川；小河之上，有典雅的古桥，有宜人适意的村落。那里还有藤挂枝连的树林和平缓的田野，有布满沼泽的坡地和湍急的溪流。你可以看到石块垒起的围墙，闻到带有海腥味的微风，听到麻鹬唧唧鸣啾。你可以看到田野之中白色的村舍，最后就是那仿佛高出尘世的孤独山崖以及像蒙古草原上的羊肠小道一样伸向远方的沼地小径。

(刘宓庆 译)

上述译文选自普莱斯利的《英伦之美》。选段由三个完整的句子组成，第一句点出主题，第二句对主题进行解说，第三句围绕主题展开分析。

第三句为长句，虽然由65个单词构成，但却只用一个动词enjoy。汉语在表达过程中注重语言的灵活性和多样性。因此，译者在翻译过程中，通过对原文审美信息的把握，使用了多个动词形式，如“饱览”“看”“闻”“听”，来对原文进行再现。这种译文形式能够使译入语读者领略到英国的美景，对原文信息进行顺利传递。

第五章　文学翻译之诗歌翻译

诗歌是通过一定的意象为诗情表达的基本结构单位。通过作者新奇的想象与比喻，借助强烈的语言节奏来表达出作者对于人生、生活的感悟与咏叹。诗歌翻译是文学翻译的重要形式之一，由于诗歌具体的语言特点，需要作者选用特定的翻译方法。本章就对诗歌的翻译进行研究。

第一节　诗歌概述

诗歌是一种十分古老的文学形式。诗歌艺术的繁荣，也在很大程度上促进着文学艺术的繁荣。

通过诗歌，人们不仅可以表达对生与死的感叹，可以用来抒发情与爱，同时也可以表达对小至日常事物大至宇宙的感受与体悟。

关于诗歌的社会功用，我国杰出的思想家、教育家孔子曾总结："小子何莫学夫诗？诗可以兴，可以观，可以群，可以怨。迩之事父，远之事君，多识于鸟兽草木之名。"(《论语·阳货》)孔子的这一概述可以说是对诗歌的高度赞扬。

孔子的兴、观、群、怨的诗学理论具有开创性，影响深远。下面简要进行分析。

(1)兴。孔子所谓的"兴"指的是"起"，即对道德情感的激活。就艺术创作而言，最需要激情的是诗歌与音乐。所以，诗人与音乐家在创造作品过程中，通常会唤起曾经体验过的情感，同时通过将其转化为诗句和韵律将这种情感传递出来，引发读者和听众的共鸣，这就是移情。这就是"诗可以兴"所表达的意思。

(2)观。所谓的“观”指的是“观察”“考察”。根据孔子的观点,诗歌既可以将诗人的心理与情感展示出来,同时也可以反映特定历史时期群众的心理与情感以及社会的风俗盛衰。这就是所谓的“诗可以观”。

(3)群。这里的“群”作动词用,词义是“合”。孔子认为,人通过赋诗,彼此交流、沟通,从而促进人际关系的和谐,使国家内部团结在一起,使国与国之间联合在一起。这便是“诗可以群”的内涵。

(4)怨。“诗可以怨”指的是诗人通过诗歌可以发泄怨恨、排解忧愁。

总体而言,孔子的兴、观、群、怨的诗学理论与“诗言志,歌咏言”可以说是对诗歌社会功能与作用的全面概括。

这里将诗歌的功能与作用总结为:“抒发诗人之情,言明骚人之志,教化平民百姓,洞察时世民情,反映民众意愿,怡悦读者身心。”[①]

第二节 诗歌的语言特点

诗歌带有自身特有的语言特点,这是诗歌艺术性的具体表现。下面对这些语言特点进行总结,从而为诗歌的翻译打下基础。

一、节奏明快

诗歌对于节奏十分重视,可以说,没有节奏就不成诗歌。具体来说,诗歌的节奏主要体现在其音节的停顿长短以及音调的轻重变化方面。

英语中的诗歌主要可以分为格律诗与无韵诗两个类别,而这

---

① 周方珠.文学翻译论:汉、英[M].北京:中国对外翻译出版有限公司,2014:189.

两类的诗歌样式都体现出了节奏明快的特点。

在英语诗歌中，格律诗的节奏感最强。格律诗可分为诗节，诗节又可分为诗行，诗行又可细分为若干音步。

常见的音步主要有抑扬格（Lambus），扬抑格（Trochee），扬抑抑格（Dactyl），抑抑扬格（Anapest）。英语诗歌每行的音步数不同，主要有八种，即单音步（monometer）、双音步（dimeter）、三音步（trimeter）、四音步（tetrameter）、五音步（pentameter）、六音步（hexameter）、七音步（heptameter）和八音步（octameter）。如果一首英语诗歌使用的是扬抑格，每行诗句含有两个音步，那么就可以称为“两步扬抑格”。

无韵诗虽不讲究押韵，但是节奏也十分明快，通常以抑扬格五音步为一行，其中最典型的代表就是莎士比亚的诗歌。

总之，节奏可以使诗歌变得优美动听，且使诗歌更具表现力。例如：

The curfew tolls the knell of parting day,
The lowing herd wind slowly o'er the lea,
The plowman homeward plods his weary way,
And leaves the world to darkness and to me.

（Thomans Gray：*Elegy Written in a Country Churchyard*）

上述诗句选自格雷（Thomans Gray）的《乡村挽歌》的第一节。这一节对傍晚的钟声与疲惫的脚步声的描述体现了强烈的节奏感。此外，第四行的最后连续三个非重读音节（me 不应读得太重）将乡村暮色中低沉、宁静的气氛很好地烘托出来。再如：

When you are old and gray and full of sleep,
And nodding by the fires, take down this book,
And slowly read, and dream of the soft look
Your eyes had once, and of their shadows deep;

How many loved your moments of glad grace,
And loved your beauty with love false and true,

But one man loves the pilgrim soul in you,
And loved the sorrows of your changing face;

And bending down beside the glowing bars,
Murmur, a little sadly, how love fled
And paced upon the mountains overhead
And hid his face amid a crowd of stars.

上述诗句是叶芝为茅德·冈（Maud Gonne)所写，节奏鲜明、语调悦耳。同时，诗歌的节奏有助于突出诗句中的重要词语，如第一行的 you,old,gray,full,sleep，最后一行的 hid,face,amid,crown,stars 等，其余诗行也是这样。

二、音韵和谐

与其他文学形式相比，诗歌具有押韵特点。诗歌的押韵指的是在语流中，对其中相同的因素进行重复和组合而产生的共鸣与呼应。例如：

On the idle hill of summer,
Sleepy with the flow of streams,
Far I hear the steady drummer
Drumming like a noise in dreams.

Far and near and low and louder
On the roads of earth go by,
Dear to friends and food for powder,
Soldiers marching, all to die.

（A. E. Housman: *On the Idle Hill of Summer*）

上述诗句基本都为四步抑扬格，节奏明快；每节诗句的单行与双行都押韵，音韵谐美，因此读起来朗朗上口、和谐优美。

英语诗歌中押韵的单音节词通常应满足一定的要求，具体包括以下三点。

(1)元音(非字母)相同。

(2)如果元音之后存在辅音,则辅音相同。

(3)如果元音之前存在辅音,则辅音不同。

例如,下面几组词都押韵:[①]

lie—high

stay—play

park—lark

light—height

bend—lend

first—burst

三、结构独特

诗歌具有独特的结构形式,这是区别于其他文学艺术的显著特征。英语诗歌除了散文诗之外,都需要分行。英语十四行诗、英雄双韵体等的表现形式十分固定。英语对音步与格律的严格要求也体现了其结构的独特性。

四、语言凝练

诗歌可以说是语言的结晶。与其他文学艺术形式相比,诗歌包含更多的信息量。“名诗佳作能以只言片语容纳高山巍岳,宇宙星空,奇特的晶体,显耀万千景象。”[②]

诗人一般通过炼意、炼句、炼字使诗歌的魅力凝聚于诗歌的焦点,充满巨大的能力与信息量,激发读者的想象力,体现了诗歌魅力所在。很多优秀的诗歌作品都经过字句的锤炼。例如:

The apparition of these faces in the crowd;
Petals on a wet, black bough.

(Ezra Pound: *In a Station of the Metro*)

① 周方珠.文学翻译论:汉、英[M].北京:中国对外翻译出版有限公司,2014:197.

② 同上,第190页.

这首庞德的《地铁车站》的第一稿有30多行，后被浓缩为上述两行。

五、多用修辞

为了提高诗歌的感染力，诗人经常会使用各种修辞手段，比喻、比拟等修辞手法更是非常常见。例如：

A Madrigal

Crabbed Age and Youth
Cannot live together：
Youth is full of pleasance，
Age is full of care；
Youth like summer morn，
Age like winter weather，
Youth like summer brave，
Age like winter bare；
Youth is full of sport，
Age's breath is short.
Youth is nimble，Age is lame；
Youth is hot and bold，
Age is weak and cold.
Youth is wild，and Age is tame：—
Age，I do abhor thee；
Youth，I do adore thee；
O！My Love，my Love is young！
Age，I do defy thee—
O sweet shepherd，hie thee，
For me thinks thou stay'st too long.

这首莎士比亚（William Shakespeare）的诗巧妙地使用了比喻修辞手法。全诗共20行，除了最后两行，其他诗行都使用了比喻，极大地增添了语言的魅力。再如：

The Cloud

Percy Bysshe Shelley

I bring fresh showers for the thirsting flowers,
From the seas and streams;
I bear light shade for the leaves when laid
In their noonday dreams.
From my wings are shaken the dews that waken
The sweet buds every one,
When rocked to rest on their mother's breast,
As she dances about the sun.
I wield the flail of lashing hail,
And whiten the green plains under,
And then again I dissolve it in rain,
And laugh as I pass in thunder.

云

我从海洋江河为饥渴的花朵
带来清新的甘霖；
我为午睡未醒、还在留恋梦境
的绿叶盖上轻荫。
从我的翅膀上洒下玉露琼浆
去唤醒朵朵蓓蕾，
而她们的慈母绕着太阳飞开，
摇晃得她们入睡
我用冰雹的连枷把绿色原野捶打
打得像银装素裹，
再用雨把冰消融，只听得笑声轰隆
那是我在雷鸣中走过。

在雪莱(Percy Bysshe Shelley)所写的这首诗中，使用了很多修辞手法，如诗中在描述“云”时，采用了第一人称“我”；将“树枝”

与“新芽”分别比作“母亲”和“孩子”；重复使用 and 等。

六、意象丰富

意象指的是“可以引起人的感官反应的具体形象和画面”。[①] 从心理学角度来看，诗歌意象包括视觉的、听觉的、触觉的、嗅觉的、味觉的、动觉的以及联想的意象。

很多优秀的诗歌作品都包含了丰富的意象，以唤起人们的某种体验。例如：

You do not do, you do not do
Any more, black shoe
In which I have lived like a foot
For thirty years, poor and white
Barely daring to breathe or Achoo

(Sylvia Plath: *Daddy*)

在这首诗中，诗人将自己的父亲比作“黑色的鞋子”，将自己比作关在鞋子里的一只苍白的脚，意象独特，生动地体现了诗人独特的感受与体验，值得读者细细品味。

第三节　诗歌的翻译方法

在具体的文学文本的翻译中，诗歌的翻译是难度最大的。因为诗歌的音韵美和诗味很难翻译。但是这并不是说诗歌是不能翻译的。在翻译诗歌时，译者需要注意以下几个方面，从而更好地译出诗歌的内涵与意境。

(1)了解诗的内涵。在翻译诗歌时，译者应首先对原作有一个深入的理解，了解诗的内涵，抓住诗中的意象及其背后的意义。这是忠实而准确地传达原作意蕴的前提。

---

① 马莉. 翻译理论与实践[M]. 北京：北京大学出版社，2010：204.

(2)要具有丰富的想象力。诗歌通常是诗人发挥想象力、使用形象性的语言创作而成的。因此,要想译出原诗的意象,译者也应具有丰富的想象力,从而进入诗人的想象情境,领会其中的意境。

(3)理解原诗包含的感情。诗歌的语言往往具有强烈的感情色彩,诗人借助生动的语言将心中的情感抒发出来。因此,译者只有怀着与诗人相同的感情,使用动情的语言,才可能忠实地传递原作的感情。

在把握上述几个要求的基础上,译者应采取一些恰当的翻译方法,提高翻译的效果。具体而言,翻译诗歌可以采取的方法包括模仿性翻译法、阐释性翻译法、形式性翻译法、调整性翻译法。下面就分别予以分析。

一、模仿性翻译法

模仿性翻译指的是译者从原始的形式或思想出发,使用译入语对原诗进行的再创造。严格来讲,这很难说是一种翻译。读者在阅读这类作品时,与其说喜欢原作,不如说是喜欢译作。根据拉夫尔的观点,它其实是一种杂交的形式,既不是原诗,也不是翻译,但是有其存在的价值。这种翻译对译者具有极高的要求,因此在翻译实践中使用较少。

例如,《鲁拜集》的英译本中有一节如下:

The ball no question makes of Ayes and Noes,
But Here or There as strikes the Player goes;
And He that toss'd you down into the Field,
He knows about it all—He knows—HE KNOWS!

(黄克孙 译)

这节诗中的足球运动在波斯语原文中其实是一种马球游戏,在翻译时译者转换了原诗的意象。在译为中文时,黄克孙将这一意象转换为围棋:

眼看乾坤一局棋,

满枰黑白子离离。

铿然一声成何劫，

唯有苍苍妙手知。

不难看出，汉语译文在形式与意象上与原文极为不同。黄克孙称这一翻译方法为“衍译”。严格来讲，这是借用别人思想进行的一种再创造，不是翻译。再如：

江　雪

柳宗元

千山鸟飞绝，

万径人踪灭。

孤舟蓑笠翁，

独钓寒江雪。

Angling in Snow

Over mountains no bird in flight,（a）

Along paths no figure in sight.（a）

A fisherman in straw rain coat,（b）

Angling in snow in a lonely boat.（b）

很明显，上例译文的节奏与原诗歌类似，押韵也采用的是aabb韵律，很明显符合了汉语诗歌的韵式，便于译入语读者接受。

这几种类型的区分，在于所强调的因素不同。拉夫尔在《假语真言》中使用一个生动的比喻，对以读者为中心与以作者为中心的区别进行了说明。他指出，对待口渴的小孩，目前有两种截然不同的态度：有的母亲会把水直接端给孩子；有的母亲会把孩子带到水边。

我国的作家、翻译家、理论家对诗歌翻译也有相关的论述。

郭沫若认为，文学翻译，包括诗歌翻译应不失“风韵”。

成仿吾指出“译诗应当是诗”。在他看来，译诗就像获得诗人的灵感而创造。

巴金认为，一部文学作品译出来也应该是一部文学作品。

总体而言，译诗与写诗大致相同。译诗首先是一首诗，同时又能体现原诗的神韵与意义;在神韵与意义之间,应优先考虑神韵。

二、阐释性翻译法

在翻译诗歌时,阐释性翻译是一种常用的翻译方法。阐释性除了要保持原诗的形式之外,还强调对原诗意境美与音韵美的保留。

在意境美方面,要求译诗与原诗一样可以打动读者。意境美的传达通常涉及以下几点。

(1)再现原诗的物境,即诗作中出现的人、物、景、事。

(2)保持与原诗相同的情境,即诗人所传递的情感。

(3)体现原诗的意境,即原诗歌诗人的思想、意志、情趣。

(4)确保译入语读者获得与原文读者相同的象境,即读者根据诗作的"实境"在头脑中产生的想象与联想之"虚境"。①

在音韵美方面,要求译作忠实地传递原作的音韵、节奏以及格律等所体现的美感,确保译文富有节奏感,且押韵、动听。

在采用解释性翻译方法时,译者要注重所面临的语言与文化方面的问题,译者应尽可能地在新的语言中重新创造与原作基本对等的作品。例如:

Ode to The West Wind

Percy B. Shelley

I

O wild West Wind, thou breath of Autumn's being,
Thou, from whose unseen presence the leaves dead
Are driven, like ghosts from an enchanter fleeing,
Yellow, and black, and pale, and hectic red,
Pestilence-stricken multitudes: O thou,

① 张保红.文学翻译[M].北京:外语教学与研究出版社,2010:94.

Who chariotest to their dark wintry bed
The winged seeds, where they lie cold and low,
Each like a corpse within its grave, until
Thine azure sister of the Spring shall blow
Her clarion o'er the dreaming earth, and fill
(Driving sweet buds like flocks to feed in air)
With living hues and odors plain and hill:
Wild Spirit, which art moving everywhere;
Destroyer and preserver; hear, oh, hear!

西风颂

一

呵，狂野的西风，你把秋气猛吹，
不露脸便将落叶一扫而空，
犹如法师赶走了群鬼，
赶走那黄绿红黑紫的一群，
那些染上了瘟疫的魔怪——
呵，你让种子长翅腾空，
又落在冰冷的土壤里深埋，
像尸体躺在坟墓，但一朝
你那青色的东风妹妹回来，
为沉睡的大地吹响银号，
驱使羊群般的蓓蕾把大气猛喝，
就吹出遍野嫩色，处处香飘。
狂野的精灵！你吹遍了大地山河，
破坏者，保护者，听吧——听我的歌！

（王佐良 译）

在本例中，译者对原诗的翻译采用了阐释性翻译法，其形式、意境、音韵方面与原文效果相同。再如：

凉州词

王之涣

黄河远上白云间，
一片孤城万仞山。
羌笛何须怨杨柳，
春风不度玉门关。

译文一：

Out of the Great Wall

The yellow sand uprises as high as white cloud,
The lonely town is lost amid the mountains proud.
Why should the Mongol flute complain no willows grow?
Beyond the Gate of Jade no vernal wind will blow.

译文二：

Liang Zhou Song

Winding up into white clouds the yellow river kisses the sky,
Amidst soaring peaks a lonely fort rises high.
The Qiang flute need not bewail willows,
Beyond the Yumen Pass the vernal breeze never blows.

阅读上述两个译文，译文一有以下问题有待商榷：首先是标题，依据《辞海》的解释，"《凉州词》，一名《凉州歌》，乐府《近代曲》名。原是凉州（州治在今甘肃武威）一带的歌曲。唐代诗人多用此调作歌词，描写西北方的塞上风光和战争情景。其中以王翰和王之涣所作较为著名"。由此可见，凉州为真实地名，《凉州词》也确有其曲，且具有特定的文化内涵。显然，《凉州词》译为 *Out of the Great Wall* 所指太泛，语义内涵流失太多。

其次该诗首行中的"黄河"不知何故译成了 the yellow sand，且为小写，令人匪夷所思。

再次，"羌笛"译为 the Mongol flute 也不妥，Fletcher 将"羌笛"译为 my Mongol flute 更为离谱。《现代汉语词典》将羌笛释义为："羌族管乐器，双管并在一起，每管各有六个音孔，上端装有竹簧口哨儿，竖着吹。”《辞海》将羌族释义为：“中国少数民族之一，主要聚居在四川省茂汶羌族自治州和松潘县南部。”显然羌笛是流行于我国甘肃、青海和川北地区的一种乐器，将其译为 the Mongol flute 与原义相去甚远。

最后，“玉门关”位于今甘肃敦煌西北小方盘城，是汉武帝时设置的重要关隘，与西南的“阳关”同为当时通往西域各地的交通门户，距离今玉门市千里之遥，绝非今日玉门市的城门。因此，将“玉门关”译为 The Gate of Jade 过于牵强，基本语义和文化内涵流失太多。相比之下，译文二很好地弥补了这些问题，可谓是阐释性翻译的佳作，将原作的意蕴忠实地传达出来。

三、形式性翻译法

在诗歌中，其形象和诗歌的思想内容有着密切的联系。诗人若想更加全面地表达自己的思想，就应该选用恰当的诗歌表现形式。

在进行诗歌翻译的过程中，译者也可以采用形式翻译法，从而使译文与原诗在形式上相同或者相近，保持原作的韵味。需要注意的是，形式性翻译注重译文形式完全忠实于原文，追求译文的学术价值，通常会避免外来成分（如社会、哲学、历史、文化成分等）的介入。

形式性翻译具体应做到以下两点。

（1）确保译文保存原诗的诗体形式。诗体形式包括定型形式与非定型形式。前者对字数、平仄、行数、韵式等具有比较严格的要求，可以反映独特的民族文化特点；后者所呈现的外在形式表征着诗情的流动和凝定。从这一层面来看，译文应将原作所包含的文化特性与诗学表现功能传递出来。

（2）确保译文保持诗歌分行的艺术形式。不同的诗行形式演绎着各不相同的诗情流动路径，体现着作者各种各样的表情意图。翻译时，译者应对诗歌分行所产生的形式美学意味予以考虑。例如：

Farewell, Sweet Grove

George Wither

Farewell,
Sweet groves to you;
You hills, that highest dwell,
And wanton brooks and solitary rocks,
My dear companions all, and you, my tender flocks!
Farewell, my pipe, and all those pleasing songs, whose moving strains
Delighted once the fairest nymphs that dance upon the plains;
You discontent, whose deep and over-deadly smart,
Have, without pity, broke the truest heart;
That east did with me dwell,
And all other's joy
Farewell!

Adieu.
Fair shepherdesses;
Let garlands of sad yew
Adom your dainty golden tresses
I, that loved you, and often with my quill
Made music that delighted fountain, grove, and hill:
I, whom you loved so, and with a sweet and chaste embrace.
(Tea, with a thousand rarer favours) would vouchsafe to grace,
I, now must leave you all alone, of love to plain;
And never pipe, nor never sing again.
I must, for evermore, be gone.
And therefore bid I you
And every one,
Adieu.

哦再见，可爱的林木

哦再见，
可爱的林木，
高高耸立的山峦；
再见吧一切低幽山谷，
凄清山岩，蜿蜒曲折的溪流，
我的温驯羊群和所有亲密朋友！
再见吧我的芦笛，我的美妙动人的乐曲，
它们曾使舞在田间的绝色女郎欢愉；
不满足呀你的打击最重最致命，
无情地碾碎最最真挚的心；
可我要对别人的得意，
终日伴我的悲叹、
眼泪和愁绪
说再见。

哦再见，
牧羊的娇娃；
悲哀的紫杉枝环
将会装点你娇美金发。
爱过你的我常用羽笔写歌，
让这些树丛这些山山水水欢乐；
你也恋过我，你的拥抱纯洁而又甜蜜。
对，我原会答应给你千百种深情厚谊，
如今却得让你为失去爱而忧伤；
我将永远不再吹笛不再唱，
而且已决心一去不回，
所以我来见你面，
也向每一位
说再见。

在本例中，译者采用了与原诗相同的形式，以求与原诗在形式与意象上做到完全对应。再如：

40-LOVE

Roger McGough

middle aged
couple playing
ten- nis
when the
game ends
and they
go home
the net
will still
be be-
between them

四十岁的爱

中 年
夫 妇
打 网
球 打
完 后
回 家
走 回
到 家
中 这
网 依
旧 把
人 分
左 右

本例原文具有以下几个方面的形式特征。

(1)诗中词汇排成两列,宛如夫妇双方中间隔了一张网,正在一来二去地击球。

(2)关键词 tennis 和 between 被分别置于两个竖列中,隐喻两人的感情已被一张无形的网隔开。

(3)词中词汇大都是机械单调的单音节词,映照了这对夫妇枯燥乏味的生活。

可以说,本例原文是形式与内容的完美统一。许渊冲先生完美地将上述特征逐一体现出来。

四、调整性翻译法

调整性翻译是在直译的基础上对结构进行一定的调整,从而准确地传递原文的思想,同时符合译入语的表达习惯。调整性翻译是介于形式性翻译与阐释性翻译之间的一种方法。例如:

A Red, Red Rose

Robert Burns

O, my lure's like a red, red rose,
That's newly sprung in June;
O, my lure's like the melodic
That's sweetly play'd in tune.

As fair art thou, my bonnie lass,
So deep in luve am I,
And I will luve thee still, my dear,
Till a'the seas gang dry.

Till a'the seas gang dry, my dear,
And the rocks melt wi'the sun!
And I will lure thee still, my dear,

While the sands o'life shall run.

And fare thee weel, my only lure,
And fare thee weel, a while!
And I will come again, my lure,
Tho'it were ten thousand mile!

红玫瑰

吾爱吾爱玫瑰红，
六月初开韵晓风；
吾爱吾爱如管弦，
其声悠扬而玲珑。
吾爱吾爱美而殊，
我心爱你永不渝，
我心爱你永不渝，
直到四海海水枯；
直到四海海水枯，
岩石融化变成泥，
只要我还有口气，
我心爱你永不渝。
暂时告别我心肝，
请你不要把心耽！
纵使相隔十万里，
踏穿地皮也要还！

（郭沫若 译）

在对原诗进行翻译时，译者对原文结构做出了一些调整，忠实地传递了原文的内容。

宿建德江

移舟泊烟渚，
日暮客愁新。
野旷天低树，
江清月近人。

A Night-Mooring on the Chien-Te River

While my little boat moves on its mooring of mist,

And daylight wanes, old memories begin…

How wide the world was, how close the trees to heaven,

And how clear in the water the nearness of themoon!

此诗前两句先写羁旅夜泊，再叙日暮添愁；但是后两句却没有写为何而愁，或直接表达究竟愁绪有多浓，而是用工整的对仗描绘景色，借景言愁。“日暮”和“月”在中文中的内涵非常具有典型性，为整首诗定下了基调：恬淡的意境中带着一丝哀愁。而译文非常符合英语的规范，语言非常流畅优美，虽是译诗却没有任何生硬之感，这也正是为何该译文为英美读者所欢迎的重要因素。译者采用了调整性或自由式的译法，不刻意追求原诗的音韵美。

起行用 while 带我们进入诗人的记忆之流，“移舟”的翻译采用了主谓句式，My little boat moves 避免了“移”这一动作主语的出现，采用连词 and 来承接也是宾纳翻译的一大特色，且译者非常喜欢运用跨行以及连接词等来增加译文的流畅度。通过 and 的连接，daylight waves 成了 old memorized begin 的时间状语，“客愁新”译为 old memorized begin，全诗的诗眼“愁”的意味丢失了，以省略号结尾给读者留下很大的想象空间。接下来采用两个感叹句，没有了“愁”这一诗眼，仿佛此时译者正在回忆美好的情境一样，陶醉不已，却没有什么愁绪，也不符合汉诗不直接抒情，而在景物描写中不着痕迹地暗含感情的传统。

第四节 诗歌经典译作分析

在对诗歌的相关知识与诗歌的翻译方法进行论述的基础上，下面提供一些诗歌翻译佳作，以供欣赏。

(1)原文：

I wandered Lonely as a Cloud

William Wordsworth

I wandered lonely as a cloud
That floats on high o'er vales and hills,
When all at once I saw a crowd,
A host, of golden daffodils;
Beside the lake, beneath the trees,
Fluttering and dancing in the breeze.

Continuous as the stars that shine
And twinkle on the milky, way,
They stretched in never-ending line
Along the margin of a bay:
Ten thousand saw I at a glance,
Tossing their heads in sprightly dance.

The waves beside them danced; but they
Outdid the sparkling waves in glee;
A poet could not but be gay,
In such a jocund company;
I gazed—and gazed—but little thought
What wealth the show to me had brought:

For oft, when on my couch I lie
In vacant or in pensive mood,
They flash upon that inward eye
Which is the bliss of solitude;
And then my heart with pleasure fills,
And dances with the daffodils.

译文：

水仙

我独自漫游，像山谷上空
高高飘过的一朵云彩，
我突然望见，望见一大丛
金黄的水仙，纷纷绽开；
在湖水之滨，树荫之下
正迎风摇曳，舞姿潇洒。

连绵密布，像繁星万点
在银河上下闪烁明灭，
这一片水仙，沿着湖湾
排成延续无尽的行列：
我一眼就看见万朵千株，
摇动着花冠，轻盈飘舞。

湖面的涟漪也迎风起舞，
水仙的欢乐却胜过涟漪：
有了这样愉快的伴侣，
诗人怎能不心旷神怡！
我望了又望，却未曾想到
这美景给了我怎样的珍宝。

因为，每当我倚榻而卧，
或情怀抑郁，或心境茫然，
水仙呵，便在心目中闪烁——
那是我孤寂时分的乐园；
于是我的心便欢情洋溢，
和水仙一道，舞蹈不息。

（杨德豫 译）

分析:进行英语诗歌的翻译时,首先需要译者对原诗的整体风格进行分析,同时考虑中西方之间的文化差异,从而把握诗中出现的文化意象。译者杨德豫在翻译时对原诗进行了一定的创造,从而提高了读者对原诗的理解程度。

(2)原文:

She walks in beauty

George Gordon Byron

She walks in beauty, like the night
Of cloudless climes and starry skies;
And all that's best of dark and bright
Meet in her aspect and her eyes;
Thus mellowed to that tender light
Which heaven to gaudy day denies.
One shade the more, one ray the less,
Had half impaired the nameless grace raven
Which waves in every raven tress,
Or softly lightens or her face;
Where thoughts serenely sweet express
How pure, how dear their dwelling place.
And in that cheek, and or that brow,
So soft, so calm, yet eloquent,
The smiles that win, the tints that glow,
But tell of days in goodness spent,
A maid at peace with all below,
A heart whose love is innocent!

译文：

她走在美的光影里

她走在美的光影里，好像
无云的夜空，繁星闪烁；
明与暗的最美的形相
交会于她的容颜和眼波，
融成一片恬淡的清光——
浓艳的白天得不到恩泽。
多一道阴影，少一缕光芒，
都会损害那难言的优美；
美在她绺绺黑发上飘荡；
在她的脸颊上洒布柔辉；
愉悦的思想在那儿颂扬，
这神圣寓所的纯洁高贵。
那脸颊，那眉宇，幽娴沉静，
情意却胜似万语千言；
迷人的笑语，灼人的红晕，
显示温情伴送着芳年；
和平的，涵容一切的灵魂！
蕴蓄着纯真爱情的心田！

（杨德豫 译）

分析：上述译作与原诗在形式上大致相同，同时译文在节拍方面也和原诗的音步基本一致，从而体现出了原诗的风格与神韵，是对原诗音韵节奏的再现。

（3）原文：

SONNET 18

William Shakespeare

Shall I compare thee to a summer's day
Thou art more lovely and more temperate.

Rough winds do shake the darling buds of May,
And summer's lease hath all too short a date.

Sometime too hot the eye of heaven shines,
And often is his gold complexion dimm'd;
And every fair from fair sometime declines,
By chance or nature's changing course untrimm'd;

But thy eternal summer shall not fade,
Nor lose possession of that fair thou ow'st,
Nor shall death brag thou wonder'st in his shade,
When in eternal lines to time thou grow'st,

So long as men call breath, or eyes can see,
So long lives this, and this gives life to thee.

译文：

十四行诗 第18首

我能不能拿夏天来同你相比？
你呀比夏天来得可爱和温煦：
娇宠的蓓蕾经不起五月风急，
而夏天又是多么短促的季节。

有时那天上的眼睛照得太热，
它金色的脸庞又常暗淡无光：
任凭哪一种美也难永葆颜色——
机遇或自然进程剥去它盛装。

可是你永恒的夏天不会变化，
不会失去你享有的美丽姿容；
死神不能吹嘘你落在他影下——
在不朽的诗中你像时间无穷：

只要人还能呼吸,眼睛能看清,
我的诗就将流传并给你生命

(黄杲炘 译)

分析:莎士比亚十四行诗第十八首 *Shall I compare thee to a summer's day*。这是一首十四行诗,每行皆为五音步,抑扬格,韵脚的安排为 abab, cdcd, efef, gg。

译者在翻译时,尽可能使译文与原文的形式保持一致,由于汉语中没有音步,译者通过使用每行 12 个来进行处理,译文的每行、每小节都与原诗一一对应;在用词方面,译者选取了与原文意义相同的词,并考虑了所用词包含了英语原词的感情色彩与风格,忠实地传递了原诗的思想内容。此外,译者在翻译时也做了一些变化,如原诗中的 Rough winds do shake the darling buds of May 被译为"娇宠的蓓蕾经不起五月风急",原句中 of May 的形容关系被改变,更符合汉语的表达习惯,同时又不失原意。

(4)原文:

On the Grasshopper and the Cricket

John Keats

The poetry of earth is never dead:
When all the birds are faint with the hot sun,
And hide in cooling trees, a voice will run
From hedge to hedge about the new-mown mead;
That is the Grasshopper's—he takes the lead
In summer luxury, he has never done
With his delights; for when tired out with fun
He rests at ease beneath some pleasant weed.
The poetry of earth is ceasing never:
On a lone winter evening, when the frost
Has wrought a silence, from the stove there shrills
The Cricket's song, in warmth increasing ever,
And seems to one in drowsiness half lost,
The Grasshopper's among some grassy hills.

译文：

蝈蝈与蟋蟀

大地的诗歌永远不会消亡：
烈日炎炎百鸟倦飞齐喑；
躲进凉爽林荫，一个声音飞鸣
道道树篱，回荡在新刈的草场；
那是蝈蝈的叫声，他率先高唱
夏日的华贵繁盛，不懈地歌吟
无边的欢欣。倦意袭来兴致尽
静静地卧躺在芳草丛休养。

大地的诗歌永远不会中断：
寂寥的冬夜，漫天飞霜凝成
一片沉寂，炉边嘹亮地响起
蟋蟀的歌声，一声声唱暖心田，
醺醺欲睡着恍惚又听闻
蝈蝈引吭高歌在青草丛里。

（张保红 译）

分析：上述原诗为十四行诗，译者将其译为汉语的十四行诗的形式，其中译诗中每句五"顿"与原诗中各句的五音步相对应，生动地再现了原诗中的"蝈蝈"与"蟋蟀"的形象，通过徐缓的节奏营造了静思的意蕴气氛。

第六章　文学翻译之小说翻译

小说是文学题材中最常见的形式之一，它主要通过对特定典型的环境气氛的描述、引人入胜的故事情节的安排与鲜明丰满的人物形象的塑造来达到传达一定道德伦理感情的目的。在文学翻译领域，小说的翻译虽然比较普遍，然而其翻译并不容易。为此，本章就对小说的翻译问题进行研究。

第一节　小说概述

一、小说的定义

“小说”几乎是一个人人都耳熟能详的事物，但真要给出一个准确、恰当的定义，却又十分棘手。

《现代汉语词典》(第5版)的解释是：“一种叙事性的文学体裁，通过人物的塑造和情节、环境的描述来概括地表现社会生活的矛盾。一般分为长篇小说、中篇小说和短篇小说。”但这样的解释并没有包含“小说”一词的所有内涵。根据《辞海》中的解释，“小”的释义之一是“地位低微”；“说”可以释义为“讲”或者通“悦”。

其实，汉语词汇“小说”(虽远非现代“小说”的内涵)一词已有久远的历史。《庄子·外物》和东汉人班固的《汉书·艺文志》都记载有“小说”一词。不过，汉文化语境中的“小说”主要与欢娱和消遣有关，似乎担当不起“文以载道”的伟业。到了清末民初，小说的功能被重新界定，维新派提出了“小说界革命”的口号，小说被赋予重塑民族精神的重任，其地位得到空前提升。当然，维新派对小说功能的重视是受了西洋文化的影响的，西方文化传统通常将文学的欢愉功能和认知功能结合起来。

可翻译为现代汉语“小说”的英文词有两个：fiction 和 novel。据考证，英语词汇第一次使用 fiction 一词是在 16 世纪，原始意义是“制造出来的事物”，以区别于原生态的事物。英文 novel 一词源于意大利语 novella，意为“一件新异的小东西”“新闻”“闲聊”等；在法语中的意思是“新的”，与英文形容词 novel 的词义相近。“新”是相对于“旧”而言的，当然就含有一个认知过程的问题。可见，无论是 fiction 或者是 novel，其言外之意是能有助于培养人的认知能力。现代西方人在编撰文学导论之类的书时也通常认为，人们阅读小说是为了“愉悦与晓谕”。翻译小说其目的也要使阅读翻译文本的读者达到“愉悦与晓谕”的效果。

伊恩·瓦特(Ian Watt)洞察到 18 世纪英国作家丹尼尔·笛福、塞缪尔·理查逊、亨利·菲尔丁在虚构故事文学形式方面的创新，其在《小说的兴起》(*The Rise of the Novel*)一书中特用 novel 一词来概括他们的作品，以区别于传统的“散文虚构故事”(prose fiction)。瓦特注意到，他们所创造的作品是基于社会生活现实的，但他们讲述故事的方式却是新颖的、新奇的，这就出现了现代意义上的小说。

二、小说的要素

现代意义上的小说包括情节、人物、视角、环境、主题等诸要素，下面就对这些要素进行简要介绍。

(一)情节

情节是一个古老而又新鲜的话题。说它古老，是因为亚里士多德在西方第一部体系性的文学理论《诗学》中就讨论过情节，距今已有 2000 多年的历史；说它新鲜，是因为当今的文学理论仍然对情节的内涵争论不休。英美高校通用的《诺顿文学导论》(*The Norton Introduction to Literature*)是这样定义的：“简单地说，情节是行为的一种组织安排方式，行为是一个或者一系列想象的事件。"该书进一步指出，情节"通常涉及冲突"，即"两种对立力量之间的斗争"；同时，情节常牵涉开端、发展、高潮、逆转、结束等五个部分。虽然情节涉及从开端到结束的五个行动，但它并"不仅仅是一种组织叙事文本或者用于批评分析的公式"，而是对读者的"情感和智性"反应产生影响。

可以看出，情节是一种叙述组织方式，是一种人类智力活动行为，而不是一种故事发生的自然行为。情节具有动力创造系统的功效。人类日常生活发生的行为按照自然流动的先后次序进行，是线性的。这种以线性事件顺序发生的行为可以称为故事。小说文本情节化后的行动就不必遵守自然事件顺序。当线性顺序被打乱，线性故事行为被重新组织和安排时，情节就产生了。

故事和情节既有联系，又有区别。故事主要表现为时间和因果的线性关系；情节则关注言说的方式，即怎么说的问题，它是被创造的。情节不等于故事内容，它并不紧紧依附于故事之上，而是完全独立于故事之外。情节不是原事态的经历，而是使经历转化到话语叙述形态之中；生活事件的经历本身不是情节，只有经过话语叙述方可称为情节。情节的范畴可以大到谋篇布局的宏观组织，也可以小到单个句子的微观调整。它的诗学旨趣是对读者的阅读效应产生影响。把握小说话语中，尤其是句子话语层面上的情节因素，对小说翻译至关重要。

同一个信息可以有多种叙述方式，但每种叙述方式所产生的阅读效应是不相同的，那是因为有情节因素在其中起作用。有批评家认为，The king died and then the queen died 和 The queen died after the king 是不尽相同的，因为前者不包含情节因素，后者却包含情节因素。译成中文，自然也应该有区别。

（二）人物

英国小说家福斯特(E. M. Forster)认为，小说人物是指"小说里的角色”。[①] 就人物在小说中的功能而言，小说人物可以分为主人公、主要人物、次要人物、陪衬性人物等；就伦理价值判断而言，小说人物还可分为正面人物和反面人物。但是，现代小说叙述学较少采用这些分类法，而倾向于采用福斯特的“圆型人物”和“扁型人物”分类法。福斯特认为，“扁型人物”是“类型式人物”或者“漫画式人物”，“是作者围绕着一个单独的概念或者素质创造出来的”。[②]

也就是说，扁型人物的性格和心理发展缺乏变化，比较单一。与此相反，圆型人物则以“复杂”见长，其性格、言行动机、内心世界、精神境界、气质性情等较为丰富复杂，呈发展变化的状态，难以按好与恶的标准进行简单化的归类处理。

小说人物是文本内人物，是通过语言塑造或者描绘出来的。小说人物身上的道德情感、喜怒哀乐、气质性情、言行举止等都是通过小说语言表达出来的。小说翻译家将一种语言转化为另一种语言，实际上也是塑造人物的过程，体现出了一种创造性劳动。

（三）视角

自福楼拜(Flaubert)和亨利·詹姆斯(Henry James)以来，现代小说理论将小说视为一种自足的艺术有机体，小说创作的技巧也越来越为学界所关注，小说的叙述视角则成了中心议题之一。简单地说，“叙述视角”是“指叙述时观察故事的角度”。也可以说，叙述视角其实就是指如何讲故事。按人称可以分为第一人称、第二人称、第三人称叙述视角；按视域范围程度，又有全知型、参与者型、旁观者型、听众型等几种。同时，叙述人称与叙述视域范围程度又经常交织在一起，增加了判断小说视角的难度。

以第一人称叙述的故事是叙述者了解的、经历的、推断出的、或者通过与其他人物谈论而发现的东西。第一人称叙述视角中，叙述者本人即是故事的参与者，他既可以是故事中的次要或边缘

① 胡显耀等.高级文学翻译[M].北京：外语教学与研究出版社，2009：203.

② 同上.

角色，也可以是故事的中心人物。在第一人称旁观叙述视角中，叙述者则是所讲述事件的偶然的目击者，约瑟夫·康拉德《黑暗的心》中的马娄即是第一人称旁观叙述的叙述者。

作为旁观者或全知者的叙述视角通常是第三人称的叙述视角，其叙述者置身于故事之外，对故事中的角色直呼其名或者以“他”“她”“他们”来区分。在旁观叙述中，叙述者站在客观的立场讲述故事而不加任何的评论，如福楼拜的《包法利夫人》(*Madam Bovary*)。在全知叙述中，叙述者了解与事件相关的一切东西，如人物的行动、思想、情感等，他除了可以在时空中自由回转并讲述、汇报与故事相关的一切，还可以对故事人物的行为和动机等发表评论，甚或对于生活本身发表自己的个人见解。

第三人称叙述还包含了一种“有限视角”叙述，在这种叙述模式下，叙述者以第三人称讲述故事，其叙述却保持在故事中某单一人物(或某几个人物)所感受、思考、记忆或感觉到的范围之内。换句话说，事件和行动等会以其发生的态势展开，但是通过某单一人物的感觉、意识、反应等过滤后传达给读者。这一叙述技法后来发展成了现代主义小说的“意识流”技巧。

除了常见的第一、第三人称叙述视角外，还有第二人称叙述视角。在这一叙述模式中，故事就是(或至少主要是)叙述者对他所称为“你”的受叙者所讲述的东西。这个“你”有可能是某一特定的虚构人物，或者是故事的读者，又或者是叙述者本人，或者并非是明晰的、一以贯之的某个人。故事则在叙述者告诉受叙者他/她在干什么、曾经干过什么、或者将要或被要求在将来做些什么中展开。

(四)环境

小说的环境主要是指作品的时间和地点因素，即小说中的虚构事件是在哪里、何时发生的。宇宙万物的运行离不开时间和空间因素。小说是一个小宇宙，时间是经，空间是纬，经纬相连，小说的事件才能得以穿梭。小说中的时间环境可以是当代的。例如,菲茨杰拉德的长篇小说《了不起的盖茨比》的时间背景就是作家本人生活的时代。小说中的时间环境也可以是过去的,如中国作家姚雪垠的历史小说《李自成》。小说中的时间环境还可以是将来的,甚至是虚构的神话时间背景。英国作家托尔金(John R. Tolkien)的玄幻小说三部曲《指环王》(*The Lord of the Rings*)的时间环境就属于虚构的神话时间环境。

小说的地点环境则多种多样,室内与户外、城市与乡村、本土与国外、海上与陆地等,皆可构成地点环境因素。同时,就一部小说而言,地点环境因素也不是固定的,而是随小说的情节发展会有所变化的。以笛福的《鲁宾逊漂流记》为例,该小说的地点既有陆地,也有海洋,还有海上的荒岛。

许多小说的地点环境不仅仅是情节发展的陪衬,还有着重要的叙述功能价值。海明威的短篇小说《白象似的群山》(*Hills Like White Elephants*)中的地点就意味深长。小说叙述了一对年轻人在西班牙一个小车站讨论其中的女孩是否要堕胎的故事。西班牙是个天主教国家,堕胎是违法的。同时,车站也可象征人生如同车站,没有归宿点。这实际上是小说中两个青年人的生活写照。他们从一个旅馆到另一个旅馆,生活好像没有目标。这反映了第一次世界大战后欧美青年人的迷惘心态。两个年轻人等待火车的车站没有树木,天气却很热。没有树木的地点环境暗示无生机的境况,与男方劝说女方打掉腹中胎儿的小说语境相吻合。

当然,这些只是就小说文本内的环境而言,小说文本内的环境是小环境,小说还有文本外的大环境,可以称为潜文本环境或者超文本环境。这个文本外的大环境就是小说文本所指涉的时代文化语境。英美新批评只要求对文本内的小环境进行细读,但了解文本外的大环境对把握和理解小说的重要性也不可忽视。海明威曾经说过:“所有的美国文学来源于马克·吐温写的一本名叫《哈克贝利·费恩》的书,前无古人,后无来者。”为什么海明威这么看重此书?因为该小说通过儿童的视角,深刻地表现了

"美国性"的主题。"美国性"的内涵深刻、厚重,是美国特有的时间和空间环境繁衍出的特定民族文化语境,如果读者对此没有一点了解,就很难理解、欣赏这部美国经典小说的深刻内涵,也较难理解海明威的评说。

任何一部文学作品的理解都会牵涉到时代文化语境。福克纳的短篇小说《献给艾米莉的玫瑰》(*A Rose for Emily*)叙述了一位美国南方白人妇女的悲剧。如果读者对美国南方白人文化的淑女神话一无所知,恐怕也较难全面理解艾米莉的人生悲剧。

(五)主题

主题是读者或者批评家根据小说的人物、环境、情节、叙事手法等因素,概括出来的思想情感、道德价值判断、时代风貌等具有抽象化和普遍化特点的陈述。小说的主题与人类生活密切相关,一部小说的主题就是它的支配思想或者中心观点,它是小说或直或曲地对生活具有统一作用的概括。

西方文学批评传统认为,文学的目的是"寓教于乐"。文学作品之所以能够存在下去,是因为文学作品有主题,读者之所以阅读文学作品,除了阅读本身的快乐,还可以明晰事理、洞悉人生、扩大视野。"获教"本身就是一种乐趣。"教"与"乐"相辅相成、不可分离。当然,某些纯娱乐性的作品可能没有什么主题可言,但是严肃的作品总是要在作品中或隐或显地表达对生活真谛的认识。

主题既受时代语境的影响,也受作家个体生活阅历的制约。我们可以在巴尔扎克、狄更斯、哈代、司汤达的作品中发掘出共同的创作主题,那就是对金钱统治下的罪恶现实的无情批判;也可以在艾略特、乔伊斯、卡夫卡的作品中体会现代人生活的孤独、空虚、荒诞与异化处境。从前者可以看到19世纪小说主题的时代性,从后者可以了解20世纪小说主题的时代变迁及隐含的作家个性化特征。当然,每个作家的个体因素对其作品的主题表现也是显而易见的。狄更斯出身贫寒,童年贫苦。苦难童年常是狄更斯的小说主题。哈代出生乡野，对英国南部的乡村田野保持着特别的情感，他受到达尔文思想的影响，有着悲观的宿命论思想，这一切使得哈代的小说弥漫着悲剧性主题。

尽管就每部小说而言，主题是创作的一大要素，但并不是所有主题都是显而易见的。小说主题有显性与隐性之分，显性主题相对容易把握，最典型的例子就是 18 世纪后期英国作家简·奥斯汀的作品。她的小说几乎全部描写的是英国乡村中产阶级的日常生活，以该阶层青年女子的爱情、婚姻纠葛为主题。作品中诸多正面人物尊重自己的人格，忠实于理智与情感共同做出的选择。这些作品主题突出，通过描绘乡村世态人情，批判金钱势力，提倡婚姻自主。

相对而言，隐性主题晦涩、模糊、模棱两可，霍桑的《红字》集中体现了这些特点。在“亚当、夏娃的堕落”这样一个《圣经》框架下，霍桑一方面承袭清教思想，以卫道士的立场谴责海丝特·白兰，另一方面却不遗余力地描绘她的美貌、激情和坚忍；他一方面无情地揭开牧师圣徒的假面具，另一方面却煞费苦心地将他塑造成殉道者的形象。这种模糊特质导致其隐性主题的复杂性，却因此成为吸引无数读者与评论家的原因之一。

（六）基调

基调或者气氛与英文的 mood 或者 tone 相对应，它属于作品的情感层面，必须通观整部作品才能做比较准确的把握。小说的基调是小说人物、情节、环境、语言修辞、叙述策略等形成的感情综合效应。由于人的情感多种多样，文学作品的基调同样也是多种多样的，可以是悲怆的、忧郁的、荒凉的，也可以是明快的、欢愉的、浪漫的，还可以是昂扬的、幽默的、劝讽的等。然而，一部作品的主要基调往往只有一种，可以称作主基调或者统摄基调，围绕主基调的往往有许多次基调。夏洛特·勃朗蒂的小说《简·爱》的主基调是沉重却积极的，但有些章节也夹杂着欢乐或忧伤的基调。例如，简和罗切斯特即将举行婚礼前的基调是欢乐明快的，但婚礼被意外取消后的基调却是悲沉的。

就文内因素而言，一部小说的基调是可以通过细读文本而获得的；就文外因素而言，小说基调则与时代语境、作家的人生经历、价值观念甚至身体因素等有着密不可分的关系。知晓文外因素，对洞察文内基调也有裨益。以美国作家爱伦·坡为例，便可窥见一斑。神秘、恐怖、忧郁是其小说的基调，这种基调与作家本人的生活经历有着紧密的关系。爱伦·坡出生于波士顿一个具有浓郁宗教氛围的新英格兰城市。他童年丧失父母，寄住于叔父家中。他在大学求学时其叔父中断了对他的经济援助，他因此历经种种生活艰辛。另外，爱伦·坡见证了多个美丽的生命从他身边悄然而逝，他的文学生涯和感情生活也坎坷不顺，后来他还染上酗酒习气。爱伦·坡的人生经历和他那敏感、忧郁、焦虑、充满幻想的性格与其小说中表现出来的基调是相吻合的。

三、小说的分类

（一）长篇小说

长篇小说的篇幅和字数可达十万字以上。长篇小说反映的纵断面生活更加厚实、背景更为浩繁、结构复杂、人物极多。一篇成功的长篇小说不但能塑造主要的人物，而且能塑造多个典型的人物。

长篇小说情节曲折、多变，其环境描写有特定的区域景物，还有特定的、由复杂人际关系构成的社会环境。其通常会因为对社会进行全面、深刻的反映而被称为“史诗”。在一定程度上，某一时代的文学作品都是长篇小说。

（二）中篇小说

中篇小说的字数一般会控制在三万到十万之间。结构稍显复杂，人物相对较多，但一般仅围绕一个人物展开，没有长篇小说的层面那么多。中篇小说能描述有一定长度历史的纵断面生活，能从不同角度描写某一典型形象的性格系统，也能全方位地阐述一个人物的命运。中篇小说具有长篇小说“全景式”“大容量”的特点,然而与长篇小说相比,中篇小说却能精练、简单地概括复杂的纵断面生活。中篇小说中的人物关系不一定复杂,情节枝蔓不多,却能对人物之间的内心冲突进行集中展示。

(三)短篇小说

短篇小说的字数通常是两千以上、三万以内。短篇小说主要是截取生活中有典型意义的横断面来反映一定的社会生活。在对人物刻画方面,短篇小说会集中艺术笔墨塑造一个性格侧面较为系统、完整的人物。

(四)微型小说

微型小说是容量最小、篇幅最短的,其情节也非常单一,人物也很少。微型小说的字数可以是几十字、几百字或两千字之内。微型小说的含义深刻,可以给读者留下很大的想象空间;取材一般来自生活中的小事,渗透一些褒贬或哲理。微型小说通常充满着智慧与巧妙,有着幽默、荒诞、夸张、象征、幻想等色彩,可以释放巨大的思想能量,震撼人心。

其实,篇幅上的差异仅是表面上的形式标志。主要的区别还应看小说的内容与形式,不同的材料适合写不同的小说,是要根据小说审美形态来选择的。[①]

第二节　小说的语言特点

一、形象与象征

小说语言一般是通过意象、象征等手法形象地表明或表达情

① 郑遨,郭久麟. 文学写作[M]. 天津:天津大学出版社,2009:107－108.

感和观点的,而不是用抽象的议论或直述其事来表达。小说的语言会用形象的表达对一些场景、事件及人物进行具体、深入的描绘,使读者有身临其境之感,从而有一定的体会和感悟。小说对人物、事物会做具体的描述,其使用的语言一般以具象体现抽象,用有形表现无形,使读者渐渐受到感染。

小说中经常用象征的手法。象征并不明确或绝对代表某一思想和观点,而是用启发、暗示的方式激发读者的想象,其语言特点以有限的语言表达丰富的言外之意和弦外之音。

用象形和象征启迪暗示,表情达意,大大增强了小说语言的文学性与艺术感染力,这也成了小说的一大语言特点。

二、讽刺与幽默

形象与象征启发读者向着字面意义所指的方向找更丰富、深入的内涵,层次则使读者从字面意义的反面去领会作者的意图。[①]讽刺即字面意思与隐含意思相互对立,善意的讽刺,一般能达到诙谐幽默的效果。讽刺对语篇的道德、伦理等教育意义有强化作用。幽默对增强语篇的趣味性有着重要作用。虽然讽刺和幽默的功能差异很大,但将二者结合起来将会获得意想不到的效果。讽刺和幽默的效果一般要通过语气、音调、语义、句法等手段来实现。小说语言的讽刺和幽默效果的表现形式有很多,它们是表现作品思想内容的重要技巧,更是构成小说语言风格的重要因素。

三、词汇与句式

小说语言中,作者揭示主题和追求某艺术效果的重要手段就是词汇的选用和句式的安排。小说语言中的词汇在叙述和引语中的特点是不同的。在叙述时,使用的词汇较为正式、文雅,书卷味很强。引语来自一般对话,但又与一般对话有所不同,其有一定的文学审美价值。小说的引语应摒弃一般对话中开头错、说漏嘴、因思

① 侯维瑞.英语语体[M].上海:上海外语教育出版社,1988:197—198.

考与搜索要讲的话所引起的重复等所用的词汇与语法特点。

小说中的句式既有模式化的特征，如对称、排比等，又有与常用句式的“失协”。句式不同所产生的艺术效果也不同，作者就是通过运用不同句式，而实现其表达意图的。

四、叙述视角

通俗地说，小说就是讲故事，所以其语言是一种叙述故事的语言。传统的小说特别注重小说的内容，关注讲的故事是什么，重点研究故事的要素，包括情节、人物和环境。但是，现代小说理论则更在意如何讲述故事，将原来的研究重点转向了小说的叙述规则、方法及话语结构、特点上。通常，小说可以用第一人称和第三人称的形式展开叙述。传统的小说通常采用两种叙述视角：一是作者无所不知的叙述；二是自传体，即用第一人称的方式进行的叙述。现代小说则变成一切叙述描写均从作品中某一人物的角度出发。总之，叙述视角的不同最后所获得的审美艺术效果也大为不同。[①]

第三节　小说的翻译方法

一、人物语言个性的翻译方法

小说作为文学文本，是一种特殊的艺术形式。它因为“包含了语义信息之外的美感因素，要求译者在翻译中不仅要准确传达源语中的语义信息，还要忠实再现源语中的美学信息和审美价值”，“这就要求作为特殊审美主体的译者必须具备敏锐的审美意识，准确的审美转换能力和适度的审美加工能力”，如此方能“确保审美再现的结果（译文）和审美客体（原作）产生最大限度相似

① 张保红．文学翻译[M]．北京：外语教学与研究出版社，2010：130－132．

的审美功能和审美效果,使译入语读者获得与原作读者尽可能相似的审美享受”。[①] 作为一种审美创造活动,译者要在翻译过程中再现人物独特的言说方式,使人物个性跃然纸上。

在小说中,人物的个性是诱发或制约人物语言风格变异的重要因素。言为心声,言如其人,人物的语言对话无疑是对自身形象的最佳诠释。言为心声即通过人物对话,可以展现人物的思想动态,传达人物的心情,反映人物的心理。言如其人意味着对话描写可以揭示人物的性格、本质。在翻译对话时,译者应细细品味原作字里行间的信息,最大限度地再现原作的原汁原味。

小说对话是作者为了刻画人物,传达某种意义而创作的,因此翻译即翻译意义。而意义又是多层次的,对此符号学提供了最全面的意义理论:作为一种符号系统,语言有三种意义,即指称意义、言内意义和语用意义。指称意义是语言符号和它们所指对象之间的关系。语言的指称对象可以是具体的事物,也可以是抽象的概念。言内意义指同一语言系统的语言符号之间的关系。任何语言符号都不能孤立存在,它总是与同一语言系统的其他语言符号紧密相连。语用意义指符号和其使用者的关系,语言的语用意义即语言和其使用者的关系。

一般来讲,指称意义的所指若在两种语言文化中都存在,就不会导致翻译障碍,但是否准确传译将直接影响原作的审美再现。以下选自简·奥斯汀的《傲慢与偏见》。

“O Mr. Bennet, you are wanted immediately. We are all in uproar…”

Elizabeth replied that it was.

“Very well—and this offer of marriage you have refused?”

“I have, sir.”

“Very well. We come to the point. Your mother insists upon your accepting it. Is it not so, Mrs. Bennet?”

---

① 胡安江.从翻译美学的角度论小说翻译中人物语言的审美再现[J].西南政法大学学报,2005,(2):24.

这是班纳特夫妇和女儿讨论她的婚姻大事时的一段针锋相对、互不退让的对话。班纳特太太一心企盼女儿入嫁豪门；班纳特先生对她的浅薄见识冷嘲热讽；伊莉莎白个性独立，反对父母自作主张。三人意见的严重分歧体现在称呼对方时直呼其姓并在姓氏前冠以 Mr.，Mrs.。王科一先生将 Mr. Bennet，Mrs. Bannet 译作“我的好老爷”“我的好太太”，如果单从字面意义来讲既忠实于原作又通顺，读者也可以接收到大致相同的语义信息，但这仅是小说翻译中的“假象等值”(deceptive equivalence)。如果改译为“班纳特先生”“班纳特太太”，或许更能入木三分地反映人物心情，传达丰富的审美信息。

言内意义为某种语言所特有，因此翻译过程中很难保留，但并不意味着无法传达。言内意义包括音系意义、语法意义、词汇意义、句法意义等。请看下面一则译例。

“I'm p-paralyzed with happiness.”

(F. S. Fitzgerald, *The Great Gatsby*)

“我高兴得瘫……瘫掉了。”

(巫宁坤 译)

原作中的 p-paralyzed 是戴西初遇尼克时结结巴巴的用语，体现了她的矫情。译文用“瘫”对应译文中的首字母 p 重复，用“……”对应“-”，成功再塑了戴西矫揉的激动与喜悦之情，其言内意义实现了最自然、贴切的对等。

“Why, my dear, you must know, Mrs. Long says that Netherfield is taken by a young man of large fortune from the north of England; that he came down on Monday in a chaise and four to see the place; and was so much delighted with it that he agreed Mr. Morris immediately, that he is to take possession before Michaelmas; and some of his servants are to be in the house by the end of next week.”

(Jane Austen: *Pride and Prejudice*)

译文一:“哦,亲爱的,你得知道,郎格太太说,租尼日裴花园的是个阔少爷,他是英格兰北部的人;听说他星期一那天,乘着一辆驷马大轿车来看房子,看得非常中意,当场就和莫里斯先生谈妥了;他要在米迦勒节以前搬进来,打算下个周末先叫几个佣人来住。”

(王科一 译)

译文二:“哼,告诉你吧,亲爱的,听朗太太说,租下内瑟菲尔德的是个年轻人,很有钱,原住在英格兰北边,星期一他坐了辆四匹马拉的车来看房子,中意得很,马上就与莫里斯先生谈定了。他本人准备搬来过米迦勒节,有几个仆人下周末先住进来。”

(张经浩 译)

在这段话中,班纳特太太一连使用四个 that 引导的宾语从句,三分句并作一整句,充分体现了班纳特太太的饶舌以及当时格外急迫的心情。王科一的翻译忠实地保留了原句的分号,人物的性格特征得到了淋漓尽致的体现。张经浩的翻译将两处分号译为句号,虽更符合汉语读者的阅读习惯,却违背了原作的意旨,减弱了人物形象的表现力,言内意义无法准确传达。

小说对话的意义主要在于我们从中可推断出人物的性格、处境以及人物之间的态度。这些推断常常含在对话的语用意义中。在英美小说作品中,人物语言既有“阳春白雪”,也有“下里巴人”,在语言学家看来只是不同变体而已,不存在贵贱之分。但两种变体能体现讲话人的性格、身份,译者需译得恰当,否则译文将失去美感。小说翻译中常遇到一些粗俗字眼,对此译者不应回避或加以“净化”处理。例如:

“女儿悲,嫁个男人是乌龟。”“女儿愁,绣房钻出个大马猴。”

译文一:“The girl's sorrow: She married a queer.” “The girl's worry: A big gorilla springs out of her boudoir.”

(杨宪益、戴乃迭 译)

译文二："The girl's upset：She's married to a marmoset." "The girl looks glum：His dad's a baboon with a big red bum."

（霍克斯 译）

薛蟠是臭名昭著的恶少，以粗俗、鄙陋著称。杨译表现平淡，不足以体现其个性；而霍译与原作一致，精心押韵，就风格而言，出色体现了薛蟠的秽琐粗鄙，充分显现语用意义。

译好人物对话是保证译文质量的关键之一。小说对话的翻译应注重人物语言个性化和口语化特征，注意指称意义、言内意义、语用意义的恰当翻译，斟字酌句，以增强人物形象的表现力，因为理想的文学翻译首先是在艺术上，而不是在语言上和原作一致。

二、人物塑造的翻译方法

小说翻译不同于小说创作：创作是从生活到艺术，即表象→语言，而翻译则是两种语言间的转换，即语言→语言，其实质是两种语言间的形象转换。因此，小说人物塑造的翻译必须甄别附加在词汇本身概念之上的联想意义。中英语言体系相异，中西文化传统也不同，东西方人之间的思维习惯和方式也多有差异。要以一种完全不同的语言再现另一种语言创造的艺术品实属不易。为此，国内已有学者提出在译文中忠实重塑人物形象须采用等值原则。

奈达 1964 年发表《翻译科学探索》（*Toward science of Translating*），提出"动态对等"（dynamic equivalence）的翻译标准，即源语与译入语之间最贴切、最自然的对等。动态对等的核心在于找出译入语的各种有效表达手段，以最自然的方式表达原作的对等信息。翻译等值概念的出现，促使小说人物塑造的翻译走出直译和意译两个极端，从而获取更新、更全面的研究角度。这里将探讨人物塑造的三种方法——肖像描写、行动描写、心理描写的等值翻译。

(一)肖像描写的等值翻译

肖像描写是通过描写人物的容貌、衣饰、姿态等外部特征刻画人物形象,形神兼备地揭示人物思想性格的一种方法。小说人物的描写并不求其全,而贵在表现人物的精神意态,具体到一颦一笑、一举手一投足。翻译时要特别注意这些起关键作用的细节描写,通过不同的翻译策略,出神入化地在译文中再现具有异域风情的人物形象之美。

关于翻译过程中的语义亏损现象,在有些英语小说中,作者常使用句子成分的省略以达到一定的艺术效果,这或多或少会造成语义亏损,此种情况的翻译是保留省略还是加以补充应视具体文本而定。例如,哈代在 *Tess of the d'Urbervilles* 中描述苔丝的美貌时写道:

One day she was pink and flawless; another pale and tragical. When she was pink she was feeling less than when pale; her more perfect beauty accorded with her less elevated mood; her more intense mood with her less perfect beauty.

译文一:有的时候,她就娇妍、完美;另有的时候,她就灰白、凄楚。她脸上娇妍的时候,就不像她脸上灰白的时候那样多愁善感;她更完美的美丽和她较为轻松的心情互相协调;她更紧张的心情和她比较稍差的美丽互相融洽。

(张谷若 译)

译文二:今天光艳照人,白玉无瑕;明天却又沮丧苍白,满面苍凉。鲜艳往往出自于无忧;而苍白,却总是由于多愁。胸中没了思虑她便美丽无瑕,一旦烦愁涌起,便又容色憔悴。

(孙法理 译)

原作多处省略主、谓语,使得叙述节奏轻盈流畅,如诗般赞美苔丝的纯洁美丽。张译运用增词法将省略处一一补全,虽句型完整,却显得拖沓冗长,削弱了读者对苔丝肖像美的感受力;相反,孙译保留省略,简洁明快,使主人公的美更具感染力。

汉语小说习惯于在肖像描写上大量使用形容词及比喻，对此可以找出最佳英语对等词进行直译，其等值翻译中语义的亏损不大。例如：

面如中秋之月，色如春晓之花，鬓若刀裁，眉如墨画，睛若秋波……

（曹雪芹《红楼梦》）

His face was as radiant as the mid autumn moon. His complexion fresh as spring flowers at dawn. The hair above his temples was as sharply outline as if cut with a knife. His cheeks as red as peach blossom, his eyes as bright as autumn ripples.

（杨宪益，戴乃迭 译）

译文中的比喻和形容词的翻译均自然、贴切，十分到位，使得宝玉的形象活灵活现地得到传译，达到了原作的表达效果。

对于造成词语意义亏损较大的具有特殊民族文化内涵的肖像描写，在翻译时应寻找灵活的翻译策略，如有学者将鲁迅的《药》中“两块胛骨高高突出，印出一个阳文‘八字’”译为：“… and his shoulder blades stuck out so sharply, an inverted‘V’seemed stamped there.”原作中的“阳文‘八’字”是带有鲜明汉语色彩的表述，译文用 an inverted‘V’借代“八”字，虽形不似却神似，译功到此可谓出神入化、令人拍案。

（二）行动描写的等值翻译

行为动作的描写常由动词来完成，翻译时需在译入语中找出等值的富有表现力的动词，活泼地再现人物形象。例如：

屠户把银子攥在手里紧紧的，把拳头舒过来，道：“这个，你且收着。我原是贺你的，怎好又拿了回去？”

范进道：“眼见得我这里还有几两银子，若用完了，再向老爹讨用。”

屠户连忙把拳头缩了回去，往腰里揣，……

（吴敬梓《儒林外史》）

Butcher Hu gripped the silver tight, but thrust out his clenched fist, saying, "you keep this I gave you that money to congratulate you, so how can I take it back?"

"I have some more silver here." said Fanjin, "When it is spent, I will ask you for more."

Butcher Hu immediately drew back his fist, stuffed the silver into his pocket...

(杨宪益、戴乃迭 译)

译文中 grip, thrust out, clench, draw back, stuff 几组动词活脱脱地刻画出屠户的惜财本性,用词准确、传神,妥帖地保留了原作的风貌。再如:

Tom raved like a madman beat his breast, tore his hair, stamped on the ground, and vowed the utmost vengeance on all who had been concerned. He then pulled off his coat, and buttoned it round her, put his hat upon her head, wiped the blood from her face as well as he could with his handkerchief, and called out to the servant to ride as fast as possible for a side-saddle, or a pillion, that he might carry her safe home.

(Henry Fielding: *Tom Jones*)

汤姆像个疯子一样,咆哮叫骂,捶胸薅发,顿足震地,起誓呼天,要对所有一切参与其事的人,都极尽报仇雪恨之能事。于是他把自己的褂子,从身上剥下来,围在娼丽身上,把纽扣给她系好;把自己的帽子,戴在她头上;用手绢尽其所能,把她脸上的血给她擦掉;大声吩咐仆人,叫他尽力快快骑马,取一个偏鞍或后鞍来,以便把她平平安安地送回家去。

(张谷若 译)

这是汤姆英雄救美的场面。传神之处是使用一系列动词,呈现汤姆是一个行侠仗义却有些不谙世事的单纯青年。

(三)心理描写的等值翻译

相对而言,运用心理描写来塑造小说人物为西方作家所偏爱。作家通过对所塑造的人物作内心世界的描述,能直接叙写人物的情感起伏,展示人物的心灵和性格特征。心理描写的方式多种多样却殊途同归,都是以清晰的条理、有逻辑且规范的语言让读者看到人物的理性的精神世界。在翻译的过程中要注意叙述主体的身份与个性,以适当的语气语调来真实传译人物的心理状况。例如:

I didn't give a damn how I looked. Nobody was around anyway. Everybody was in the sack… If I am on a train at night I can usually even read one of those dumb stories in a magazine without puking. You know. One of those stories with a lot of phony, lean-jawed guys named Linda or Marcia that are always lighting all the goddamn David's pipes for them.

译文一:至于我变成一个什么样的怪相我一点也不管。好在附近没有人。所有的人都睡到床上去了……如果我是在夜间坐车,我通常都能读完一篇这种杂志上面的低级故事而不作呕的。你知道的,这样的故事,有一篇其中出现不少名叫大卫的尖下巴的骗子,还有一些名叫苓达或码琪的女骗子,她们老是去替那些混账东西的大卫们点他们的烟斗。

(钱歌川 译)

译文二:我他妈的才不在乎什么不好看哩。可是路上没有一个人。谁都上床啦。……我要在晚上坐火车,通常还能看完杂志里某个无聊的故事而不至于作呕。你知道的那故事。有一大堆叫大卫的瘦下巴的假惺惺的家伙,还有一大堆叫林达或玛莎的假惺惺的姑娘,老是给大卫们点混账的烟斗。

(施成荣 译)

这是主人公 Holden 的第一人称内心独白,他是一个自嘲自讽、满口脏话的中学生,一个不满现实的小痞子。文中 damn, goddamn, phony, guy 等粗俗的俚语意在塑造他的桀骜不驯。钱译不大符合一个逃学在外的少年的口吻,施译则更好地融入叙述主体的话语中,保留了俗语的情趣,再现了 Holden 的真实心理。

意识流方法表现的则是人物的梦境、呓语、幻觉、回忆、闪念等非理性部分。这些原生态的思想意识交替混杂、汇成一股活动的“流”，表现出流动性和飘忽性。语言作为思想的载体，必然以特定的形式来迎合并表现这些特点。文本中各种词语变异、语法变异、语义变异、拼写变异和语域变异俯拾即是。这种语言变异和非逻辑因素决定了文本的抗读性，即便是源语读者也会因其强烈的陌生化特征而茫然无绪。

因此，对这种主要以意识流手法来塑造人物形象的文本，翻译时除了保留原作风格、忠实再现外，更多的要考虑读者因素，使读者真实地感受到人物内心意识的自然流动。如果译作不能被译入语读者所理解，那么译者的用心及努力就会毫无用处。下面来看英国作家乔伊斯的《尤利西斯》中的一个片段。

Memories beset his brooding brain. Her glass of water from the kitchen tap when she had approached the sacrament. A cored apple, filled with brown sugar, roasting for her at the hob on a dark autumn evening. Her shapely fingernails reddened by the blood of squashed lice from the children's shirts.

译文一：往事的情景围攻着他苦忆的思绪。在她接近圣事的时候，她那从厨房的水管下接来的水。一个阴沉的秋晚，壁炉架上，一个挖去果心塞上红糖为她烤着的苹果。她的修长的指甲，因为给孩子们的衬衣掐虱子，被血染成了红色。

译文二：种种回忆包围着他冥思苦想的头脑。当她走近圣礼时，她那杯从厨房水管取来的水。一个阴暗的黄昏，一只挖掉果核填满红糖为她烤在壁炉架上的苹果。她那为孩子挤衬衫上的虱子而被虱血染红的修长的指甲。

这是《尤利西斯》中人物 Stephen 的意识流动，思绪跳跃大，表达不遵循句法。这些意识是根据事物留存在人的头脑中的印象依次记录下来的，它们朦朦胧胧、不甚明晰，唯一可辨的或许只有“水”“苹果”“指甲”这些实体。译文二在句式上沿袭了源语的模式，而没有用译文一的合逻辑、合语法的完整句子，突出了实物在意识流动中的指示性作用，再现了 Stephen 思维中随意、非理性的一面。

三、小说语境的翻译

语境即语言环境，是指用语言进行交际的具体场合。小说的语境均是特定语言创设的语境，而语境的翻译要比语义翻译更加困难。

语境在很大程度上影响着译者对原文的理解。在进行翻译实践的过程中，译者了解作为符号的语言与具体语境之间的关系对于信息的正确传递具有重要的影响。如果译者忽视了语境的作用，则很难忠实于原文的风格进行翻译，同时无法准确传递出原文信息。英汉两种语言具有很大的差异性，因此想要取得完全相同的表达效果是不可能的。在小说翻译中，译者需要在运用自身的语言知识的基础上重视语境对文章表达的影响，从而在最大程度上还原原作的信息。

小说是在语境中生成意义的，这种语境可能涵盖政治、经济、文化等很多方面，虽然看似毫无关联，却能给作品构造出框架，体现作者的思想。因此，从本质上来看，小说翻译就是不同文化语境的碰撞与交流。因此，译者在小说翻译的过程中要在转换语言的同时对其文化语境展开深入分析，使用恰当的词语和表达方式，准确地翻译原文语境。例如：

It was Miss Murdstone who has arrived, and a gloomy looking lady she was; dark, like her brother, whom she greatly resembled in face and voice; and with very heavy eyebrows, nearly meeting over her large nose, as if, being disabled by the wrongs of her sex from wearing whiskers, she had carried them to that account. She brought with her two uncompromising hard black boxes, with her initials on the lids in hard brass nails. When she paid the coachman she took her money out of a hard steel purse, and she kept the purse in a very jail of a bag which hung upon her arm by heavy chains, and shut up like a bite. I had never, at that time, seen such a metallic lady altogether as Miss Murdstone was.

来的不是别人,正是枚得孙小姐。只见这个妇人,满脸肃杀,发肤深色,和她兄弟一样,而且嗓音,也都和她兄弟非常地像。两道眉毛非常地浓,在大鼻子上面几乎都连到一块儿了,好像因为她是女性,受了冤屈,天生地不能长胡子,所以才把胡子这笔账,转到眉毛的账上了。她带来了两个棱角峻嶒、非常坚硬的大黑箱子,用非常坚硬的铜钉,把她那姓名的字头,在箱子的盖儿上钉出来。她开发车钱的时候,她的钱是从一个非常坚硬的钢制钱包儿里拿出来的,而她这个钱包儿,又是装在一个和监狱似的手提包里,用一条粗链子挂在胳膊上,关上的时候像狠狠地咬了一口一样。我长到那个时候,还从来没见过别的妇人,有像枚得孙小姐那样完全如钢似铁的。

(张谷若 译)

该例选自狄更斯的《大卫·科波菲尔》。这段文字描写了枚得孙的姐姐兼管家刚到科波菲尔家时的场景。可以看出,作者对此人物是持否定态度的。根据作者的态度,译者在遣词造句时就要注意体现其观点,努力再现原文的情景。例如,将 gloomy looking 译为"满脸肃杀",将 uncompromising 译为"棱角峻嶒"等。

四、小说文体的翻译

在了解英文小说的文体特征之后,还要具备一定的翻译理论和掌握一些翻译方法,通过大量的阅读和翻译实践,才能把小说翻译好。

(1)小说反映的是广阔的社会现实,因此翻译小说还必须有着宽阔的知识面,有着较为丰富的英语民族以及汉语民族的社会文化知识,如历史、地理、文学艺术、政治、宗教、体育、风土民情等,这对准确理解原著起着十分重要的作用。

(2)译者必须具备一定的文学鉴赏力,在一定程度上应是一位文学批评家。

(3)译者必须对译入语驾轻就熟,有较高的母语表达能力,既要能对译出语意会,又要能用译入语言传。应在遣词造句上下功夫,正确运用翻译技巧,以保证行文的连贯流畅。同时,译者还应深入分析原作的语言风格,如是正式的还是非正式的,是高雅的还是粗俗的,是口语化的还是书卷气十足的等。

下面来看小说文体翻译的实例。

You're a pal!

(*Presumed Innocent*)

你真够朋友/你真够哥们!

小说原文表达的是"你是一个朋友",但这句译文是判断或阐述,而原文是抒情,属于"表达类"言语行为。可见,好译文要翻译出原文的交际功能。

I am ready to pop.

(*Liar Liar*)

我要爆炸了/我的肚子要裂开了。

该例原文是对"还要吃点吗?"的应答,因此是礼貌拒绝的功能。那么翻译成"吃不下了""再吃就要爆炸了"比较贴切,切不可按照字面意思翻译成"我准备引爆"。

五、小说风格的翻译

读者在阅读小说时可以发现,有的小说语言简单活泼,有的语言则幽默辛辣,不同的语言特点其实都源于小说家写作风格的不同。另外,小说的风格还会通过小说的主题、人物形象、故事情节、创作方法等表现出来。

关于风格,(1996)*Webster's Encyclopedic Unabridged Dictionary of the English Language* 提供的释义是"具有某一团体、时期、个人或性格特征的,在写作或讲话中为达到清晰、有效以及悦耳目的的,通过选择和安排适当的词语来表达思想的方式"。因此,风格的含义既是作品所特有的艺术格调,还是通过内容与形式结合而体现出来的思想倾向。

译文的读者一般不会直接接触原作，但依然希望与原作的读者一样领略作品中所包含的精神。美国翻译理论家奈达指出，真正需要的是提供这样一种译文：它可以使译文读者领略到读原著所能领略到的东西。虽然译者在风格方面不能做到完全同意，但是译者应尽可能地避免自身风格的影响，使作者期望达到的艺术功能与特殊效果得以保留。

这就要求译者在翻译不同小说家的作品时，必须在准确传达原文思想内容的基础上，忠实地再现原文的风格。

具体而言，准确再现原文风格，首先需要把握作者的创作个性，然后要了解作者的创作意图与创作方法，且要了解作者的世界观、作品的创作情况等。只有对这些问题有所掌握之后，才可能还原原文的艺术效果。例如：

"Let me just stand here a little and look my fill. Dear me! It's a palace—it's just a palace! And in it everything a body could desire, including cosy coal fire and supper standing ready. Henry, it doesn't merely make me realize how rich you are; it makes me realize to the bone, to the marrow, how poor I am—how poor I am, and how miserable, how defeated, routed, annihilated!"

让我在这儿站一会儿吧，我要看个够。好家伙！这简直是个皇宫——地道的皇宫！这里面一个人所能希望得到的，真是应有尽有，包括惬意的炉火，还有现成的晚饭。亨利，这不仅只叫我明白你有多么阔气；还叫我深入骨髓地看到我自己穷到了什么地步——我多么穷，多么倒霉，多么泄气，多么走投无路，真是一败涂地！

该例是马克·吐温的《百万英镑》中的一段话。通过阅读可以发现，马克·吐温的作品有着诙谐幽默的语言特点。据此，译文就应采用相同的口语化的语言，传达出原文的轻松诙谐，获得与原文相同的艺术风格。

We had come, through Temple Bar, into the City. Conversing no more now, and walking at my side, he yielded himself up to the one aim of his devoted life, and went on, with that hushed concentration of his faculties which would have made his figure solitary in a multitude. We were not far from Blackfriars Bridge, when he turned his head and pointed to a solitary female figure flitting along the opposite side of the street. I knew it, readily, to be the figure that we sought.

(Charles Dickens: *The Personal History of David Copperfield*)

我们这时候已经穿过了庙栏，来到了城圈了。我们这阵儿未谈话了，他在我旁边走着，就把全副精神都集中在他这种耿耿忠心，唯一追求的目标上面，一直往前，默不作声，耳不旁听，目不旁视，心无旁骛；因此，即便在一大群人中间走动，也只是旁若无人，踽踽独行。我们走到离黑衣僧桥不远的地方，他把头一转，往大街对面一个踽踽独行的女人倏忽而过的身形指去。我一下就看出来，那正是我们所要寻找的那个人。

(张谷若 译)

该例选自狄更斯的《大卫·科波菲尔》。这段文字形象地描写了大卫和勾坡提在伦敦大街上尾随玛莎时的神秘气氛。同样，译文也准确地再现了这一风格。

第四节　小说经典译作分析

(1)原文：

The Lemon Lady

Katiti

We called her the "Lemon Lady" because of the sour-puss face she always presented to the public and because she grew the finest lemons we had ever seen, on two huge trees in her front garden. We often wondered why she looked so sour and how she grew such lemons—but we could find out nothing about her. She was an old lady—at least 70 years of age, at a guess, perhaps more.

One day we answered an advertisement for a flat to rent, as we had been asked to vacate ours as soon as we could, and when we went to the address given, it was the house of the Lemon Lady.

She did not "unfreeze" during the whole of our interview. She said the flat would not be ready for occupation for about a month; that she had 45 names on her list and might add others before it was ready and then she would just select the people who seemed to suit her best. She was not antagonistic, just firm and austere, and I gathered that we were not likely to be the ones selected.

As my husband and I were leaving, I said: "How do you grow those wonderful lemons?" She gave a wintery smile, which transformed her whole expression and made her look sweet and somehow pitiful.

"I do grow nice lemons," she replied. We went on to tell her how much we had always admired them every time we had passed, and she opened up and told us quite a lot about this fruit. "You know the general theory of pruning, I suppose?" She asked.

"Oh," said my husband, "I understand about pruning fruit trees and roses, but you must not prune lemons, or so I understand." He added these last words when he saw from the Lemon Lady's expression that he had said the wrong thing.

"No," said the Lemon Lady, "you must not prune lemons unless you want them to grow like mine. What is the reason for pruning?"

"Well, to cut off dead or diseased wood; to prevent one branch chafing another; to let the sunlight into the centre of the bush and to promote the growth of the more virile buds."

"Very nicely put," said the Lemon Lady. "and why do you think that lemons are better with dead or diseased wood on them; why should you not let sunlight into them; why should allowing many sickly buds to develop make it a healthier tree?"

"I had not thought about it at all," confessed my husband rather shame-facedly, as he prides himself on being an original thinker, and here he was allowing an old lady to out-think him. "Everyone here said you must not prune lemons, so I thought it must be right."

We thanked her for the information and left, on much better terms with her than we would have ever thought possible. We even felt quite a degree of affection towards her.

In the course of the next three weeks we saw several places that might have been to let but which for various reasons we could not get. Eventually, we got a place that suited us very well and I returned to tell the Lemon Lady that we would not be needing her flat.

She was very nice and gave us afternoon tea. She said in her precise and careful style, "I'm glad you have a house for your own sake and for the sake of your little boy, because a flat is no place for a child, especially a boy. But for my own sake, I'm very sorry. I had decided to let you have the flat because I think we could have got very well together and because you liked my lemons."

As I left, she handed me a bag with two huge lemons in it. They were the most magnificent I have ever seen—huge and without blemish, and two were all the load I would care to carry.

As I looked back from the gate and saw her sweet smile, I wondered why we had called her the Lemon Lady.

As my husband said to me afterwards, "No one could do anything so well as she grew those lemons, without being very proud of the accomplishment, and our touching on them was a good point in psychology." We have used that idea to good effect several times since then.

At the house we did rent was a decayed, dying old lemon tree with the woodlice playing havoc with the remnant of its body. My husband shook his head sadly as he gazed at it. "Too late for treatment, I'm afraid," he said, but he set to and pruned it ruthlessly. We were in that house for four years and from the second year onward, we each had the juice of a lemon every morning, and when we left we took with us two 60-pound cases of lemons from the tree, and after we left a friend wrote and asked why we had not picked the lemons before we left.

We still call her the Lemon Lady, but the term is now one of pure affection.

译文：

柠檬老太

卡蒂蒂

我们之所以叫她"柠檬老太"，一是因为她老在人前板着个脸，二是因为她种在她家前花园的那两颗巨大的柠檬树结出了我们见过的最好的柠檬。我们常常想弄清楚她为什么看上去如此不苟言笑，以及她是如何种出这么好的柠檬的——但结果还是对她一无所知。她是一位老太太——至少 70 岁了吧，这是猜的，也许岁数更大。

一天，我们看到一则有一套公寓要出租的广告，便决定去看看——因为现在的房东要求我们尽快腾出所住的房间。当我们按照广告上的地址找过去，才发现那是"柠檬老太"的房子。

我们面谈的整个过程中她脸上的表情一直没有“解冻”。她说要出租的公寓在大约一个月后才会收拾好供人入住；还说她的求租者名单上已经有45个人了，而在公寓收拾好之前可能还有其他人要添加上，之后她只会挑选看起来最合适她的人出租。她没有敌意，只是既坚定又严肃，而我估计我们十有八九是不会被选中的。

当我和我丈夫就要离开时，我说：“您是怎么种出那些特棒的柠檬的呀？”她淡淡一笑，这笑改变了她整个的面部表情，使她看上去温和了些，且多少有点值得同情。

“我确实能种出很好的柠檬。”她回答道。我们接着告诉她，每次经过的时候，我们总是多么羡慕她的那些柠檬。于是她打开了话匣子，告诉了我们许多关于这种水果的知识。她问道：“我想，你们知道关于植物修剪的一般原则吧？”

“噢，”我丈夫说，“我知道一点儿怎样修剪一般的果树与玫瑰，但柠檬树绝不能修剪，我大概知道这个。”当他从“柠檬老太”的表情上看出他说错了话时，就加上了最后几个字。

“不对，”“柠檬老太”说，“除非你不想让柠檬树长得像我的一样，那样的话你就不要修剪。你知道修剪是为了什么吗？”

“哦，为了除掉死去的或者患病的树枝；为了防止树枝之间相互擦伤；为了让阳光照进树枝中间；还为了促进更强壮的芽苞生长。”

“说得非常好。”“柠檬老太”说，“那么，你为什么认为柠檬树在有死树枝或者患病树枝的情况下还能长得更好；你为什么不应该让阳光照进树枝中间；又为什么让许多病态的芽苞发育会使整棵树长得更健康呢？”

“这个我压根儿就没有考虑过。”我丈夫有些羞愧地承认道，他总是为自己是个有主见的人而感到骄傲，不料今天让一个老太太给问倒了，“这里的每个人都说绝不能修剪柠檬树，所以我想那肯定没错了。”

我们谢过老太太提供的知识便离开了，与她的关系比我们原先可能想象的要好得多。我们甚至感觉对这位老太太有了相当程度的好感。

在接下来的三周时间里,我们又去看了几个可能租到房屋的地方,但由于种种原因,我们都未能租到。最终,我们找到了一处非常适合自己的房子,于是我回去告诉"柠檬老太",我们不需要租她的公寓了。

她非常和善,请我喝了下午茶。她以自己那种周密而谨慎的风格说:"我很高兴你们租到了一处适合自己也适合你们小儿子的房子,因为公寓并不适合小孩子住,尤其是小男孩。不过为了我自己,我感到很遗憾。我本来已经决定将公寓租给你们了,因为我想我们在一起肯定会相处得很好,也因为你们喜欢我的柠檬。"

在我离开时,她递给我一个袋子,里面有两只超大个儿的柠檬。那是我所见过的最棒的柠檬——又大又没有瑕疵,两只柠檬就已经够我带了。当我从大门回头望去时,看见了她和蔼的微笑,我真不知道以前我们为什么叫她"柠檬老太"。

正如我丈夫后来对我说的那样:"一个人做事像她种柠檬种得那么好却不对自己的成就感到自豪,是不可能的,我们跟她谈那些柠檬从心理学上说是个很好的切入点。"自那以后,我们几次运用这种理念,都取得了良好的效果。

在我们最后租住房子的地方,有一棵腐烂得快要死掉了的老柠檬树,树上的虫子正肆无忌惮地吞噬它剩下的躯体。我丈夫盯着它仔细看了看,难过地摇了摇头。他说:"要治好这棵柠檬树恐怕太迟了。"但他还是动手干了起来,毫不留情地修剪了它的树枝。我们在那所房子居住了四年,从第二年起,我们每人每天早上都能享受到一只柠檬榨出的美味果汁;当我们搬走时,我们带走了两箱各 60 磅重的柠檬,都是那棵柠檬树结的;而在我们离开后,一位朋友还写信问我们为什么没有在走之前将树上的那些柠檬都摘下来。

我们仍然叫她“柠檬老太”,但这个词现在代表的是一份纯粹的钟爱之情。

分析:通过阅读原文可知,小说的最主要的人物就是 the lemon lady,她看起来严肃、不苟言笑,实则认真和善。为了突出主人公的这一特点,译者在翻译时特别注重面部表情的措辞,如“既坚定又严肃”“淡淡一笑”“和蔼的微笑”等,完美地再现了小说人物的特征。另外,在句式的组织上,译者用与原文句子长短相近的句子进行翻译,再现了原文平实、简单的语言风格,如“不对,”“柠檬老太”说,“除非你不想让柠檬树长得像我的一样,那样的话你就不要修剪。你知道修剪是为了什么吗?”

(2)原文:

And his shadow on the border of the pond, was watching for a few moments, then he stooped and groped on the ground. Then again there was a burst of sound, and a burst of brilliant light, the moon had exploded on the water, and was flying asunder in flakes of white and dangerous fire. Rapidly, like white birds, the fires all broken rose across the pond, fleeing in clamorous confusion, battling with the flock of dark waves that were forcing their way in. The furthest waves of light, fleeing out, seemed to be clamoring against the shore for escape; the waves of darkness came in heavily, running under towards the centre. But at the centre, the heart of all was still a vivid, incandescent quivering of a white moon not quite destroyed, a white body of fire writhing and striving and not even now broken open, not yet violated. It seemed to be drawing itself together with strange, violent pangs, in blind effort. It was getting stronger; it was reasserting itself, the inviolable moon. And the rays were hastening in thin lines of light, to return to the strengthened moon, which shook upon the water in triumphant resumption.

Birkin stood and watched, motionless, till the pond was almost calm, the moon was almost serene. Then, satisfied of so much, he looked for more stones. She felt his invisible tenacity. And in a moment again, the broken lights scattered in explosion over her face, dazzling her; and then, almost immediately, came the second shot. The moon leapt up white and burst through the air. Darts of bright light shot asunder, darkness swept over the centre. There was no moon, only a battlefield of broken lights and shadows, running close together. Shadows, dark and heavy, struck again and again across the place where the heart of the moon had been, obliterating it altogether. The white fragments pulsed up and down, and could not find where to go, apart and brilliant on the water like the petals of a rose that a wind has blown far and wide.

Yet again, they were flickering their way to the centre, finding the path blindly, enviously. And again, all was still, as Birkin and Ursula watched. The waters were loud on the shore. He saw the moon regathering itself insidiously, saw the heart of the rose intertwining vigorously and blindly, calling back the scattered fragments, winning home the fragments, in a pulse anti in effort of return.

译文：

看到伯金站在池塘边伫望了许久，又弯下身子在地上搜寻着。随后又是一声爆响，亮亮的月光在水面上爆开了，击裂成一束一点的危险的白光，四散开来。白光如同振翅疾飞的一群白鸟，碎裂、升腾，跃过池塘，在喧闹混乱中四散而去，同涌上前来的大块大块夜暗的浪潮争斗着。跑得最远的光浪像是急着逃走的溃兵而闹闹哄哄地冲击着堤岸，夜暗的潮头沉甸甸地向下压过来，从下面朝池塘中心压去。而在中心处，在一切的中心处，那轮闪亮的明月却仍活生生的颤动着，它并没被彻底毁坏，还是一个白光的躯体，在扭动着，争斗着，甚至根本不曾裂开，没有受到玷污。它像是在出奇的剧痛中不顾一切地要努力把自己再聚到一起来。它愈来愈强健了,在表明自己是不容侵略的月亮。一缕缕纤细的光丝又在急匆匆地收聚起来,回到恢复了力量的月亮身上。明月在水面上摇荡着,又洋洋自得地恢复原样了。

伯金毫无声息地立在那儿望着,直到池水又平静下来,月亮又变得那样宁静安详。他感到十分满意,又在找石头。厄秀拉看出了他内在的不易觉察的执拗来。稍过片刻,击碎的光点在爆裂中飞到她的脸上,使她不知所措。随即,接踵而来的又是第二次打击。皎洁的月亮蹿了起来,弹向空中,亮晶晶的光芒箭似地震荡开来,黑暗掠过了池塘中心,月亮没有了,只留下一片破碎光里的战场,它们涌来荡去地缠结在了一起:漆黑凝重的阴影一次又一次扑打着冲过池塘中心,把原先月亮所在的地方涂抹得漆黑一片。白色的光片起伏跃动着,不知何去何从,在水面上光闪闪地分散开来,活像白玫瑰花瓣在一阵风中被吹得四处飘零。

然而它们却又一次朝中心聚集起来,炉火中烧地胡乱找寻着路径。一切复又平静下来,伯金和厄秀拉都在注视着。水拍堤岸发出喧闹的声响。伯金眼见明月又狡诈地重聚成一团,白玫瑰的中心又生机勃勃、漫无目的地缠成了一堆,召回了四散的碎片,在回返的冲动和努力中使碎片归了位。

分析:原作中 Ursula 的名字蕴含有特殊的意义。在古代,Ursula 是一个基督国王的女儿、一位基督教会的圣徒,这个名字喻义可以追溯到斯瓦比亚的月亮女神和古埃及的自然女神伊西斯的传说中。显而易见,在劳伦斯的意图中,厄秀拉就是月亮的化身,一个完全独立、有个性、有信仰的个体,她的角色被定位成一个可能侵犯男性权威的女性。从译文来看,译者对 Ursula 所负载的西方传统文化意义是了然于心的,他很贴切地将厄秀拉的角色暗示与月亮、自然意象紧密相融,通过对场景寓意的精确理解与翻译,烘托出伯金的心理情状——一种男人对女人权威根深蒂固的憎恨与恐惧之情。环境描写不仅仅是作为陪衬，而是与作者要表达的情感、思想、主题丝丝入扣，有助于译者对原作隐含的文化意义的确切把握，读者能从景物的气氛渲染里更深刻地领悟文本。

第七章 文学翻译之散文翻译

散文作为与诗歌、小说、戏剧并称的一种文学体裁，是语言艺术的典范，具有很高的审美价值，这就对散文翻译提出了更大的挑战。本章主要围绕散文概述、散文的语言特点、散文的翻译方法和散文经典译作分析这几个问题进行探究。

第一节 散文概述

一、散文的定义

散文是一种文体概念，可以有狭义和广义之分。广义的散文是一个相对概念，是相对于韵文来讲的，韵文以外的所有文体都可以包含在广义的散文概念中。而狭义的散文则是特指那些抒发情感、发表议论、写人记事的文章。狭义的散文在语言上同小说的语言十分相似，但是在其他方面还是有很大区别的，最主要的区别就在于，小说多是虚构的，而散文则属于非虚构性质，而且散文的语言读起来更加清新自然，能给人以美的享受。

可以说，在所有文学文体中，散文是我们最为熟悉也是最陌生的文体。说它熟悉，是因为读者很多，作者也多；说它陌生，是因为要准确地解释什么是散文，又是非常不容易的。导致这一结果出现的原因有两个：一是散文文体在形式与内容上都很不固定，具有很大的游离性和随意性；二是散文文体在长期的发展过程中，其内涵和外延均不断发生变化，使人们对它的认识和理解也在发生着改变，所以文体的概念也有不确定性。

基于上述原因，人们对散文概念的研究只能集中在狭义层面上。综合诸多专家的观点，结合当前的实际情况，我们可以得出，散文是一种能充分利用各种题材，创造性地用各种文学的、艺术的表现手段，自由地展现主体个性风格，以抒情写意、广泛地反映社会生活为主要目的的文学文体。[①]

二、散文的文体特征

（一）散文的真

散文的真首先是指散文在表达上不假雕饰、不施铅华，全凭本色的真实和直接。散文不像诗歌那样含蓄，不必过于讲究语言的音乐感、隐喻、意象、象征等修辞手法，也不像许多小说、戏剧那样讲究语言艺术技巧。下面的这段摘选就能很好地说明散文的真。

The Pleasures of Ignorance

It is impossible to take a walk in the country with an average townsman—especially, perhaps, in April or May—without being amazed at the vast continent of his ignorance. It is impossible to take a walk in the country oneself without being amazed at the vast continent of one's own ignorance. Thousands of men and women live and die without knowing the difference between a beech and an elm, between the song of a thrush and the song of a blackbird. Probably in a modern city the man who can distinguish between a thrush's and a blackbird's song is the exception. It is not that we have not seen the birds. It is simply that we have not noticed them. We have been surrounded by birds all our lives, yet so feeble is our observation that many of us could not tell whether or not the chaffinch sings, or the color of the cuckoo. We argue like small boys as to whether the cuckoo always

① 刘海涛.文学写作教程[M].北京：高等教育出版社，2005：121.

sings as he flies or sometimes in the branches of a tree—whether Chapman drew on his fancy or his knowledge of nature in the lines:

When in the oak's green arms the cuckoo sings,

And first delights men in the lovely springs.

This ignorance, however, is not altogether miserable. Out of it we get the constant pleasure of discovery.

这是英国散文家罗伯特·林德(Robert Lynd)的名篇《无知的快乐》的开头部分。作者通过列举一些事实说明有很多东西从眼下溜走,人们全然一无所知,但接着便笔锋一转,说这并不悲哀,而是有不断的快乐存在。作者摆事实,列举乡下人的无知、众男女世人的无知、市民对鸟类的无知,以及人们常常把想象和无知混为一谈——这都是实的写法。直抒胸臆,不用虚构,不用倒叙,开门见山,这就是散文的一种性格。散文的真,如上所析,指的是散文的直和实。上面引用的文字,一方面作者开门见山、直奔主题,说明此文的“直”;一方面比喻通俗易懂,不施铅华,说明此文的“实”。思想周密,实际内容也对读者有帮助,说明这篇散文的真是务实的真。

当然,散文也有华靡的,不乏华丽之辞,充斥奢华之风。17 世纪英国作家托马斯·布朗(Thomas Browne)就属于这一派。他的《医生的宗教》(*Religio Medici*)和《瓮葬》(*Urn Burial*)就属于这类作品,其中意象丰富、典故堆砌、想象奇特,似华丽的锦缎,即所谓华美、繁复的巴洛克(Baroque)文风。但是总体而言,散文不论形式如何,和诗歌、小说的装饰性相比,都相对直白、平实。

散文的真,也表现在它感情的真、性情的真。不论是叙事还是抒情,没有热情的渗入,散文也就不会有动人的力量。例如:

When did all this happen, this rain and snow bending green branches, this turning of light to shadow in my throat, these birdnotes going flat, and how did these sawtooth willow leaves unscrew themselves from the twig, and the hard, bright paths trampled into the hills loosen themselves to mud? When did the wind begin churning inside trees, and why did the sixty-million-year-old mountains start looking like two uplifted hands holding and releasing the gargled, whistling, echoing grunts of bull elk, and when did the loose fires inside me begin not to burn?

Wasn't it only last week, in August, that I saw the stained glass of a monarch butterfly clasping a purple thistle flower, then rising as if a whole cathedral had taken flight?

Now what looks like smoke is only mare's tails—clouds streaming—and as the season changes, my young dog and I wonder if raindrops might not be shattered lightning.

这是一段描写秋天早晨的散文,作者是美国著名的散文家格蕾特尔·埃利希(Gretel Ehrlich)。该文被收入1991年度美国最佳散文集。作者写的是景物:

压坏枝条的雨雪,鸟声变得平淡无味,锯齿柳叶无奈地离开枝干,又硬又亮的小路在泥泞中没入了山丘;风在树林里翻腾,古老的山峦像两只举起的巨手,时而闷住公麋鹿的咕噜声,时而又让它们放声山林,心中狂放的火苗停止燃烧;上一个星期还有蝴蝶翻飞,现在驴尾如烟,云朵游荡,季节变更,"我"和"我"的小狗不知道雨滴是否会变成闪电。

这些看起来写的都是身外之物,表达的却是一个情字。宋代文学家欧阳修在他的《秋声赋》中说:"草木无情,有时飘零。人为动物,惟物之灵,百忧感其心,万事劳其形。"其实,一个情字全都在人。上面描写的这一段,如果细细比较就会发现,这一段描写和欧阳修的《秋声赋》相比较,颇有异曲同工之感。再如:

I remember one splendid morning, all blue and silver, in the summer holidays, when I reluctantly tore myself away from the task of doing nothing in particular, and put on a hat of some sort and picked up a walking-stick, and put six very bright-colored chalks in my pocket. I then went into the kitchen (which, along with the rest of the house, belonged to a very square and sensible old woman in a Sussex village), and asked the owner and occupant of the kitchen if she had any brown paper. She had a great deal; in fact, she had too much; and she mistook the purpose and the rationale of the existence of brown paper. She seemed to have an idea that if a person wanted brown paper he must want to tie up parcels; which was the last thing I wanted to do; indeed, it is a thing which I have found to be beyond my mental capacity. Hence she dwelt very much on the varying qualities of toughness and endurance in the material. I explained to her that I only wanted to draw pictures on it, and that I did not want them to endure in the least; and that from my point of view, therefore, it was a question not of tough consistency, but of responsive surface, a thing comparatively irrelevant in a parcel. When she understood that I wanted to draw she offered to overwhelm me with note-paper.

I then tried to explain the rather delicate logical shade, that I not only liked brown paper, but liked the quality of brownness in paper, just as I liked the quality of brownness in October woods, or in beer, or in the peat-streams of the North. Brown paper represents the primal twilight of the first toil of creation, and with a bright-colored chalk or two you can pick out points of fire in it, sparks of gold, and blood-red, and sea-green, like the first fierce stars that sprang out of divine darkness. All this I said (in an off-hand way) to the old woman; and I put the brown paper in my pocket along with the chalks, and possibly other things.

I suppose every one must have reflected how primeval and how poetical are the things that one carries in one's pocket; the pocket-knife, for instance, the type of all human tools, the infant of the sword. Once I planned to write a book of poems entirely about the things in nay pocket. But I found it would be too long; and the age of the great epics is past.

这是切斯特顿(G. K. Chesterton)《一只粉笔》(*A Piece of Chalk*)中的前两段。作者用的是讲故事的手法。似乎只是在讲，一位小朋友在向一位老人索要他想要的牛皮纸。老人不明白他的用途，不懂得他充满想象力的诗意感受。最后，他得到了想要的牛皮纸。初步看来，文章也就是平淡的叙述，不见泼墨的描述。但在这淡淡的叙述后面，可以清晰地体味到作者纯真的心境和浓浓的情愫。

无论是写景、叙事、咏物，还是论理，散文的真都融于情和理这两个因素当中。专事抒情的，就情真意切；专事说理的，情就隐于理中。即使是叙事和咏物的散文，也不会只干巴巴地做清冷的陈述或毫无情感的描写，而总是把情和理寓于其中。如何体现散文抒情与说理的真实和真挚是散文翻译中要考虑的首要问题。

(二)散文的散

散文的第二个特点是散，或者说是自由。从直接感受的层面看，散主要体现为散文的选材范围无拘无束，表现形式没有定规。从选材上看，一切都有可能进入笔端。从形式上看，结构、韵律都没有要求，叙事也好，说理也罢，都可以天马行空、自由放任。有人干脆就把它称为“自由的艺术”。从表象来看，散文是散的。但众所周知的是，“形散神聚”才是概括散文特点的一个惯用语。

查尔斯·兰姆(Charles Lamb)是英国散文名家。他的《古瓷器》(*Old China*)是为人熟知的名作。文章一开始，作者写道：

I have an almost feminine partiality for old china. When I go to see any great house, I inquire for the china-closet, and next for the picture gallery. I cannot defend the order of preference, but by saying, that we have all some taste or other, of too ancient a date to admit of our remembering distinctly that it was an acquired one. I can call to mind the first play, and the first exhibition, that I was taken to; but I am not conscious of a time when china jars and saucers were introduced into my imagination.

这里的开篇作者说的似乎是他对瓷器的偏好几乎成了一种癖好。但在开篇之后的文字中,他对瓷器上的人物、图案进行了详细的描述,并加上想象的点染,则有点像诗人约翰·济慈(John Keats)对希腊古瓮的遐想。再到后来,兰姆文笔一转,把注意力转到了对以往穷困生活的回忆,让读者感到大吃一惊。从心理上看,这种前后不一的写作安排起到了让读者感觉有意外收获的作用。读者正是通过这样的意外笔法了解了作者的真正用意,这得益于作者制造的悬念。总体说来,读完全文后,读者自然明白其中的用意并有回味无穷的感觉,这就是比较典型的形散而神不散的笔法。

(三)散文的美

散文也是"美文",这是人们的共识。散文的美,主要体现为情味、韵致、意境之美。通俗地说,就是古人所说的雅趣,写景、叙事、咏物、论理都少不了这个基本的素质。散文的美,也指文辞的美。散文语言朴素、自然、流畅、平实。不论叙事、抒情还是说理,信笔写来,宛若白描。但散文的语言,一旦经过情感的渗透,写意的磨炼,自然显出功夫。语言技艺高超的作家,总是可以从平淡中见出品位。如果说,诗歌是陌生化的语言,散文则是平民化的语言。散文作为艺术,自然也有巧夺天工之处。例如:

O mighty poet! —Thy works are not as those of other men, simply and merely great works of art: but are also like the phenomena of nature, like the sun and the sea, the stars and the flowers: —like frost and snow, rain and dew, hail-storm and thunder, which are to be studied with entire submission of our own faculties, and in the perfect faith that in them there can be no too much or too little, nothing useless or inert—but that, the farther we press in our discoveries, the more we shall see proofs of design and self-supporting arrangement where the careless eye had seen nothing but accident!

(Thomas De Quincey, "On the Knocking at the Gate in *Macbeth*")

I had been staying with a friend of mine, an artist and delightfully lazy fellow, at his cottage among the Yorkshire fells, some ten miles from a railway-station; and as we had been fortunate enough to encounter a sudden spell of really warm weather, day after day we had set off in the morning, taken the nearest moorland track, climbed leisurely until we had reached somewhere about two thousand feet above sea-level, and had then spent long golden afternoons lying flat on our backs—doing nothing. There is no better lounging place than a moor. It is a kind of clean bare antechamber to heaven. Beneath its apparent monotony that offers no immediate excitements, no absorbing drama of sound and color, there is a subtle variety in its slowly changing patterns of cloud and shadow and tinted horizons, sufficient to keep up a flicker of interest in the mind all day. With its velvety patches, no bigger than a drawing-room carpet, of fine moorland grass, its surfaces invite repose.

Its remoteness, its permanence, its old and sprawling indifference to man and his concerns, rest and cleanse the mind. All the noises of the world are drowned in the one monotonous cry of the curlew.

(J. B. Priestley, "*On Doing Nothing*")

第一段摘自一篇评论莎士比亚戏剧《麦克白》的文章。一篇学术论文,似乎应写得很严肃,甚至有时还会带着一副说教的面孔,可是作者却写得如此生动,诗意盎然。其实这一段就只有两句话,他却写得神采飞扬,令人振奋。除表示惊叹的第一句,后面一句是个装饰的美轮美奂的句子。句子由 not … but … like … which … in the faith that … but that … where 结构构成，有气势磅礴、一泻千里之感。再加上这个长句中的排比、比喻和夸张等修辞手法，使得文章成了真正可读可诵的美文。作者的行文是文学的行文，更是散文的行文。

第二段是谈论“为”与“不为”的意义，尤讲“不为”的好处。作者从一件事情入手，把回归大自然的不为之举描写得如此美好。目睹悠悠白云变幻着形状，山光云影尽收眼底，所有的喧闹都淹没在鸟儿的叫声中。真可谓“无丝竹之乱耳”“无案牍之劳形”，一派世外桃源之境！作者把这些景致描写得如此美好，是为了和尘世的喧嚣与烦扰相对比。同时，由此兴起，以便为后文谈论 doing nothing 的好处做铺垫。让人读来心旷神怡，颇见散文的优美。

三、散文的分类

按照作品的内容、体裁、基本表达等，散文大致可以分为三种。

（一）记叙性体裁的散文

记叙性散文是以记叙人物、事件、景物为主的，它是向小说过渡的重要桥梁。一些小说以散文化的语言进行表现，或者是以散文、诗歌、小说的交叉进行表现，这就给读者辨析散文带来了一定的障碍。

小说和散文的区别主要体现在四个方面。第一，记叙性散文讲述的是真人真事，属于写实；而小说中的人物和事件都是虚构的，整个小说也都是虚拟的世界。第二，散文中的“我”，就是指作者自己，所以通常都是主观书写，没法虚构，所以散文被人们看成是无法伪装的艺术；但是小说对人物的褒贬是通过故事和情节进行表现的，所以适合做客观的抒写，小说中的“我”仅为作者虚构的人物。第三，小说特别注重情节的描写，有着前后的因果联系。也就是说，散文的取材并不需要完整的故事情节，一般将作者的情感作为纽带，截取生活中的几个片段，将各种材料串取在一起。叙事性散文在写人时一般较为简练概括，且不需要塑造人物的性格，仅突出人的某一个侧面。通常用白描的方式对人物的神态进行大致的勾勒，而重点是抒写作者对人、事的感受与体验，抒发其情感。第四，散文的语言自然且流畅，主观性较强，但小说的语言更具客观性，其必须忠实于特定环境中的人、事，不具有强烈的主观色彩。

因此，这种散文中有人物、有故事、也有细节的环境描写，与小说创作仍存在本质上的区别。如果再详细些，叙事性散文可以分为如下三种：以写人为主的记叙性散文、以记事为主的记叙性散文、以写景为主的记叙性散文。

（二）议论性体裁的散文

所谓议论性散文，是指以阐明事理、发表议论为主的散文。议论性散文主要借助事例进行阐述、用形象的描绘进行说理。这一点可以看出，议论性散文不会像杂文那样尖刻辛辣，也不会像一般的议论文那样用严密的逻辑进行推理。

议论性散文与一些议论成分较重的抒情散文很相似，但抒情性散文更注重抒情。议论性散文更注重发表意见，讲道理，尽管其很富于抒情，但更侧重在议论中的爱憎感情与理想意愿的流露。[①]

（三）抒情性体裁的散文

所谓抒情性散文，是指注重表现作者的思想感受，抒发其思想情感的散文。抒情性散文是对具体事情的记叙与描绘，但一般没有贯穿全篇的情节，以表达或披露作者的主观情感为主。这种散文一般通过以寄寓感情的人、情、景、物和生活片断作为情感依托，将作者的情感具象化，以达到更为鲜明、充分的抒情效果。与

---

① 郑遨，郭久麟．文学写作[M]．天津：天津大学出版社，2009：93－95．

其他类型的散文相比，抒情性散文蕴含的情感更为浓烈，想象也更加丰富，语言更富有文采，极具诗意。

这种散文会采用不同的抒情方式。有些直抒胸臆，即不用借助外物而将心中的情感直接表达出来。有些散文会用间接的方式抒发感情，如借景抒情、托物言志等。

作为一种散文表达的方式，抒情性散文的语言更具有情感性。抒情性散文的情感性主要体现在，具有以情动人的力量。不管是直接抒情还是间接抒情，这种散文都应该是作者有感而发的，必须真切。只有真情实意的表达，才能使读者产生情感的共鸣，从而达到以情动人的效果。

抒情性散文语言要想具有情感性，作者就必须有一定的修养，做到真、美、高尚。这是因为，抒情的表达方式，其传达的思想与情感是起主导作用的。语言的情感力量来自作者的真实情感；只有作者具备了健康、高尚的情感，其文章才能更具有感染力。

第二节　散文的语言特点

一、简练、畅达

“简练是中文的最大特色。也就是中国文人的最大束缚。”[①]简练的散文语言既可以充分传达作者所要表达的内容，又能高效地传达出作者对人对物的情感与态度。这不是作者专心雕刻的结果，而是作者朴实、真实感情的自然流露。

畅达的散文语言既指作者措词用语挥洒自如，又指其情感表达的自由自在。林非在讨论散文语言特点时提出：“如果认为它也需要高度的艺术技巧的话，那主要是指必须花费毕生艰巨的精力，做到纯熟地掌握一种清澈流畅而又蕴藏着感情浓度和思想力

① 方遒.散文学综论[M].合肥：安徽教育出版社，2004：121.

度的语言。”[①]

总之,散文语言的简练和畅达是相辅相成的,它们是构成散文语言艺术的重要生命线。

二、口语化、文采化

散文作者会根据自己的姿态、声音、风格等讲话,向读者倾诉、恳谈,能充分展示其说话的风格和个性。因此,散文的口语化更加浓重。散文的口语化特征,并不是说其失去了文采或是不讲究文采,其常常有“至巧近拙”的文采。

三、节奏整齐、顺畅

众所周知,散文的节奏感很强,这主要体现在其声调和抑扬的合理分配上。散文的节奏整齐还体现在,其句式是整散交错的,长短句结合。正是因为散文的节奏整齐,所以其会使读者读来感觉很顺畅,朗朗上口。[②] 散文的节奏美,在语音上表现为声调的平仄或抑扬相配,无韵有韵的交融,词义停顿与音节停顿的融合。在句式上,散文表现为整散交错,长短结合,奇偶相谐。

第三节　散文的翻译方法

散文的创作和审美对象是文字,因此其是一种重要的文学艺术体裁。散文带有很大的自由性,没有形式和字数上的限制,作者在表达时可以根据主观思想进行充分的创作。散文的语言生动优美、清新明丽,在翻译散文时,首先要细读原作,仔细体会作者的写作风格和写作意图,随后用同样清新优美的文笔进行翻译。翻译时要做到把握全篇的中心思想,分清作品的结构层次,

① 方道.散文学综论[M].合肥:安徽教育出版社,2004:120.

② 张保红.文学翻译[M].北京:外语教学与研究出版社,2010:29-30.

传达作者的浓郁情感,重构原作的审美意境,努力再现作者的独特风格。

一、再现散文之意

散文的精髓就在于其达意传情,状物叙事和说理真实、真切、平实和直接,故准确再现散文之意是散文翻译的首要方法。这要求译文在意义、形式、趣味、格调等方面力求与原文等质等量。要做到这一点,首先需要译者对散文进行充分、细致的解读。

对散文的解读不仅要落实到单个字词的意义、语音、拼写等微妙的细节上,也要涉及对词语的内涵和外延意义、比喻意义和象征意义,再到句子、语篇的主题意义等的理解。由于散文选材自由,形式开放,解读散文还必须考虑到字句以外的意义,如文学背景、社会背景、典故常识、历史地理等。总之,译者要从微观到宏观,再从宏观到微观,反复体会散文词句的多方面意义。

再现散文之意需要兼顾散文内容和形式两个方面,不可偏废一方。

(1)从语言层次上说,译文必须由微观到宏观,从字、词、句、篇到修辞、逻辑、文体、主题仔细把握,使用精确、恰当的词句来再现原意。

(2)从文化层次上说,译文必须结合原作的社会、历史、文化和文学背景,准确地体现原作的意义。

下面通过名作名译来讨论如何从形式到内容、从语言到文化、从字词层面到修辞逻辑文体等各个层次,准确在译文中再现散文之意。

I took along my son, who had never had any fresh water up his nose and who had seen lily pads only from train windows. On the journey over to the lake I began to wonder what it would be like. I wondered how time would have marred this unique, this holy spot—the coves and streams, the hills that the sun set behind, the camps and the paths behind the camps. I was sure that the tarred road would have found it out and I wondered in what other ways it would be desolated. It is strange how much you can remember about places like that once you allow your mind to return into the grooves which lead back. You remember one thing, and that suddenly reminds you of another thing. I guess I remembered clearest of all the early mornings, when the lake was cool and motionless, remembered how the bedroom smelled of the lumber it was made of and of the wet woods whose scent entered through the screen.

The partitions in the camp were thin and did not extend clear to the top of the rooms, and as I was always the first up I would dress softly so as not to wake the others, and sneak out into the sweet outdoors and start out in the canoe, keeping close along the shore in the long shadows of the pines. I remembered being very careful never to rub my paddle against the gunwale for fear of disturbing the stillness of the cathedral.

上例选自美国当代散文家 E. B. 怀特的名作《再到湖上》(*Once More to the Lake*)。下面从形式与内容、语言与文化以及字词与篇章三个方面来进行分析。

(1)形式与内容。从形式方面来看,这一段是在叙述一件事情,即笔者和他的儿子到外地野营,那儿有沥青路、树林以及帐篷。从 camp 这个关键词可以看出是旅游、野营,所以这是一篇游记,而且这一段没有通篇的对话,也不分行,说明既不是戏剧,也不是诗歌,而是散文。游记中记述的经过就是这篇散文的内容。

(2)语言与文化。从语言的角度来看,在拼写方面,没有古词,如 thou,thee,thy 之类的词汇,也没有古代的语法,所以一看便知是现代文。再来观察这个作家使用语言的特点。这段话中绝大多数为简短的小词,语言简朴,文风并不华丽。从文化的角度看,在这篇游记中笔者与儿子在野地里安营扎寨,体会大自然,感受大自然带来的好处。这种亲近大自然的观念与中国文化是相一致的。但在个别的地方,如 had any fresh water up his nose 就是一种文化的表达,因为在汉语里并没有这样的说法。

(3)字词与篇章。根据以上的分析可知,这是段朴实、平易的文字。所以在翻译的时候,译者也要尊重和忠实于上述特点,才能准确地传达原文的主题意义和文体意义,即内容和形式两方面包含的意义。

接下来用这些标准来评价下面的译文。

译文:我把我的孩子带了去,他从来没有让水没过鼻梁过,他也只有从列车的车窗里才看到过莲花池。在去湖边的路上,我不禁想象这次旅行将是怎样的一次。我缅想时光的流逝会如何毁损这个独特的神圣的地方——险阻的海角和潺潺的小溪,在落日掩映中的群山,露营小屋和小屋后面的小路。我缅想那条容易辨认的沥青路,我又缅想那些已显荒凉的其他景色。一旦让你的思绪回到旧时的轨迹时,简直太奇特了,你居然可以记忆起这么多的去处。

你记起这件事,瞬间又记起了另一件事。我想我对于那些清晨的记忆是最清楚的,彼时湖上清凉,水波不兴,记起木屋的卧室里可以嗅到圆木的香味,这些味道发自小屋的木材,和从纱门透进来的树林的潮味混为一气。木屋里的间隔板很薄,也不是一直伸到顶上的,由于我总是第一个起身,便轻轻穿戴以免惊醒了别人,然后偷偷溜出小屋去到清爽的气氛中,驾起一只小划子,沿着湖岸上一长列松林的荫影里航行。我记得自己十分小心不让划桨在船舷上碰撞,唯恐打搅了湖上大教堂的宁静。

(冯亦代译,载《外国散文经典 100 篇》)

译者显然意识到这是一篇游记,且使用的是现代语言。译文在这一点上没有偏差。

(1)就字词翻译方面而言,原文中少有文饰的词汇。“缅想时光的流逝……”一句原文是“I wondered how time would have marred this unique,this holy spot”,这其中用的都不是华丽词语,所以把这句译为“我想时间会怎样损坏这个独特、神圣的地方”似乎更贴合原作的风格。“缅想”的文饰程度超过了原文的 wondered,另外,“彼时湖上清凉,水波不兴”宜译为“那时候湖面上清冷、平静”,“彼时”和四字格的表达都拔高了原文的文体程度。还有后面的“混为一气”也应译成“混在一起”,才切合原文的简朴、自然的风格,也才与文章描写的自然美相匹配。

(2)从对原作意义的理解和再现来看,第一句中“从来没有让水没过鼻梁过”,基本是达意的,但原文的 fresh water 是强调他儿子没有来过内陆的淡水湖区,以往都是在海边度假的,fresh 一词是专门拿来强调这难得的游湖经历的,所以漏掉它的翻译则漏掉了原文的意思。同样,suddenly reminds you of another thing 的意思应该是“突然又使你想起另一件事情”,而译文中所谓“又记起”的说法不够准确。此外,译文中“第一个起身”容易引起误解,似乎是“动身”之意,这里原文显然是“起床”的意思,因而译为“起床”才是正确的。在最后一句里,“大教堂的宁静”改为“大教堂般的宁静”就更正确了。

(3)从文化方面来看,had any fresh water up his nose 是一个较难处理的地方,译成“水没有没过鼻子”基本上也是可以理解的。因此,这个译文虽然是出于翻译名家之手,但在准确再现原作形式和意义上还有值得商榷之处。

总之,准确再现散文之意是散文翻译的第一要务,但与其他文学作品一样,散文的意义与形式不能截然分开。因此,在准确把握原作各种意义的基础上,如何采用恰当的译入语形式来再现意义也是散文翻译的关键。

二、保存散文之形

散文的选材是自由开放的,形式上也不拘一格。其形式并不像诗歌那样讲究音韵格律,也不像小说戏剧那样热衷于塑造人物形象、虚构情节和采用特殊的叙事手段,但这并不是说散文就不注重形式。

散文也是美文,散文之美除了体现为意境、情趣的审美效果外，也体现为散文的形式，包括散文的音韵节奏、遣词造句、修辞手段等。翻译散文如果完全放弃原作的形式，势必失去原作之美。然而，限于语言文化差异，原作形式因素不可能完全照搬进译文，因此，译者需要在翻译过程中采取合理的手段来保存散文之形。

散文之形最显著的表现形式就是通过散文的词句体现出鲜明的个性和风格。来看下面这段摘自英国散文家、小说家赫胥黎的名作《关于月亮的断想》(*Meditation on the Moon*)。

Socrates was accused by his enemies of having affirmed, heretically, that the moon was a stone. He denied the accusation. All men, said he, know that the moon is a god, and he agreed with all men. As an answer to the materialistic philosophy of "nothing but" his retort was sensible and even scientific. More sensible and scientific, for instance, than the retort invented by D. H. Lawrence in that strange book, so true in its psychological substance, so preposterous, very often, in its pseudo-scientific, form, Fantasia of the Unconscious. "The moon," writes Lawrence "certainly isn't a snowy cold world, like a world of our own gone cold. Nonsense. It is a globe of dynamic substance, like radium, or phosphorus, coagulated upon a vivid pole of energy."

The defect of this statement is that it happens to be demonstrably untrue. The moon is quite certainly not made of radium or phosphorus. The moon is, materially, "a stone". Lawrence was angry (and he did well to be angry) with the nothing-but philosophers who insist that the moon is only a stone.

苏格拉底断言月亮是块石头，因此遭到敌人的非难，说他是异端邪说。他否认这个指责。所有的人，他说，都知道月亮是一个神，他同意人们的这种说法。作为对"仅仅是"的唯物主义哲学的一个回答，他的反驳是合情合理的，甚至是科学的。比如说，和

D. H. 劳伦斯在他的那本奇书里发明的那个反驳相比，在心理内容方面那么真实，在它的伪科学形式——《无意识的幻想》——方面，经常那么乖戾荒谬，相比之下，苏格拉底的说法要合理得多，科学得多。“月亮”，劳伦斯写道，“当然不是一个白雪皑皑的冰冷世界，不像我们自己的世界，变得冷冰冰的。简直胡说八道！它是一个运动着的物质的球体，就像镭，或者磷一样，凝结在一根生龙活虎的能量之柱上。”这个说法的缺陷在于，它恰巧不是真的，而且可以得到证实。可以十拿九稳地肯定，月亮不是由镭或者磷构成的。月亮，从物质上来说，是“一块”石头。那些“仅仅是”哲学家坚持认为，月亮只不过是一块石头。劳伦斯对此感到气愤（他做好了充分的准备，结果真的生气了）。

（罗益民 译）

原文共 180 词，难词、术语、较文雅和学术气息浓厚的词汇共有 19 个，占全段文字的 10%以上，平均每行有一个以上的这类词汇。赫胥黎用词典雅，学识不凡。虽然赫胥黎写得也很生动，其中有不带引号的自由直接引语，还有些引用，有些句子也很简明、平易，如“All men，said he know that the moon is a god，and he agreed with au men.”但这段文字的整体风格与怀特的《再到湖上》的平淡笔法大不相同。在翻译这样的文字时，如果不能在译文中贴切展现这种风格上的差异，那么译文注定是平庸之作。

在翻译这段文字的时候，译者应尽量切合原文的风格。凡是翻译原文中使用的华丽辞藻和表达方法，也尽量选取力求能够匹配的汉语加以对应。平易的原文就用平易的措词处理，如 nothing but 是常用语，比较口语化，就用“仅仅是”来对应。

总的说来，领会、理解、把握和表达了原文的意思和意味后，再从形式上进行对应，就把原文的意、形以及神韵表达出来了。

三、消除文化隔阂

语言是文化的载体，不同的语言承载着不同的文化。比如，英语多包孕句，复句层层套用，逻辑完整。而汉语则多流水句，读来如行云流水，逻辑关系都放在句与句之间。这其实是因为中西文化的不同。同时，有些带有文化意义的表达法、有关事件、人物等，也是作品中文化的因素，也是翻译时的难点。只有尽力消除这种文化上的隔阂，译者才能最终在文化的鸿沟上架起沟通的桥梁。例如：

书房，多么典雅的一个名词！很容易令人联想到一个书香人家。书香是与铜臭相对的。其实书未必香，铜亦未必臭。周彝商鼎，古色斑斓，终日摩挲亦不觉其臭，铸成钱币才沾染市侩味，可是不复流通的布帛刀错又常为高人赏玩之资。书之所以为香，大概是指松烟油墨印上了毛边连史，从不大通风的书房里散发出来的那一股怪味，不是桂馥兰薰，也不是霉烂馊臭，是一股混合的难以形容的怪味。这种怪味只有书房里才有，而只有士大夫人家才有书房。书香人家之得名大概是以此。

（梁实秋《书房》，载《雅舍小品》）

Study, what an elegant word! It easily reminds of a book-scented family! Book scents are treated as opposite to copper stinks. As a matter of fact, books do not necessarily smell good, nor does copper inevitably bad. The wine vessels of Zhou, the cooking vessels of Shang, the riot of ancient colors, the all-day-long strokes and fondles feel no foul odor.

Philistinism contaminates copper when it is cast into coins as money, but those cottons and silks, knife-shape money out of circulation were now and then expenses and antiques of high hermits. Books are entitled as scented, perchance referring to oil and ink imprinted to the rough edges and uncut pages of ancient volumes' from which sends off gusts of odd smells deposited in not-well-ventilated studies.

Those scents are neither the pleasurable, sweet perfume from lofty flowers like bay trees or fragrant thoroughwort, nor the mildew and rot or the stink from spoiled food, but a gust of strange amalgamation beyond the power of words. Such smells come only out of studies while studies existed only in families of high officials and master scholars. Approximately, this explains the origin of the name of Book-scented Family.

这是梁实秋《书房》的第一段。从中可搜索出来的"文化隔阂"有"书香""铜臭""周彝商鼎""布帛刀错""毛边连史""桂馥兰薰"。要清除隔阂,并不意味着把这些东西扔掉,而是要想办法译得准确,可以理解。其实,不论哪种语言,只要把它译成一种不同的语言,都会或多或少地存在类似的问题。关键在于怎么来解决这些问题。基本的原则是:原文的意思、意味和意境不能走调;另外,也可以用注释说明以不损原文意趣,本段译文即添加了四个注释以向译入语读者传达原文的文化特色。在译这一段时,译者应尽力运用古朴之风来遣词造句,尽量在选词方面文饰一些,并寻找一些韵律和节奏,如 the all-day-long strokes and fondles feel no foul odor 和 Philistinism contaminates copper when it is cast into coins as money 这两句就体现了一些韵律和节奏感。

从形式的角度来看,形式也是文化的一个方面。把这种文化的味道传达出来,既是忠实,也是跨越文化鸿沟的桥梁。另外,这段文字中的一些观念和事件,如"书香人家""铜臭""毛边连史""士大夫"都是目的语文化中没有的。所以,译者需要使用加注的方法来解决这个问题。这样也就使文章中的有关文化的知识,在理解方面有了背景和基础,读者就不再茫然了。这就叫消除文化的隔阂,拉近读者和源语言及其文化的距离。再如:

可是她的时间大半给家务和耕种占去了,没法照顾孩子,只好让孩子们在地里爬着。

(《母亲的回忆》)

But she was too busily occupied with household chores and farming to look after the kids so that they were left alone crawling about in the fields.

(张培基 译)

too…to…表示一种逻辑上的因果关系，so that 表示结果。文化因素如果处理不当，就会成为理解的障碍。张培基先生采用了增词法、意译法等消除了这些障碍。

如果这些办法还不奏效的话，还有一种折中的办法，可以尽力消除文化的隔阂，使译文可读、可解、可悟、可会。例如，在译梭罗的《瓦尔登湖》中的《寂寞》一章时，里边出现了 whip-poor-will 一词，意为"北美蚊母鸟"，由于中国没有这种鸟，中国人可能就看不懂。但根据它的特点，这种鸟类似夜鹰，所以就折中地把它译成"夜鹰"，这也是一种处理的办法。

总之，对于散文的翻译，译者应该把握意义、形式和文化方面的内容，真实地再现散文的意义；恰当地保存散文的形式；消除原文和译文之间的文化差异，这是翻译散文的基本方法。

第四节　散文经典译作分析

(1)原文：

A Meditation upon a Broomstick

This single stick, which you now behold ingloriously lying in that neglected corner, I once knew in a flourishing state in a forest. It was full of sap, full of leaves, and full of boughs, but now in vain does the busy art of man pretend to vie with nature by tying that withered bundle of twigs to its sapless trunk. It is now at best but the reverse of what it was: a tree turned upside down, the branches on the earth, and the root in the air. It is now handled by every dirty wench, condemned to do her drudgery, and by a capricious kind of fate destined to make other things clean and be nasty itself. At length, worn to the stumps in the service of the maids, it is either thrown out of doors or condemned to its last use of kindling a fire. When I beheld this, I sighed and said within myself, surely mortal man is a broomstick: nature sent him into the world strong and lusty, in a thriving condition, wearing his own hair on his head, the proper branches of this reasoning vegetable, until the axe of intemperance has lopped off his green boughs and left him a withered trunk; he then flies to art, and puts on a periwig, valuing himself upon an unnatural bundle of hairs, all covered with powder, that never grew on his head. But now should this broomstick pretend to enter the scene, proud of those birchen spoils it never bore, and all covered with dust, though the sweepings of the finest lady's chamber, we should be apt to ridicule and despise its vanity, partial judges that we are of our own excellencies and other men's defaults.

译文:

扫帚把上的沉思

你看这根扫帚把,现在灰溜溜地躺在无人注意的角落,我曾在树林里碰见过,当时它风华正茂,树液充沛,枝叶繁茂。如今变了样,却还有人自作聪明,想靠手艺同大自然竞争,拿来一束枯枝捆在它那已无树液的身上,结果是枉费心机,不过颠倒了它原来的位置,使它枝干朝地,根梢向天,成为一株头冲下的树,归在任何干苦活的脏婆子的手里使用,从此受命运摆布,把别人打扫干净,自己却落得个又脏又臭,而在女仆们手里折腾多次之后,最后只剩下一支根株了,于是被扔出门外,或者作为引火的柴禾烧掉了。

我看到了这一切,不禁兴叹,自言自语一番:人不也是一根扫帚把么?当大自然送他入世之初,他是强壮有力的,处于兴旺时期,满头的天生好发;如果比作一株有理性的植物,那就是枝叶齐全。但不久酗酒贪色就像一把斧子砍掉了他的青枝绿叶,只留给他一根枯株。他赶紧求助于人工,戴上了头套,以一束扑满香粉但非他头上所长的假发为荣。要是我们这把扫帚也这样登场,由于把一些别的树条收集到身上而得意洋洋，其实这些条上尽是尘土，即使是最高贵夫人房里的尘土，我们一定会笑它是如何虚荣吧！我们就是这样偏心的审判官，偏于自己的优点！别人的毛病！

（王佐良 译）

分析：在文体方面，斯威夫特的散文与培根的类型不同。他的机智、幽默、深刻，以及暗含的辛酸融入字里行间，这是他的特点。因此，用现代文来译是没有问题的。斯威夫特的幽默，落笔于字里行间的点滴之处。比如，在第一句里，原文说 ingloriously lying in that neglected corner，译文是“灰溜溜地躺在无人注意的角落”，这“灰溜溜”三字非常形象，正好和文章的主题配合默契，也带着一种黑色的幽默感。仔细体会原文会发现这正是原文的本意。从文体意义的角度看，“无人注意”和“角落”和原文配合不偏不倚，正好。从标题来看，broomstick 含有长把扫帚之意，但这个意思从文章中可以看出，标题中不必明确。而且“把”字本身也可以体现这个意思，译文是恰当的。译文质量的好坏，要看其再现原文意义的多寡和恰当程度，不论是意、情、境，还是品、味，都不应自作主张。

(2)原文：

Some Truths about Leadership

After leaving the university, I spent nearly five years researching a book on leadership. I travelled around America spending time with 90 of the most effective, successful leaders in the nation—60 from corporations and 30 from the public sector. My goal was to find these leaders' common traits, a task that required more probing than I had expected. For a while, I sensed much more diversity than commonality among them. The group included both rational and intuitive thinkers; some who dressed for success and some who didn't; well-spoken, articulate leaders and laconic, inarticulate ones; some aggressive types and some who were the opposite.

I was finally able to come to some conclusions, of which perhaps the most important is the distinction between leaders and managers: leaders are people who do the right thing; managers are people who do things right. Both roles are crucial, but they differ profoundly. I often observe people in top positions doing the wrong thing well.

After several years of observation and conversation, I defined four competencies evident to some extent in every member of the group: management of attention, management of meaning, management of trust, and management of self. The first trait apparent in these leaders is their ability to draw others to them, not just because they have a vision but because they communicate an extraordinary focus of commitment. Leaders manage attention through a compelling vision that brings others to a place they have not been before.

One of the people I most wanted to interview was Leon Fleischer, a child prodigy who grew up to become a prominent pianist, conductor, and musicologist. I happened to be in Colorado one summer while Fleischer was conducting the Aspen Music Festival. Driving through downtown Aspen, I saw two perspiring young cellists carrying their instruments, and I offered them a ride to the music tent. As we rode I questioned them about Fleischer. "I'll tell you why he's so great," said one. "He doesn't waste our time."

Fleischer agreed not only to be interviewed but also to let me watch him rehearse and conduct music classes. I linked the way I saw him work with that simple sentence, "He doesn't waste our time." Every moment Fleischer was before the orchestra, he knew exactly what sound he wanted. He didn't waste time because his intentions were always evident.

So the first leadership competency is the management of attention through a set of intentions or a vision, not in a mystical or religious sense but in the sense of outcome, goal, or direction.

The second competency is management of meaning. To make dreams apparent to others and to align people with them, leaders must communicate their vision. Communication and alignment work together.

The third competency is management of trust. Trust is essential to all organizations. The main determinant of trust is reliability, what I call constancy. When I talked to the board members or staffs of these leaders, I heard certain phrases again and again: "She is all of a piece."

"Whether you like it or not, you always know where he is coming from, what he stands for." A recent study showed that people would much rather follow individuals they can count on, even when they disagree with their viewpoint, than people they agree with but who shift positions frequently.

The fourth leadership competency is management of self, knowing one's skills and deploying them effectively. Management of self is critical; without it, leaders and managers can do more harm than good.

Leaders know themselves; they know their strengths and nurture them. The leaders in my group seemed unacquainted with the concept of failure. What you or I might call a failure, they referred to as a mistake. I began collecting synonyms for the word failure mentioned in the interviews, and I found more than 20: mistake, error, false start, bloop, flop, loss, miss, foulup, stumble, botch, bungle—but not failure. One CEO told me that if she had a knack for leadership, it was the capacity to make as many mistakes as she could as soon as possible and thus get them out of the way. Another said that a mistake is simply "another way of doing things". These leaders learn from and use something that doesn't go well; it is not a failure but simply the next step.

译文：

领导艺术的真谛

我卸任大学校长一职之后，用了差不多五年时间撰写一部论述领导艺术的书。我走遍美国各地，与这个国家最得力、最成功的几十位领导者会面，其中六十位是企业首脑，三十位担任公职。我的目的是找出这些领导人的共同特质，这任务之艰难超出了我的料想。我曾一度觉得他们不同之处多于相同之处。他们有的善于理性思维，有的善于直觉判断；有的为事业成功而讲究穿着，有的则穿得普普通通；有的谈吐优雅、善于辞令，有的说话简简单单、不善辞令；有的咄咄逼人，有的温文尔雅。

最后我得出一些结论，其中最重要的一点可能就是领导者与管理者之间的区别：领导者知道该做什么，管理者则知道怎样去做。这两类角色同样举足轻重，但却有很大区别。我经常看到身居要职的人把某项不该做的事也处理得井井有条。

经过几年的观察和交往，我发觉这群领导人在某种程度上都具备四种能力：引起注意、善于表达、赢得信赖与驾驭自我的能力。这些领导人明显具备的第一种特质是吸引他人的能力，这不光是因为他们有远见，而且还因为他们表现出极强的献身精神。领导人以其远见卓识，启迪别人，将别人吸引到自己周围。

我最想采访的人是利昂·弗莱彻。他是个神童，长大后成了著名的钢琴家、乐队指挥和音乐研究专家。有一年夏天我在科罗拉多，碰巧弗莱彻担任阿斯彭音乐节的指挥。我驾车穿过阿斯彭闹市区时，看到两个携带乐器、汗流浃背的年青大提琴手，于是我把他们送到音乐练习场去。途中，我问他们关于弗莱彻的事。其中一人说，"我告诉你他为什么这么出色：他从不浪费我们的时间。"

弗莱彻不仅同意跟我见面，而且还让我观摩他的排练和指挥课。我把他的工作方式与那句质朴的话“他从不浪费我们的时间”联系起来。每当弗莱彻站在乐队前面，便能准确地知道自己想要的乐调。他不浪费时间，因为他的意图永远明确。

总之，第一种领导能力是通过一系列的意旨或远见来引起众人的注意，这类意旨或远见没有神秘的或宗教的含义，而是具有结果、目标或方向的意义。

第二种领导能力是表达能力。为了让别人清楚他们的理想和把众人团结在自己的周围，领导人必须善于表达自己的见解，沟通和团结是相辅相成的。

第三种领导能力是赢得信赖的能力。信赖对所有机构都是至关重要的。信赖的主要决定因素是可靠性，我称作恒久性。当我跟这些领导人的董事会成员或职员谈话时，我不止一次听到这样一些话：“她始终如一”“不管你喜欢不喜欢，你知道他的论据及主张是什么。”最近的一项研究表明，人们宁愿追随那些彼此观点也许并不一致但是可以信赖的人，而不是那些虽与自己意见相同但不断改变立场的人。

第四种领导能力是驾驭自我、了解及有效地运用自己技能的能力。驾驭自我是至关重要的：如果没有这方面的能力，领导人和管理人员就可能会成事不足，败事有余。

领导人通常有自知之明：他们了解自己的长处并加以发挥。我所调查的领导人似乎没有失败的概念。你我称作失败的事他们都叫作失误。在交谈时，他们用别的同义词代替“失败”，这些同义词有二十多个，如出错、差错、出师不利、当众出丑、栽了、失利、亏了、一团糟、弄错、差劲、砸锅……但都不是失败。一位最高行政主管告诉我，如果说她有领导诀窍的话，那就是尽早尽多地把要犯的错误都犯了，以免日后再出错。另一位说，犯错误无非是“另一种办事方法”。这些领导人吃一堑长一智，事情办得不好并不等于失败，相反，它使人们知道下一步该怎样走。

（资料来源：《交流》，1991）

分析：译者在翻译这篇文章时，很好地通过汉语中的四字词，将原文思想言简意赅地表达了出来。另外，译者根据原文用词的真实含义，用恰当的译入语表达了出来，避免死译带来的翻译失误。总之，译文很好地还原了原文的语言风格，是一个成功的译作。

第八章　文学翻译之戏剧翻译

戏剧是一种特殊的文学形式，它的语言既有一般文学语言的共性，也有戏剧语言的特殊性。戏剧是“说”与“表演”的艺术，所谓说是指演员通过台词向观众传达戏剧内容并塑造人物个性。戏剧要有可表演性，要适合演出，这就决定了戏剧语言的口语化特性。此外，戏剧表演要求在有限的时间和空间尽可能地展现人物个性、突出矛盾冲突，因而戏剧语言必须精练。针对戏剧的这些特点，在对戏剧进行翻译时应灵活采取多种策略，这样才能更好地传译戏剧的内涵。

第一节　戏剧概述

戏剧是演员扮演角色、在舞台上当众表演故事情节的一种艺术形式。在我国，“戏剧”一词有广义和狭义之分，广义的戏剧是戏曲、话剧、歌剧的总称，狭义的戏剧专指话剧。戏剧是由古代各民族民间的歌舞、伎艺演变而来，后逐渐发展为由文学、表演、音乐、美术等各种艺术形式组成的综合艺术。

戏剧可从不同角度进行分类。

(1)按戏剧场次容量来区分，戏剧可分为多幕剧与独幕剧。

(2)从审美效果来划分，戏剧可分为悲剧、喜剧和正剧。

(3)按戏剧的形式特点来归纳，戏剧可分为歌剧、舞剧、话剧。

“戏剧”这个词具有双重性，英语既可以用 drama 也可以用 theatre 来表示“戏剧”。drama 侧重对戏剧理论、戏剧文学和戏剧美学等的研究，而 theatre 着重有关表演理论的探讨。戏剧的双重性还在于戏剧处于文学系统和戏剧系统两个不同体系的交汇点。戏剧剧本同小说、散文、诗歌等文学体裁一样，是供读者阅读的文本，同时又是供演员演出的文本，让观众通过视听来感知、了解剧情和剧中人物。因此，戏剧剧本具有阅读文本所要求的可阅读性（readability）及表演艺术所需的可表演性（performability）。戏剧本身的特点决定了戏剧翻译必须兼顾剧本的双重属性。

第二节　戏剧的语言特点

一般来说，戏剧语言主要包括台词和舞台说明。

所谓台词，就是剧中人物所说的话，剧本主要是通过台词推动情节发展，表现人物性格。因此，台词语言要求能充分地表现人物的性格、身份和思想感情，通俗自然、简练明确并适合舞台表演。

台词通常包括三种类型：独白、旁白、对话。独白是剧中人物独自抒发个人情感和愿望时说的话，独白又分为叙述性独白和自白性独白两种。旁白是剧中某个角色背着台上其他剧中人从旁侧对观众说的话。

戏剧语言中最重要的是对话。戏剧对话不同于日常对话，日常对话是完成交际功能，人们不太注重对话的美学功能。而戏剧对话是为了塑造人物形象，戏剧语言要讲求美感和感染力，即使是最生动、最逼真的戏剧对白也是经过艺术加工而成。因而戏剧对话是一种非自然对话，是对日常对话进行艺术加工后形成的艺术语言。在戏剧舞台上，对话承担了动作的主要分量，是戏剧中最主要的因素，戏剧中故事情节的展开、人物形象的塑造、戏剧冲突的表现等都通过对话揭示出来。

一般来说，戏剧中的对话大致可以分为三个类型。

(1)经过作家加工后的较为正规、完整的语言，它来自生活，又高于生活。

(2)经过作家精练后的诗句，如莎士比亚的诗剧中，人物语言多是诗的语言，正式程度较高，辞格也较多。

(3)未经加工的生活语言照录，多停顿，多不完整句，多不合语法规范的句子，多重复。

舞台说明，又叫舞台提示，是剧本语言不可缺少的一部分，是剧本里的一些说明性文字。舞台说明包括剧中人物表，剧情发生的时间、地点、服装、道具、布景以及人物的表情、动作、上下场等。舞台说明应简练、扼要、明确，这些说明对刻画人物性格和推动、展开戏剧情节发展具有一定的辅助作用。

为了突出舞台效果，戏剧语言常采用各种修辞手段，精心编排，具有较高的艺术韵味和审美情趣。戏剧语言是戏剧中极为重要的因素，是塑造人物、展开情节的主要手段，并承担着传递信息、表达情感的功能。

概括来说，戏剧的语言特点集中体现在以下几个方面。

一、通俗化

戏剧演出要受时空因素的制约，要在有限的时间内、凭借有限的语言，表现丰富的思想内涵、生动刻画人物形象，戏剧语言就必须通俗、精练，让观众在看得真切的同时也能听得明白。例如：

刘麻子：告诉你，过了这个村可就没这个店，耽误了事别怨我！快去快来！

(老舍《茶馆》)

Pock-mark Liu: I am telling you, you won't find another chance like this. If you lose it, don't blame me! You'd better get a move on.

(英若诚 译)

英若诚先生在翻译这段话时，用的都是英语中的简单词汇和短语，使这段译文极为通俗易懂，且语言简洁、意义明确，非常便于观众理解。

二、性格化

戏剧语言是塑造人物性格的重要手段，凡是性格鲜明的人物都具有个性化的语言。戏剧语言要符合人物特征，个性化的语言既能够鲜明地表现出人物特定的年龄、经历、教养、情趣等，又能揭示出人物在特定环境下的心理状态。例如：

黄胖子：哥儿们，都瞧我啦！我请安了！都是自己弟兄，别伤了和气呀！

(老舍《茶馆》)

Tubby Huang: Now, now, folks, for my sake, please. I'm here greetin'you all! We're all brothers, ain't we? Let's have none of them bad feelings.

(英若诚 译)

此处的黄胖子是剧中的流氓头子，无论是原作还是译文，都通过一连串非常口语化的、流畅的小短句，表现了黄胖子的流氓习气和惺惺作态。

三、节奏性

戏剧语言要呈现于舞台，打动观众，就必须讲究韵律和节奏，演员读起来才能朗朗上口、铿锵有力，观众也才能从对话中得到愉悦。戏剧的节奏性是指"角色在对话时自然的语音停顿，相当于音乐上的节拍，或者说就是一连串的声音，具有一定的高低和时间的停顿"。[①] 戏剧的语言在听觉上要诉诸于美感，起伏变化、抑扬顿挫，才符合视听艺术的特点。例如：

Hamlet: Seems, madam? Nay, it is. I know not "seems".

'Tis not alone my inky cloak, good mother,

Nor customary suits of solemn black,

Nor windy suspiration of forced breath,

① 刘肖岩. 论戏剧对白翻译[M]. 北京：中国人民公安大学出版社，2004：45.

No, nor the fruitful river in the eye,
Nor the dejected haviour of the visage,
Together with all forms, moods, shapes of grief,
That can denote me truly. These indeed seem,
For they are actions that a man might play;
But I have that within which passeth show—
These but the trappings and the suits of woe.

（William Shakespeare：*Hamlet*, Act I. Scene. Ⅱ）

哈姆莱特：好像，母亲！不，是这样，就是这样，我不知到什么“好像”和“不好像”。好妈妈，我的墨黑的外套、礼俗上规定的丧服、难以吐出的叹气、像滚滚江流一样的眼泪、悲苦沮丧的脸色，以及一切仪式、外表和忧伤的流露，都不能表示出我的真实情绪。这些才是给人瞧的，因为谁也可以做作成这种样子。它们不过是悲哀的装饰和衣服；可是我的郁结的心事却是无法表现出来的。

（朱生豪 译）

该段中一系列排比句的运用，加快了语言节奏，反映出哈姆雷特因父亲去世感到悲痛，对一切虚伪人情的愤恨。

四、动作性

戏剧（drama）一词在希腊语中即表示动作（action）。戏剧是表演性艺术，要把剧本中的语言转化为舞台行动，要从台词中看到、感受到动作，因此戏剧语言要具有动作性。戏剧语言是表达戏剧冲突的重要手段，戏剧语言要表现人物的动作、表情和心理变化。

对话作为一种“言语动作”，其重要特征体现在以下两个方面。

（1）每个人物的对话都给对方以有力的影响。

（2）对话的结果能够使人物的相互关系有所变化和发展。

可见，戏剧语言要启发演员的表演，同演出时人物的行动相配合，暗示和引起角色的动作反应，并推动戏剧情节的发展，为演员留下表演的余地。例如：

吴祥子：逃兵，是吧？有几块现大洋，想在北京藏起来，是吧？有钱就藏起来，没钱就当土匪，是吧？

（老舍《茶馆》）

Wu Xiangzi: Deserters, right? Trying to hide in Beijing, with a few silver dollars in your pockets, right? When the money runs out, become bandits, right?

（英若诚 译）

英若诚用了三个 right 来表现特务吴祥子抓住逃兵把柄时得意洋洋的神情，颇为贴切、形象。

五、夸张性

由于戏剧是在舞台上表演的，戏剧语言还具有夸张的语言特征，这是因为戏剧语言需要大声地说出来，在舞台上人们说话不可能像在日常生活中那么“心平气和”。这一点在戏剧的独白中体现得最为明显。例如：

To be, or not to be-that is the question:
Whether't is nobler in the mind to suffer
The slings or arrows of outrageous fortune.
Or to take arms against a sea of troubles,
And by opposing, end them. To die, to sleep—
No more-and by a sleep to say we end
The headache, and the thousand natural shocks
That flesh is heir to! Tis a consummation
Devoutly to be wished. To die, to sleep—
To sleep-perchance to dream: ay, there is the rub,
For in that sleep of death what dreams may come
When we have shuffled off this mortal coil
Must give us pause.

（William Shakespeare: *Hamlet*, Act Ⅲ）

活下去还是不活:这是问题。
要做到高贵,究竟该忍气吞声
来容受狂暴的命运矢石交攻呢,
还是该挺身反抗无边的苦恼,
扫它个干净?死,就是睡眠——
就这样:而睡眠就等于了结了
心痛以及千百种身体要担受的
皮痛肉痛,那该是天大的好事,
正求之不得呀!死,就是睡眠;
睡眠,也许要做梦,这就麻烦了!
我们一旦摆脱了尘世的牵缠,
在死的睡眠里还会做些什么梦,
一想到就不能不踌躇。

(卞之琳 译)

哈姆雷特(Hamlet)面对父亲突然离世、叔叔继位娶嫂的情况,内心非常纠结。上面这段与日常生活语言迥然不同的内心独白将哈姆雷特的复杂心情表现得淋漓尽致。

第三节　戏剧的翻译方法

针对戏剧的上述语言特点,译者在进行戏剧翻译的过程中不仅应将原文内涵忠实传递出来,还应灵活处理戏剧中的文化词汇。此外,提升译文的美感并保障译文的可表演性也具有十分重要的意义。

一、忠实传递原文内涵

如同所有的翻译活动一样,戏剧翻译也必须遵循忠实性原则。所谓忠实是指译文不能脱离原作,要准确地将源语信息传递给观众。例如:

Yank: Goils waitin'for yuh, huh? Aw, hell! Dat's all tripe. Dey don't wait for noone. Dey'd double-cross yuh for a nickel Dey're all tarts, get me? Treat'em rough, dat's me. To hell wit'em. Tarts, dat's what, de whole bunch of'em.

(Eugene O'Neil: *The Hairy Ape*)

扬克:姑娘们等着你,咳?噢,见鬼!那全是胡说八道。她们谁也不等。她们为了一个五分镍币就会出卖你。她们全都是婊子,懂得我的意思吗?对待她们要狠狠的,我就是那么干的。见她们的鬼去。婊子,就是那么回事,她们全都是那一号的。

(荒芜　译)

《毛猿》是美国著名剧作家尤金·奥尼尔的代表作之一,描写一个名叫扬克的邮船锅炉工的悲剧人生。主人公扬克出身卑贱,没有受过良好的教育,他说话直白粗俗是可以理解的。翻译时要忠实于原作,不能因话语粗俗而进行改动,否则就会与主人公的身份和性格不符。

二、灵活处理文化词汇

文化因素往往是造成理解障碍的主要原因,“一种文化现象在另一文化环境中属于文化空缺,因此文化因素还具有很强的抗译性”[①]。在戏剧翻译中,要特别注意具有文化色彩词语的翻译。具有文化色彩的词语有两类,无等值物词汇与有背景意义的词。无等值物词汇是指“两种语言中的一种语言的词汇单位(词和固定词组单位)在另一种语言单位的词汇中既没有完全的等值物,也没有部分等值物”[②]。无等值物词汇主要表现在宗教文化、文字本身、地域文化和特有事物方面。无等值物词汇的翻译一般采用变通的方式,着重实现意义的等价转换和传达。有背景意义的词是指“背景意义不完全等值的词汇”[③]。有些词的词义包括概念意

① 刘肖岩.论戏剧对白翻译[M].北京:中国人民公安大学出版社,2004:108.

② 同上,第109页.

③ 同上,第114页.

义和词汇背景意义，词汇背景意义比概念意义更反映一个民族的文化特点。在戏剧翻译中，在含有词汇背景意义的情况下，不能简单翻译概念意义，而要灵活地翻译出词汇所包含的背景意义，才能加深观众对剧本的理解。例如：

常四爷：我也得罪了他？我今天出门没挑好日子！

（老舍《茶馆》）

Chang：Offended him? This is my unlucky day!

（英若诚 译）

出门挑日子，这是中国民间的一种习俗，渴求出门诸事顺利。“出门没挑日子”意即出门不顺，遇到倒霉事等。英文译本中的“unlucky day”虽欠缺文化内涵，但基本符合这个俗语的意义，能够起到信息传递的作用。

常四爷：……现在，每天起五更弄一挑子青菜……

（老舍《茶馆》）

Chang：… Now，I'm up everyday before dawn，carrying two baskets of vegetables to the city…

（英若诚 译）

“更”是中文特有词汇，是旧时夜间的计时单位，一夜为五更，一更两小时。在英语中没有对应的词汇，简单译为 dawn，虽无法体现中国文化，但传达出了基本概念。

李三：改良！改良！越改越凉，冰凉！

（老舍《茶馆》）

Li San：Reformed indeed. Soon you'll have nothing more left to reform!

（英若诚 译）

原作利用谐音构成语义双关，但在英文中无法找到等值词汇，译文无法加注解释，只好省略了双关修辞，以简洁的语言淡化处理了此类文化词汇。

在翻译英语剧本时，也会遇到类似的问题。例如：

These be the Christian husbands! I have a daughter；

Would any of the stock of Barabbas
Had been her husband rather than a Christain!

(William Shakespeare: *The Merchant of Venice*)

这些就是相信基督教的丈夫！我有一个女儿，我宁愿她嫁给强盗的子孙，也不愿她嫁给基督教徒！

(朱生豪 译)

本例出自《威尼斯商人》，具体情节是夏洛克坚持按照契约来执行判决，要割掉安东尼奥的一磅肉，并对巴塞尼奥表现出极不耐烦的情绪。其中，Barabbas 是古时一个强盗的名字(典故出自《圣经》新约第 27 章)。由于文化的差异，中国的读者对这个典故感到非常陌生，如用加注的方法进行解释则无法适应演出的需要。朱生豪回避了这个中国读者不熟悉的名字，而用这个名字的实际意义将这个典故归化为“强盗的子孙”，既达到了功能的等值，又避免了戏剧翻译无法加注解的尴尬，更能引起观众和读者的共鸣。

三、提升译文的美感

与戏剧的视听性和口头性相适应，戏剧翻译在斟酌译文的语义和语用功能之外，还应考虑到文本用词的语音特征。戏剧的现场表演要求演员不是“说”台词而是大声“朗读”台词，因而戏剧台词不能拗口，音调需抑扬顿挫，在翻译时要注意选择词义正确而且读出来具有一定韵律感的词汇。例如：

Portia: The quality of mercy is not strain'd,
It droppeth as the gentle rain from heaven
Upon thd place beneath: it is twice blest,—
It blesseth him that gives, and him that takes:
'Tis mightiest in the mightiest: it becomes
…
But mercy is above this sceptred sway;
It is enthroned in the hearts of kings,

It is an attribute to God himself;

And earthly power doth them show likest God's

When mercy seasons justice.

(William Shakespeare: *The Merchant of Venice*)

鲍西亚:"慈悲不是出于勉强,它是像甘霖一样从天上降下凡尘;它不但给幸福于受施的人,也同样给幸福于施与的人;它有超乎一切的无上威力……慈悲的力量却高于权力之上,它深藏在帝王的内心,是一种属于上帝的德性,执法的人倘能把慈悲调剂着公道,人间的权力就和上帝的神力没有差别。"

(朱生豪　译)

本例中,鲍西亚的这番话充分体现了莎士比亚的人文主义思想。朱生豪先生的译文流畅通达,节奏舒缓,读起来朗朗上口,易于打动观众。

四、保障译文的可表演性

不同于其他文学体裁的翻译活动,戏剧的双重性使得戏剧翻译要为两个不同的体系服务,而这两个体系对剧本的要求不同,译者所采取的翻译策略也有所差别。以表演为目的的戏剧翻译与文学体系中的戏剧翻译相比,译者要受文本以外的因素制约,特别是演出时的直接语境的影响和时空限制。因此,戏剧翻译的评判标准不仅仅是忠实于原作,同时也要考虑译文的可表演性。戏剧翻译不仅要给观众提供可供阅读的剧本,更要为舞台演出服务。在翻译戏剧时,译者面临的不仅是静态的剧本,还要考虑剧本的潜在"动态表演性"。戏剧语言的动作性也对翻译提出了不同的要求。戏剧台词的动作性包括性格化的语言、潜台词和台词中应该隐含的外显性动作。译者在翻译时一定要捕捉原台词背后的动作,弄清楚人物此刻语言背后的行动性。只有考虑到戏剧语言的动作性,戏剧翻译才能保障戏剧的舞台演出。例如:

Yank: Yuh don't belong no more, see. Yuh don't get de stuff. Yuh're too old. But aw say, come up for air once in a while, can't yuh? See what's happened since yuh croaked. Say! Sure! Sure I meant it! What de hell—Say, lemme talk! Hey! Hey, you old Harp!

(Eugene O'Neil: *The Hairy Ape*)

扬克:你不再算数啦,懂吧。你没有胆子。你太老啦。不过,喂,偶尔也上去换换空气,光发牢骚不行,也要看看出了什么变化。喂!当然,我当然是那个意思!他妈的——让我说!咳!咳,你这个老爱尔兰人!

(荒芜 译)

译文中不同的语气助词反映出主人公轻蔑、厌恶和激动的情绪,富含动作性,可以带动演员的表演,并隐约透露出主人公对社会的迷惘和失望。

第四节 戏剧经典译作分析

原文:

The Glass Menagerie (excerpts)

by Tennessee Williams

SCENE I

The Wingfield apartment is in the rear of the building, one of those vast hive-like conglomerations of cellular living units that flower as warty growths in overcrowded urban centers of lower middle-class population and are symptomatic of the impulse of this largest and fundamentally enslaved section of American society to avoid fluidity and differentiation and to exist and function as one interfused mass of automatism.

The apartment faces an alley and is entered by a fire escape, a structure whose name is a touch of accidental poetic truth, for all of these huge buildings are always burning with the slow and implacable fires of human desperation. The fire escape is part of what we see that is, the landing of it and steps descending from it.

The scene is memory and is therefore nonrealistic. Memory takes a lot of poetic license. It omits some details; others are exaggerated, according to the emotional value of the articles it touches, for memory is seated predominantly in the heart. The interior is therefore rather dim and poetic.

At the rise of the curtain, the audience is faced with the dark, grim rear wall of the Wingfield tenement. This building is flanked on both sides by dark, narrow alleys which run into murky canyons of tangled clotheslines, garbage cans, and the sinister latticework of neighbouring fire escapes. It is up and down these side alleys that exterior entrances and exits are made during the play. At the end of Tom's opening commentary, the dark tenement wall slowly becomes transparent and reveals the interior of the groundfloor Wingfield apartment.

Nearest the audience is the living room, which also serves as a sleeping room for Laura, the sofa unfolding to make her bed. Just beyond, separated from the living room by a wide arch or second proscenium with transparent faded portieres (or second curtain), is the dining-room. In an old-fashioned whatnot in the living room are seen scores of transparent glass animals. A blown-up photograph of the father hangs on the wall of the living room, to the left of the archway. It is the face of a very handsome young man in a doughboy's First World War cap. He is gallantly smiling, ineluctably smiling, as if to say "I will be smiling forever."

Also hanging on the wall, near the photograph, are a typewriter keyboard chart and a Gregg shorthand diagram. An upright type-writer on a small table stands beneath the charts.

The audience hears and sees the opening scene in the dining room through both the transparent fourth wall of the building and the transparent gauze portieres of the dining-room arch. It is during this revealing scene that the fourth wall slowly ascends, out of sight. This transparent exterior wall is not brought down again until the very end of the play, during Tom's final speech.

The narrator is an undisguised convention of the play. He takes whatever license with dramatic convention is convenient to his purposes.

Tom enters, dressed as a merchant sailor, and strolls across to the fire escape. There he stops and lights a cigarette, He addresses the audience.

TOM: Yes, I have tricks in my pocket, I have things up my sleeve. But I am the opposite of a stage magician. He gives you illusion that has the appearance of truth. I give you truth in the pleasant disguise of illusion.

To begin with, I turn back time. I reverse it to that quaint period, the thirties, when the huge middle class of America was matriculating in a school for the blind. Their eyes had failed them, or they had failed their eyes, and so they were having their fingers pressed forcibly down on the fiery Braille alphabet of a dissolving economy.

In Spain there was revolution. Here there was only shouting and confusion. In Spain there was Guernica. Here there were disturbances of labor, sometimes pretty violent, in otherwise peaceful cities such as Chicago, Cleveland, Saint Louis…

This is the social background of the play. (Music begins to play.)

The play is memory. Being a memory play, it is dimly lighted, it is sentimental, it is not realistic. In memory everything seems to happen to music. That explains the fiddle in the wings.

I am the narrator of the play, and also a character, in it. The other characters are my mother, Amanda, my sister, Laura, and a gentleman caller who appears in the final scenes. He is the most realistic character in the play, being an emissary from a world of reality that we were somehow set apart from. But since I have a poet's weakness for symbols, I am using this character also as a symbol; he is the long-delayed but always expected something that we live for.

There is a fifth character in the play who doesn't appear except in this larger-than-life-size photograph over the mantel. This is our father who left us a long time ago. He was a telephone man who fell in love with long distances; he gave up his job with the telephone company and skipped the light fantastic out of town…

The last we heard of him was a picture postcard from Mazatlan, on the Pacific coast of Mexico, containing a message of two words: "Hello—Goodbye!" and no address.

I think the rest of the play will explain itself…

(AMANDA's voice becomes audible through the portieres.) (Legend on screen: "Ou sont les neiges d'antan?") (TOM divides the portieres and enters the dining room. AMANDA and LAURA are seated at a drop-leaf table. Eating is indicated by gestures without food or utensils. AMANDA faces the audience. TOM and LAURA are seated in profile. The interior is lit up softly and through the scrim we see AMANDA and LAURA seated at the table.)

AMANDA: (calling) Tom?

TOM: Yes, Mother.

AMANDA：We can't say grace until you come to the table!

TOM：Coming，Mother.（He bows slightly and withdraws，reappearing a few moments later in his place at the table.）

AMANDA：（to her son）Honey，don't push with your fingers. If you have to push with something，the thing to push with is a crust of bread. And chew-chew! Animals have secretions in their stomachs which enable them to digest food without mastication，but human beings are supposed to chew their food before they swallow it down. Eat food leisurely，son，and really enjoy it. A well-cooked meal has lots of delicate flavors that have to be held in the mouth for appreciation. So chew your food and give your salivary glands a chance to function!（TOM deliberately lays his imaginary fork down and pushes his chair back from the table.）

TOM：I haven't enjoyed one bite of this dinner because of your constant directions on how to eat it. It's you that make me rush through meals with your hawklike attention to every bite I take. Sickening-spoils my appetite—all this discussion. of animals' secretion salivary glands mastication!

AMANDA：（lightly）Temperament like a Metropolitan star!（TOM rises and walks toward the living room.）You're not excused from the table.

TOM：I'm getting a cigarette.

AMANDA：You smoke too much.（LAURA rises.）

LAURA：I'll bring in the blanc mange.（TOM remains standing with his cigarette by the portieres.）

AMANDA：（rising）No，sister，no，sister you be the lady this time and I'll be the darky.

LAURA：I'm already up.

AMANDA：Resume your seat，little sister I want you to

stay fresh and pretty for gentlemen callers!

LAURA: (sitting down) I'm not expecting any gentlemen callers.

AMANDA: (crossing out to the kitchenette, airily) Sometimes they come when they are least expected! Why, I remember one Sunday afternoon in Blue Mountain—(She enters the kitchenette.)

TOM: I know what's coming!

LAURA: Yes. But let her tell it.

TOM: Again?

LAURA: She loves to tell it. (AMANDA returns with a bowl of dessert.)

AMANDA: One Sunday afternoon in Blue Mountain—your mother received—seventeen! —gentlemen callers! Why, sometimes there weren't chairs enough to accommodate them all. We had to send the nigger over to bring in folding chairs from the parish house.

TOM: (remaining at the portieres) How did you entertain those gentlemen callers?

AMANDA: I understood the art of conversation!

TOM: I bet you could talk.

AMANDA: Girls in those days knew how to talk, I can tell you.

TOM: Yes? (Image on screen: AMANDA as a girl on a porch, greeting callers.)

AMANDA: They knew how to entertain their gentlemen callers. It wasn't enough for a girl to be possessed of a pretty face and a graceful figure-although I wasn't slighted in either respect. She also needed to have a nimble wit and a tongue to meet all occasions.

TOM：What did you talk about?

AMANDA：Things of importance going on in the word! Never anything coarse or common or vulgar.（She addresses TOM as though he were seated in the vacant chair at the table though he remains by the portieres. He plays this scene as though reading from a script.）My callers were gentlemen-all! Among my callers were some of the most prominent young planters of the Mississippi Delta planters and sons of planters!（TOM motions for music and a spot of light on AMANDA. Her eyes lift，her face glows，her voice becomes rich and elegiac.）（Screen legend："Ou sont les neiges d'antan?"）There was young Champ Laughlin who later became vice-president of the Delta Planters Bank. Hadley Stevenson who was drowned in Moon Lake and left his widow one hundred and fifty thousand in Government bonds. There were the Cutrere brothers，Wesley and Bates. Bates was one of my bright particular beaux! He got in a quarrel with that wild Wainwright boy. They shot it out on the floor of Moon Lake Casino. Bates was shot through the stomach. Died in the ambulance on his way to Memphis. His widow was also well provided for，came into eight or ten thousand acres，that's all. She married him on the rebound never loved heri carried my picture on him the night he died! And there was that boy that every girl in the Delta had set her cap for! That beautiful，brilliant young Fitzhugh boy from Greene County!

TOM：What did he leave his widow?

AMANDA：He never married! Gracious，you talk as though all of my old admirers had tumed up their toes to the daisies!

TOM：Isn't this the first you've mentioned that still survives?

AMANDA: That Fitzhugh boy went North and made a fortune-came to be known as the Wolf of Wall Street! He had the Midas touch, whatever he touched turned to gold! And I could have been Mrs. Duncan J. Fitzhugh, mind you! But I picked your father!

LAURA: (rising) Mother, let me clear the table.

AMANDA: No, dear, you go in front and study your typewriter chart. Or practice your shorthand a little. Stay fresh and pretty! It's almost time for our gentlemen callers to start arriving. (She flounces girlishly toward the kitchenette.) How many do you suppose we're going to entertain this afternoon? (TOM throws down the paper and jumps up with a groan.)

LAURA: (alone in the dining room) I don't believe we're going to receive any, Mother.

AMANDA: (reappearing, airily) What? No one-not one? You must be joking! (LAURA nervously echoes her laugh. She slips in a fugitive manner through the half-open portieres and draws them gently behind her. A shaft of very clear light is thrown on her face against the faded tapestry of the curtains. Faintly the music of "The Glass Menagerie" is heard as she continues, lightly.) Not one gentleman caller? It can't be true! There must be a flood, there must have been a tornado!

LAURA: It isn't a flood, it's not a tornado, Mother. I'm just not popular like you were in Blue Mountain… (TOM utters another groan. LAURA glances at him with a faint, apologetic smile. Her voice catches a little.) Mother's afraid I'm going to be an old maid. (The scene dims out with the "Glass Menagerie" music.)

译文：

玻璃动物园(节选)

田纳西·威廉斯

第一场

温菲尔德家那一套房间是在建筑物的后部。这种建筑物，在挤满了下层中产阶级的城市中心，像疣子那样一个接一个生长出来；它们像巨大的蜂箱，其中是密密麻麻的蜂窝似的居住单位；这个现象表明，美国社会中这个最大的、基本上受奴役的阶层不由自主地力图避免流动和分化，力图作为一个并非有意识形成的混合体存在和起作用。

这套房间面对一条小巷，出入靠一架避火梯。避火梯这名称叫人想起意外事故，带有一种充满诗意的现实色彩，因为所有这些巨大的建筑物一直燃烧着人类的绝望这股永远熄灭不了的文火。避火梯我们只看到一部分——这就是说，只看到扶梯的平台和从平台往下去的几蹬梯级。

场景是回忆中的场面，所以是非现实主义的。回忆容许大量采用写诗的手法。按照回忆到的那些事物的情感价值大小，有些细节被省略，其他的被夸张，因为回忆主要是盘踞在心中的。所以内景相当模糊而且富于诗意。

幕启时，观众看到的是温菲尔德那套房间的黑魆魆、阴森森的后墙。这幢建筑物两面各有一条黑暗、狭窄的小巷，两条小巷的两侧都是错综复杂的晾衣绳、垃圾箱和附近一带引起人不祥联想的那些避火梯的格子栏杆，好像小巷是在黑沉沉的峡谷中。戏中人物从户外上下场就是通过这两条小巷的。在汤姆的开场白即将结束的时候，黑沉沉的公寓墙慢慢地变得透明起来，显出在底层的温菲尔德家那套房间的内景。

最靠近观众的是起居室，也是劳拉的卧房；那张长沙发一展开，就是她的床。起居室的后面，被一座宽阔的拱门，或者被一座用透明的褪色的帷幕做成的第二堵拱形墙(或者被第二层幕)所隔开，是餐室。起居室里，有一个老式的小摆设架，架上摆着许多透明的玻璃动物。起居室墙上，拱道的左面，挂着父亲的一张放大了的相片。这是一个非常漂亮的年轻人的脸像。戴着一顶第一次世界大战期间的步兵帽。他俊俏地微笑着，不由自主地笑着，好像在说："我会永远微笑的。"

墙上，相片附近还挂着一张打字机键盘图和一张格雷格速记图表。在那两张图下面，一张小桌子上摆着一架立式打字机。

观众透过建筑物的透明的第四堵墙和餐室拱门的透明的薄纱帷幕，听到和看到开始的场面。在这个显现景物的场面中，第四堵墙慢慢地上升，看不见了。直到戏即将结束，汤姆念那段最后的台词时，这堵透明的外墙才重新下降。

叙述者在戏剧中是个名正言顺的常规人物。他不妨随意援用任何符合他意图的戏剧常规。

汤姆上场，穿着一身商船上的水手服装，溜达到避火梯前。他站在那儿，点了一支烟卷。他对观众说话。

汤姆：嘿，我口袋里揣着把戏，袖子里藏着花招。可我跟舞台上的魔术师正好相反。他给你们的是貌似真实的幻觉。我给你们的呢，是可爱的幻觉掩盖下的真实。

首先，我把时间拨回去。我把时间倒退到那个古怪的时期，30年代，那时候，美国庞大的中产阶级在一所盲人学校里注册上学。他们的眼睛不听他们使唤，或者说他们使唤不了他们的眼睛，所以他们用手指头使劲地按着分崩离析的经济，就像按着叫人恼火的布莱叶盲字。

在西班牙，有革命。在这儿，只有喊叫和混乱。在西班牙，有格尔尼卡。在这儿，有工人闹事，有时候在本来太太平平的城市里闹得还挺凶，就像在芝加哥啦、克利夫兰啦、圣路易斯啦……

这就是这出戏的社会背景。

（音乐开始）

这出戏是回忆。既然是一出回忆的戏，所以灯光是暗淡的、感伤的、非现实主义的。在回忆中，看来一切都离不开音乐。这就是为什么舞台两侧传来小提琴声的缘故。

我是这出戏的叙述者，又是戏中的一个角色。其他的角色是我的妈妈阿曼达，我姐姐劳拉，另外还有一个男客人，他要在最后几场里出现。他是戏中最现实主义的角色，是现实世界里来的使者，而我们跟那个现实世界，不知怎么着，是隔开的。不过，既然我有诗人的喜爱象征的癖好，我也就把这个角色当作一个象征；他是那个迟迟不来、可是一直被盼望着的重要目标，我们就是为了这个目标活着的。

戏中的第五个角色始终没有出场，只有一张比真人大的相片挂在壁炉架上。那是我们的爸爸，他离开我们已经好久了。他是一个电话接线员，却爱上了长途旅行；他放弃了电话公司里的职位，悄悄地脚底抹油溜出城去……我们最后一次得到他的消息是他从太平洋沿岸墨西哥的马萨特兰寄来一张印着画的明信片，那上面只有几个字："你们好——再见！"没有地址。

我想，戏的其他部分，它自己会说明的。……

（阿曼达的说话声音透过帷幕听得清了。）

（屏幕上出现说明词："雪在哪里？"）

（汤姆分开帷幕，走进餐室。阿曼达和劳拉坐在一张可以折叠的桌子旁。没有食物或是餐具，吃饭是用手势来表现的。阿曼达面对观众。汤姆和劳拉坐在侧面。室内灯光柔和，透过薄纱我们能够看到阿曼达和劳拉坐在桌子旁。）

阿曼达：（喊叫）汤姆？

汤姆：哎，妈。

阿曼达：你不来吃饭，我们不能祷告哩！

汤姆：来啦，妈。

（他微微鞠了一个躬，退场，过了一会儿重新出现，坐在桌子旁。）

阿曼达：（对她儿子）宝贝，别用手指头塞。你要是非用什么塞不可的话，就该用面包皮塞。而且要嚼——嚼！动物的胃里有分泌液，它们用不着咀嚼就能消化食物，可人应该先嚼一嚼才咽下去。吃得慢一点，孩子；真正享受一下。一餐做得好的饭菜有许多美味值得留在嘴里欣赏。所以嚼嚼你吃的东西，让你的唾液腺有机会发挥作用。

（汤姆不慌不忙地放下想象中的餐叉，把椅子从桌子旁向后推开。）

汤姆：我对这餐晚饭一口也没有享受，因为你一刻也不停地在指导我怎么个吃法。你像老鹰似的注意着我吃的每一口，才使我把一餐餐匆匆忙忙地塞下去。真腻烦——真叫人倒胃口——尽谈这些——动物的分泌液啦——唾液腺啦——咀嚼啦！

阿曼达：（轻轻地）脾气大得像大都会剧院的明星！（汤姆站起来，向起居室走去）你离开餐桌连对不起都不说一声啦。

汤姆：我去拿支烟卷。

阿曼达：你烟抽得太多了。（劳拉站起来。）

劳拉：我去端牛奶冻。（汤姆拿着一支烟卷，站在帷幕旁。）

阿曼达：（站起身来）别，小妹，别，小妹——这一回你是女主人，我是女黑人。

劳拉：我已经站起来了。

阿曼达：重新坐下，小妹——我要你保持娇嫩和漂亮——等男客人们上门！

劳拉：（坐下）我不再盼望哪一个男客人上门。

阿曼达：（穿过房间，向厨房走去，活泼地）有时候，他们在你根本不盼望的时候来啦！嗨，我记得，有一个礼拜天下午在蓝山……（她走进厨房。）

汤姆：我知道她要讲什么啦。

劳拉：对。可是让她讲吧。

汤姆：再来一遍？

劳拉：她喜欢讲嘛。（阿曼达端着一碗甜点心回来。）

阿曼达：有一个礼拜天下午在蓝山——你们的妈接待了——17个！——上门来的男客人！嗨，有时候让他们大伙儿坐的椅子也不够。我们不得不差那黑人到教堂里去搬折叠椅。

汤姆:(仍然站在帷幕旁)你怎么招待那些男客人呢?

阿曼达:我懂得谈话的艺术!

汤姆:我敢肯定你挺会说话。

阿曼达:那时候的姑娘都懂得怎么说话,这可是千真万确的。

汤姆:是不?

(屏幕上出现人像:阿曼达还是个姑娘,在门廊里招呼客人。)

阿曼达:她们懂得怎么招待上门来的男客人。一个姑娘光有漂亮的脸蛋和苗条的身段是不够的——尽管我在这两点上一点也不差。她还需要有机灵的头脑和高明的口才来应付各种场面才行。

汤姆:你说些什么呢?

阿曼达:世界上发生的种种大事!从来不谈粗鲁、庸俗或是下流的事情。

(尽管汤姆站在帷幕旁,她还是对着那张空椅子说话,好像他坐在那里似的。他演这一场时仿佛看着剧本在念的样子。)

来找我的男客人是上等人——全是上等人!在来找我的男客人当中有几个是密西西比河三角洲最显赫的年轻的种植园主——种植园主和种植园主的儿子!

(汤姆做手势,招呼奏音乐和把一道聚光灯光照在阿曼达身上,她抬起眼睛,脸上发出亮光,声音变得低沉起来,像是在唱挽歌。)

(屏幕上出现说明词:“去年的雪在哪里?”)

有个年轻的钱普·劳林,他后来是三角洲种植园主银行副行长。哈德利·史蒂文森淹死在月湖里,给他的妻子留下了15万公债。还有卡特里尔兄弟俩,韦斯利和贝茨。那些盯着我一个尽献殷勤的机伶小伙子当中,就有贝茨!他跟温赖特家那个野小子闹翻了。他们在月湖娱乐场里用手枪火拼。贝茨的肚子上挨了子弹,死在开往孟菲斯的救护车上。他的妻子也得到一大笔遗产,到手8千到1万英亩地,就是这么回事。她利用他情绪一时波动嫁给了他——他从来没爱过她——死的那一晚身上还带着我的相片！还有那个小伙子，三角洲一带的姑娘个个看到他都一心要讨他欢喜！那个从格林县来的俊俏、神气的小伙子菲茨休！

汤姆：他留了些什么给他的妻子？

阿曼达：他从来没有结婚！唉，瞧你说的，好像早先那些喜欢我的人都咽了气，死得一个不剩啦。

汤姆：这不是你头一个提到还活着的人吗？

阿曼达：那个小伙子菲茨休到北方去，发了大财——得了个外号，叫华尔街的狼！他简直像有点金术似的，不管什么东西，只要给他一摸，就变成金子，别忘啦，我本来可能成为邓肯·丁·菲茨休夫人的！可是——我选中了你爸爸！

劳拉：（站起身来）妈，让我拾掇桌子。

阿曼达：不，亲爱的，你到前面去学打字机键盘图，要不，就练一会速记。保持娇嫩和漂亮！——咱们的男客人快要开始来啦。（她像个姑娘似的跳跳蹦蹦地向厨房走去）你估计咱们今天下午会有几位客人？

（汤姆装出扔掉手里的剧本的样子，痛苦地哼了一声，向上一跳。）

劳拉：（独自在餐室里）我想咱们一个也没有，妈。

阿曼达：（重新上场，神情活泼）什么？一个没有——一个也没有？你一定在开玩笑！

（劳拉神经质地重复着她的笑声。她活像个逃亡者，偷偷摸摸地穿过拉开一半的帷幕，随即轻轻地随手拉拢。一道非常明亮的灯光照在她的脸上，后面是一片褪色的帷幕。隐隐约约地传来"玻璃动物园"的音乐，阿曼达继续低声说。）

没有一个男客人上门？这不可能是事实！一定会像洪水那样涌来，一定会像龙卷风那样刮来！

劳拉：没有洪水，也没有龙卷风，妈。我就是不像你在蓝山那么人人喜爱。……

（汤姆又痛苦地哼了一声。劳拉瞟了他一眼，流露出一丝抱歉的微笑。她的声音有一点哽住。）

妈怕我会变成一个老姑娘。

（在"玻璃动物园"的音乐声中，舞台上的灯光越来越暗，最后一片漆黑。）

（鹿金 译）

分析：

1. 语言分析

从本剧开头的这一场景来看，这个译本的人物对话语言生动活泼，借助了多方面的来源，其特点可概括如下。

(1)称谓的口语化：妈

(2)招呼语：嘿，哎

(3)应答语：来啦，妈。对。可是……

(4)亲昵语：小妹

(5)动词的具体化：我去端牛奶冻。

(6)关键词语：塞，塞下去；嚼，嚼嚼，嚼一嚼；咀嚼

(7)祈使句：别忘啦。

(8)口语语法：连对不起都不说一声啦；瞟了他一眼。

(9)模糊性：唉，瞧你说的。

(10)方言：头一个；让我拾掇桌子。

(11)专业术语：唾液腺，分泌液；龙卷风

(12)对称性：漂亮的脸蛋，苗条的身段；机灵的头脑，高明的口才。

(13)俗语：咽了气，死得一个不剩啦。

(14)鲜活生动：娇嫩，俊俏

(15)社会话：老姑娘，发了大财

(16)叠字：跳跳蹦蹦，偷偷摸摸，隐隐约约

(17)引语：去年的雪在哪里？

(18)翻译腔：逃亡者

(19)语气词：吧，哩，啦，嘛，嗨

(20)混杂语：真腻烦——真叫人倒胃口。

总之，在这个剧本的翻译中，表演性和对话性文字优于说明性文字。个性化的语言基本上表达了每一个人物的身份、心情和教养，如阿曼达的老于世故、精于应付、善于表现和无可奈何，汤姆的语含讽刺与不满现状，以及劳拉的卑微、压抑与柔顺等。

2.人物分析

叙述者汤姆的出场，是这场戏真正的开始。服饰与行动都是现代的、生活化的，而谈吐则是幽默的、暗示性的。译文采用灵活的口语和各种修辞手法，准确地模仿了汤姆的言谈举止，例如，不说“走”而说“溜达”(strolls across to)，特别是说他父亲“悄悄地脚底抹油溜出城去”，准确地翻译了俚语 skipped the light fantastic out of town。

表演性语言译得也很好，有一种现代青年时髦话的味道：“嘿，我口袋里揣着把戏，袖子里藏着花招。”在哲理的传达上，注意到了模仿原文的结构特点。例如：“貌似真实的幻觉”与“幻觉掩盖下的真实”，“他们的眼睛不听他们使唤，或者说他们使唤不了他们的眼睛”，这些相辅相成的语句，使哲理融化了幽默，有一种特别的语言美。

不过，也有值得改进的地方。例如，关于戏的界定，当然可以说是什么主义的，但在介绍人物时，例如，介绍最后才出场的吉姆时，只能说“他是戏中最现实(而不是现实主义)的角色，是现实世界里来的使者”。

如果说文艺学术语的使用在译本中有所淡化的话，这种淡化正是现代语言的特点。例如，说“这出戏”而不说具有书卷气的“本戏”，还有“戏中的第五个角色始终没有出场”等提示语，基本上是不突出戏剧语言本身的，或者说力求将戏剧语言融化在人物对话和戏剧冲突的过程中，而不需要单独地强调出来。

3.场景分析

场景的描写是这出戏的开端部分。这种避免分化和流动的蜂窝状的混合体，象征性地表现了美国下层社会人们的生活环境和凝聚形态。译文在描述这种状态时，采用比较准确而又有几分呆板的语言缓慢地推进、机械地连接，尤其是第一节几处分号的使用，让人有一种透不过气来的感觉。

第二节对避火梯的描写和象征人类欲望之火的揭示，使读者感觉到某种深层的寓意，但译文并不怎么流畅而生动，“避火梯我们只看到一部分”的译文，似乎没有彻底地转换过来。这使人想起第一节的“单位”一词，似乎只有中国才有的这样一种特殊的社会学用语，这与美国的场景是否能够完全吻合呢？

第三节的内景幽暗而富有诗意，似乎有一些弗洛伊德的潜意识理论的透视深度，所以不能译得过死，就像“场景是回忆中的场景”那样——似乎应当说：“这里的场景是一种回忆，所以并不等于现实存在的事物。”至于“写诗的手法”，无非是想象、跳跃、夸张等非常规的写法，即下文的“省略”和“夸张”。这里的翻译似乎有点欠妥。

第九章　文学翻译之儿童文学翻译

随着外国儿童文学作品的大量引进，学术界对儿童文学翻译的研究也越来越多。对小读者来说，阅读儿童文学作品能丰富他们的知识，拓展他们的视野，因此儿童文学翻译意义重大。此外，儿童文学翻译在儿童文学发展中也起着重要作用。为了忠实准确地译出国外儿童文学作品，为目的语读者提供优秀的儿童文学译作，促进儿童文学的发展，译者应充分了解儿童文学的相关内容，并掌握儿童文学的翻译方法。本章就对儿童文学翻译的相关内容进行详细论述。

第一节　儿童文学概述

儿童文学是为孩子所写的文学，它起源于儿童教育，所以儿童文学具有教育的属性。随着儿童文学的不断发展，其逐渐挣脱了教育的枷锁，向自己独立的文学性靠拢。儿童文学是关注儿童精神生活的文学样式，包含着关怀人性的大情怀，某种程度上可以说是与儿童教育合力构建着儿童的精神世界，但儿童文学有其自身的文学特性，绝不是教育的工具、手段或附庸。本节就对儿童文学进行概括说明。

一、什么是儿童文学

什么是儿童文学？针对这一问题，最简单的回答就是：儿童阅读的文学作品。这一概念包含两个因素：一是儿童文学必须是文学；二是儿童文学是儿童的文学。对此，就需要对“儿童文学”和“儿童读物”进行区分。相比较而言，“儿童读物”是一个更为宽泛的概念，指可供儿童阅读的任何材料，如人文历史、传统文化、科普读物、卡通等。而儿童文学是具有审美价值的文学作品。因此，儿童文学被认为是："切合儿童年龄特点、适合儿童阅读欣赏、有利于儿童身心健康发展的各种形式的文学作品。"[①]

瑞典教育家、儿童学专家 G. te Klingberg 将儿童文学描述为专门为儿童创作的文学。

瑞典儿童文学作家 Lennart Hellsing 则从社会和心理学的角度对儿童文学进行了界定，认为儿童文学是儿童所读到听到的任何事物。这不仅包括为儿童创作的文学作品，还包括儿童创作的文学作品，以及口头流传下来的传统故事。

在中国，大多数儿童文学领域的工作者都是教育者，儿童文学被定义为为儿童创作的文学作品，包括童谣、神话传说、寓言、小说、戏剧、电影及其他作品形式。这是狭义的儿童文学定义，而儿童文学翻译的主要部分也是对狭义儿童文学作品的翻译。

任何适于儿童阅读的文学形式都应看作是儿童文学的体裁。常见的儿童文学体裁包括：儿童诗歌（童谣、儿歌、绕口令、儿童诗等）；短篇故事（童话、寓言、神话、传说、民间故事等）；儿童小说（家庭小说、校园小说、历史小说、惊险小说、动物小说、侦探小说、魔幻小说、科幻小说、推理小说等）；儿童剧（广播剧、童话剧等）。

二、儿童文学的特点

儿童时期是人类成长最重要，也是最迅速的阶段。3—17 岁的少年儿童按年龄大体可以分为三个阶段。各阶段的少年儿童在心智水平、语言发展和审美需求几个方面具有不同的鲜明特征。因而，不同阶段的少年儿童对文学作品的要求不尽相同，儿童文学作品也呈现出迥异的特点。了解这些特点对于儿童文学作品的创作和翻译具有重要意义。

幼儿期儿童（3—6 岁）。这一阶段的儿童主要以具体形象（形

① 陈子典. 新编儿童文学教程[M]. 广州：广东高等教育出版社，2003：43.

状、颜色、声音）来认识事物、学习语言。幼儿的智力尚处于蒙昧状态，无法理解事物间的复杂关系。想象力丰富，对形象鲜明的事物记忆深刻。但注意力不能长期集中，常混淆想象与现实。幼儿一般初步具备语言交流能力，能用短语和短句表达简单的思想，但表达能力非常有限，尚未掌握复杂的语法结构，词汇量很小，基本还不具备文字阅读能力。因此，供幼儿“阅读”的文学作品通常以图片为主，文字为辅。常见的作品形式有童谣、儿歌、绕口令、故事、民间传说、诗歌、歌词等。一般篇幅较短、角色拟人化、文字简明、音韵优美，读来朗朗上口。

童年期儿童（7—12 岁）。这一时期的儿童通常在接受小学教育，抽象思维开始发展，但形象思维仍占主导，对外在世界的好奇心很强。在语言方面开始学习书面阅读和写作，口语与书面表达能力快速发展，对双关语、笑话和谜语表现出浓厚的兴趣。儿童期的文学作品形式更加多样，有童话、寓言、神话故事、拟人化的幻想小说和与儿童生活密切相关的校园或家庭小说等。这一时期的儿童文学作品在内容和语言上的难度都大大提高，但限于儿童的接受能力和心理特点，作品的情节一般比较简单，主题清晰，篇幅较短，语言难度适中，但另一方面，却对作品的想象力、角色形象的鲜明性和语言的节奏感提出了更高要求。

少年期（13—17 岁）指初中至高中阶段的青少年。这一时期是儿童向成年过渡的阶段，儿童在心理、思维和生理上都接近成人。心理特征体现为儿童思维与成人思维的冲突——叛逆与依赖、成熟与幼稚。这一时期的青少年大多数都具备了抽象思维能力，初步形成推理能力，开始产生自己独立的观点，对物质世界和社会生活开始具有反思能力，但具体形象仍然在他们的思维中占重要地位。语言方面，青少年的词汇量大大增加，表达能力明显加强，能够理解复杂的语法结构。青少年文学作品在语言形式和文学手段上都与成年人非常接近，能理解复杂的叙事技巧、场景描写、角色内心活动、作品的深层含义。由于青少年的社会阅历、情感经历有限，但又对社会、异性抱有很强的好奇心，所以这个阶段的青少年往往对侦探小说、魔幻小说、历史小说、人物传记、冒险小说、校园小说等感兴趣。

第二节　儿童文学的语言特点

要翻译儿童文学，首先要了解儿童文学的语言特点，这是儿童文学翻译取得成功的关键。上述提到，不同阶段的少年儿童对文学作品语言有着不同的要求，适合不同年龄儿童的文学作品在语言上也具有不同的特征。因此，以下讨论的儿童文学特点只是大多数儿童文学作品的共性。

一、形象鲜明，生动有趣

儿童文学的读者是以形象思维为主的少年儿童。为了适应这种思维特征，吸引儿童读者，儿童文学作品除了在情节上新鲜有趣，能够激发儿童读者好奇心外，在语言上往往使用具有鲜明形象的词语，常通过拟声、拟人和夸张的手法，采用重复、戏谑模仿、双关语等形式使儿童文学作品的语言生动有趣。例如：

He (the Mole) somehow could only feel how jolly it was to be the only idle dog among all these busy citizens.

(Kenneth Grahame: *The Wind in the Willows*)

他（鼹鼠）只觉得满心喜欢：在忙忙碌碌的动物中做一只懒惰的狗。

（乔向东 译）

原文中 idle dog 是一个形象性的词语，表达的抽象含义是“偷懒”。译者直接按字面意思译为“懒惰的狗”，不大合乎中国小读者的接受心理。汉语里的“大懒虫”或“大懒猫”或许更符合孩子的语言。

Old McDonald had a Farm, EIEIO. /And on his farm he had a cat, EIEIO. /With a meow meow here/and meow meow there. /Here a meow there a meow, /everywhere a meow meow. / Old McDonald had a Farm, EIEIO.

老麦有个小农场,依唉依唉哟。

小农场里有只猫,依唉依唉哟。

这里叫喵喵,那里叫喵喵。

这也喵、那也喵,到处叫喵喵。

老麦有个小农场,依唉依唉哟。

(胡显耀 译)

上述原文是儿童歌曲《老麦克唐纳有家农场》的第一小节。语义、结构和用词都非常简单,而且拟声词 meow 以及后面各节模仿动物叫声的词语,使得语言新鲜有趣,能够有效吸引小读者。

Then the Whale opened his mouth back and back and back till it nearly touched his tail.

(Rudyard Kipling:*Just So Stories*)

鲸鱼把嘴巴向后张到最大,几乎快要碰到了自己的尾巴。

(吕薇 译)

原句三个 back 的重复是符合英语儿童读者的语言习惯的,在语音上为读者创造出一种悬念。译文未能保留这一特征,实际上这可以用汉语的叠词或重复来再现这一效果,译为:

鲸鱼的嘴巴一直,一直,一直往后张,几乎够到了自己的尾巴。

儿童文学作品的语言非常讲究遣词造句的形象性和趣味性,因此翻译儿童文学作品必须对原作语言的形象性与趣味性具备非常敏锐的洞察力,同时译者应当具备使用汉语再现这些趣味性的高超的语言能力。

二、优美动听,想象丰富

儿童正处于语言习得的时期,他们对语言的节奏具有敏锐的直觉,有节奏和韵律的语言听上去更悦耳、更容易记忆。为了吸引儿童读者,儿童文学作品的语言比较注意语言本身的韵律、节奏和可读性，使作品适于朗读，便于记忆。例如：

It all seemed too good to be true. Hither and thither through the meadows he rambled busily, along the hedgerows, across the copses, finding everywhere birds building, flowers budding, leaves thrusting everything happy, and progressive, and occupied. And instead of having an uneasy conscience pricking him and whispering "whitewash!" he could only feel how jolly it was to be the only idle dog among all these busy citizens after all.

(Kenneth Grahame: *The Wind in the Willows*)

译文1：一切都那么美好，好得简直不像是真的。她跑过一片又一片的草坪，沿着矮树篱，穿过灌禾丛，匆匆地游逛。处处都看到鸟儿做窝筑巢，花儿含苞待放，叶儿挤挤嚷嚷——万物都显得快乐，忙碌，奋进。他听不到良心在耳边嘀咕："刷墙！"只觉得，在一大群忙忙碌碌的公民当中，做一只唯一的懒狗，是多么惬意。

（郭恩惠 译）

译文2：一切看去好得叫人不相信。鼹鼠急急忙忙地走到东走到西，穿过一块块草地，走过一道道灌木树篱，钻过一个个矮树丛，到处看到小鸟在造巢，花在含苞，树叶在发芽——所有的东西都快快活活，生机勃勃，全不闲着。他倒没有感到良心责备，没有感到良心在悄悄叫他："回去粉刷吧！"却只觉得在所有这些忙人当中做一个唯一的懒汉太快活了。

（任溶溶 译）

上述原文通过鼹鼠的眼光来观察世界，描写清新自然，笔调朴实随和，读来朗朗上口。以上两个译文都注意到了原作的语言特征，采用了节奏明快的叠词来处理，但译文2的语言轻快流畅，更加亲切、自然。

三、简洁清晰，平易近人

儿童的语言能力是有限的，所以儿童文学作品的用词通常不宜超过儿童的理解范围。对此，儿童文学的语言需要简洁清晰，词汇和句子结构简单，多使用常用词、语气词、叹词、叠词、简单句等。另外，儿童文学的创作者和翻译者大都为成年人，除了令作品情节有趣、语言生动外，作者或译者还需要令自己的文字平易近人，从儿童的角度出发，设身处地地为读者着想。例如：

And such a luxury to him was his petting of his sorrows that he could not bear to have any worldly cheeriness or any grating delight intrude upon it: it was too sacred for such contact.

(Mark Twain: *The Adventures of Tom Sawyer*)

译文一：这样抚慰自己。头的哀戚，对他不啻一种享受，因此他无法忍受任何世俗的喜悦或令人不快的乐趣搅扰这种境界。这种超凡脱俗的境界不容侵犯。

(朱建迅、郑康 译)

译文二：他这样玩弄着他的悲伤情绪，对他简直是一种了不起的快乐，所以如果有什么世俗的愉快或是什么令人厌烦的欢喜来打搅他这种境界，那就叫他无法忍受；因为他这种快乐是非常圣洁的，不应该遭到这样的沾染。

(张友松 译)

上述两个译文中，译文一显然是一个非常成人化的句子，这样的译句超出了儿童读者甚至青少年读者的接受能力。译文二则使用了相对平易近人的口语词汇，提高了译文在儿童读者中的可接受性。

Copses, dells, quarries and all hidden places, which had been mysterious mines for exploration in leafy summer, now exposed themselves and their secrets pathetically, and seemed to ask him to overlook their shabby poverty for a while, till they could riot in rich masquerade as before, and trick and entice him with the old deception.

(Kenneth Grahame: *The Wind in the Willows*)

译文一：矮树林、小山谷、采石场以及夏季繁叶荫翳遮蔽的所有隐秘之处，往昔那些神秘探险宝地，现在都暴露无遗，秘密惨不忍睹地大白天下；它们仿佛在请求，要他暂且宽恕它们的粗陋和寒碜，请他等到它们能像从前那样到盛大的化妆舞会上狂欢时，再来用老花招逗弄和迷惑他。

（赵武平 译）

译文二：那些灌木丛、小山谷、石坑以及一切隐秘的地方，在万物繁茂的夏天里还是需要探测的“秘密矿产”，而此刻却可怜巴巴地裸露无遗，似乎要让他暂时看看它们的贫瘠，不久它们又会如从前一样披上繁茂的假面具，用老掉牙的把戏来欺骗他。

（乔向东 译）

上述原作是英国作家格雷厄姆创作的著名童话，在英国家喻户晓。原句虽然较长，但用词却非常浅近。译文一采用了很多对小读者而言生僻难懂的词语，如“繁叶”“惨不忍睹”“宽恕”“粗陋”等，这不利于小读者的理解。而译文二则很好地考虑到了儿童读者的语言水平，用口语化的常用词来表达，如“万物繁茂”“可怜巴巴”“老掉牙”等，语言十分亲切。

第三节　儿童文学的翻译方法

我国的儿童文学翻译发端于 19 世纪末 20 世纪初，发展和成熟于五四时期，持续于 50 至 70 年代，繁盛于当代。

最早译为汉语的儿童文学作品是 1840 年英国人罗伯聃(Robert Thom)与匿名中国译者合译的《意拾喻言》(即《伊索寓言》)。随后，《天方夜谭》《格林童话》《安徒生童话》《鲁宾逊漂流记》等名著也相继被译为汉语。早期曾进行过儿童文学翻译的人有林纾、周桂笙、包天笑等。由于当时历史背景特殊，多数儿童文学的翻译完全出于成人化的视角，采用文言文进行翻译，很少考虑儿童读者的接受因素，因此并不能算作是严格意义上的儿童文学翻译。

五四时期，儿童文学翻译开始发展并趋于成熟。这一时期，中国作家意识到了儿童文学的价值，开始从儿童的视角和需求出发，采用浅显的白话文来翻译作品。五四时期主要的儿童文学翻译家有鲁迅、周作人、赵元任、茅盾、赵景深等。

20 世纪 50 至 70 年代，大量苏联儿童文学作品被译为汉语。主要儿童文学翻译家包括任溶溶、陈伯吹、李俍民、曹靖华、叶君健等。

20 世纪 80 年代以来，当代儿童文学翻译与其他类型的文学翻译一样，进入了一个蓬勃发展的时期，各种体裁、适合各个年龄阶段以及各种语言的当代儿童文学作品几乎都能在汉语中找到译本。

儿童文学翻译的发展过程中，积累了很多有效的翻译方法。下面就对几种常见的翻译方法进行说明。

一、以儿童为中心进行翻译

少年儿童是儿童文学翻译的对象。少年儿童作为一个特殊群体，在认知、语言和审美等方面具有鲜明的特点和差异。如果不考虑儿童对象的特殊性，以成人化的语言来进行翻译，必然无法引起儿童读者的兴趣。因此译者必须首先考虑儿童文学的读者，根据作品的特征和翻译的读者对象确定翻译的策略，这是儿童文学翻译的核心问题。

以儿童为中心，就是使译文的语言浅近、优美，富有趣味，符合读者的心理特征和语言水平。具体来讲，在用词上要多使用儿童语言中经常使用的口语词、实体词、拟声词、语气词、感叹词、叠词等，避免抽象生僻的词汇；在句子结构上，尽可能使用简单句，避免复杂的句型。在修辞上，多采用比喻、拟人、夸张等手段，使译文生动有趣。

(1)以实体词代替抽象词。例如：

I hope the town has made preparations.

(Oscar Wilde：*Happy Prince*)

译文一:“我希望城里已经有所准备。”

（侯皓元 译）

译文二:“我希望城里已经给我预备了住处。”

（巴金 译）

So she set to work. and very soon she finished off the cake.

（Lewis Carroll, Alice's:*Adventures in Wonderland*）

所以她就正正经经地一口一口地把那块糕都吃了。

（赵元任 译）

(2)使用儿化音。例如：

“I'm sure I'm not Ada,”she said, “for her hair goes in such long ringlets, and mine doesn't go in ringlets at all;and I'm sure I can't be Mabel, …”

（Lewis Carroll:*Alice's Adventures in Wonderland*）

她道:“我知道我一定不是爱达,因为她的头发有那么长长的小圈儿,我的头发一点儿都做不起圈儿来;我也知道我不是媚步儿,……”

（赵元任 译）

(3)使用儿童口语。例如：

“Well!” thought Alice to herself. “after such a fall as this, I shall think nothing of tumbling down stairs! How brave they'll all think me at home! Why, I wonldn't say anything about it. even if I fell off the top of the house!”

（Lewis Carroll:*Alice's Adventures in Wonderland*）

“呵!”阿丽思自己想道,“我摔过了这么一大回跤,那再从梯子上滚下去可算不得什么事啦! 家里他们一定看我胆子真好大啦! 哼! 哪怕我从房顶上掉下来,我也会一句都不提的!”

（赵元任 译）

(4)使用拟声词。例如：

Just then she heard soothing splashing about in the pool a little way off.

（Lewis Carroll: *Alice 's Adventures in Wonderland*）

正在那时，她听见不远处有个什么东西在池里浦叉浦叉地溅水。

（赵元任 译）

（5）使用语气词、感叹词。例如：

Down, down, down. Would the fall never come to an end!

（Lewis Carroll: *Alice's Adventures in Wonderland*）

掉啊，掉啊，掉啊！这一跤怎么一辈子摔不完了吗！

（赵元任 译）

（6）使用简单句型。例如：

So while the children swam and played and splashed water at each other. Wilbur amused himself in the mud along the edge of the brook, where it was warm and moist and delightfully sticky and oozy.

（E. B. White: *Charlotte's Web*）

因此，当两个朋友游泳、玩耍、用水你泼我我泼你时，威尔伯就待在河边的烂泥里自得其乐，烂泥暖和，湿嗒嗒的，黏黏糊糊，舒服极了。

（任溶溶 译）

二、准确再现童趣

儿童翻译常存在两个误区：一是不考虑儿童读者，一本正经的成人腔；二是矫揉造作的“娃娃腔”。所谓娃娃腔，指的是译者片面地理解儿童语言，使用故作天真、故作幼稚的娃娃腔，如“饼饼”“球球”等这类甚至让儿童读者都觉得难以接受的语言。

因此，译者在翻译时要采用浅显的语言，并且具有创造性和趣味性。语言浅易并不意味着失去语言的艺术价值，儿童文学丰富的创造力和想象力不仅表现在其情节和人物的丰富多变上，也体现于语言的生动有趣、天真幽默和优美动听中。许多儿童文学作品即使在成人读来也是趣味盎然。因此，在强调儿童文学译作浅易明晰的同时，也要确保译文的趣味性。例如：

In another moment down went Alice after it, never once considering how in the world she was to get out again.

(Lewis Carroll:*Alice's Adventures in Wonderland*)

不管四七二十八,阿丽思立刻就跟进洞去,也不想想这辈子怎么能再出来。

(赵元任 译)

原作用倒装句表现出阿丽思强烈的好奇心和儿童特有的冒险精神。汉语缺乏相应的语言句式,为了弥补这一损失,赵元任先生在译句中加了一句改装的俚语"不管四七二十八",这样的译句一下子就活灵活现起来,幽默感油然而生。

Even Stan's pimples went white; Ern jerked the steering wheel so hard that a whole farmhouse I'had to jump aside to avoid the bus.

(J. K. Rowling:*Harrry Potter and the Prisoner of Azkaban*)

译文一:史坦吓得甚至连青春痘都变白了;老厄惊得用力扭了一下方向盘,害得前方的一个大农庄必须整个跳开,才没被公车给撞到。

(彭倩文 译)

译文二:就连斯坦的丘疹也发白了;厄恩急速地转着方向盘,整个农庄都不得不跳到一边以便避让这辆车。

(郑须弥 译)

这是《哈里·波特与阿兹卡班的囚徒》中的一个句子。作者用"青春痘都变白了"和"整个村子都跳开"两个夸张的表达,生动地表现出巫师世界对"伏地魔"的恐惧心理。译文一非常贴切地译出了这层幽默的趣味。

"The master was an old Turtle—we used to call him Tortoise."

"Why did you call him Tortoise, if he wasn't one?" Alice asked.

"We called him Tortoise because he taught us," said the

Mock Turtle angrily.

"Really you are very dull!"

(Lewis Carroll:*Alice's Adventures in Wonderland*)

译文一:"校长是一只老海龟——我们都叫它陆地龟。"

"既然它不是陆地龟,你们为什么要这样叫它呢?"爱丽丝不解地问道。

"因为它总是忘了该教我们的功课!你怎么会问这么愚蠢的问题?"那假海龟怒气冲冲地说道。

(李汉昭 译)

译文二:"我们的先生是一个老甲鱼——我们总叫他老忘。"

阿丽思问道:"他是个什么王,你们会叫他老王呢?"

那素甲鱼怒道,"我们管这老甲鱼叫老忘,因为他老忘记了教我们的功课。你怎么这么笨?"

(赵元任 译)

原文中 Tortoise 与 taught us 谐音,构成双关语(pun)。由于双关语一般都需要借助同一种语言中两个发音相近的词语,因此在不同语言中翻译双关语是非常困难的。而双关语所表现出的语言趣味却又是儿童语言不可缺少的。译文一完全忽略了这个双关,缺乏趣味。译文二显然注意到了这个问题。用老忘与老王的谐音,并加上"老忘了教我们的功课"自圆其说,语境完整,很有想象力。

"Why, if a fish came to me, and told me he was going a journey, I should say 'With what porpoise'?""Don't you mean 'purpose'?" said Alice.

(Lewis Carroll:*Alice's Adventures in Wonderland*)

译文一:"嗯,要是有一条鱼来找我,说它要出门去,我就会说'海豚。在哪儿?'""你的意思是说'目的是哪儿吧?"阿丽思说。

(陈复庵 译)

译文二:"你想,假如有个黄蟹来找我,对我说它要旅行上哪儿去,我第一句就要问它,'你有什么鲤鱼'?"阿丽思道,"你要说的不是理由吗?”

(赵元任 译)

原文中 porpoise 意为海豚,但其实这里它是与 purpose 谐音的双关语。英语儿童读者看到这里多半会发出笑声。而译文一的直译会让所有读者莫名其妙。译文二则非常巧妙地使用了汉语“鲤鱼”与“理由”的谐音,可谓神来之笔。

So he scraped and scratched and scrabbled and scrooged, and then scrooged again and scrabbled and scratched and scraped, working busily with his little paws and muttering to himself, “Up we go! Up we go!”

(Kenneth Grahame: *The Wind in the Willows*)

译文一:挖刨,扒拉,摸索,向前硬挤猛推,推进一段后,再摸索,扒拉,挖刨。他不仅小爪子忙个不歇,嘴里也在喃喃自语:“向上! 再向上!”

(赵武平 译)

译文二:它不停掏着土,不停地刮、扒、抓,不停地抓、扒、刮,忙忙碌碌地干着活儿,一边自言自语:“上去! 上去!”

(齐向东 译)

原文总共使用了四个押头韵的词语,目的是创造一种戏谑新奇的效果,引起小读者的兴趣。译文一译出了这个文字的意义,却完全失去了原句的韵味和童趣。译文二则采用了汉字押韵的方法来弥补头韵的损失,很好地再现了原句的趣味性。

三、消除语言障碍,克服文化差异

语言是文化的载体,翻译不是简单的文字间的转换,而是一种高度创造性的跨文化交际活动。翻译的要义就是帮助读者清除语言不通的障碍,克服语言文化差异所带来的隔阂,儿童文学翻译当然也不例外。外国儿童文学深受本国儿童所处的社会环境、文化氛围、传统观念及教育理念的影响。这些文化因素与译入语儿童所处的文化背景存在着很大的差异,而限于智力水平和知识经验，儿童读者比成人读者更依赖译者帮助他们清除语言障碍，克服文化差异。例如：

He was a bright boy, so the tale runs, healthy, and strong, and be had seen thirteen suns, in their way of reckoning time

(Jack London: *The Story of Keesh*)

传说里的基色，是一个灵敏的强健的孩子，他已看见了十三个太阳，在北极地方是这样计算时间的（在极带地方，半年白昼，接着半年黑夜，因此看见十三个太阳就是活了十三岁）

（黄衣青译）

上述是著名儿童翻译学家黄衣青翻译的杰克·伦敦《猎熊的孩子》中的一个句子。对中国的儿童读者来说，“十三个太阳”是一个陌生的概念。黄衣青采用加注的方法解释了这个短语的意思，有效地帮助了儿童解决文化障碍，顺利理解原文的含义。

消除语言障碍，克服文化差异，目的在于帮助小读者理解外国儿童文学作品，但这并不意味着完全抹去原作本身的语言特色和文化特质。准确再现原作的特点，适当保留原作的文化差异也是翻译的基本要求之一。

第四节　儿童文学经典译作分析

在了解儿童文学及其翻译的相关内容的基础上，这里来看几个经典的儿童文学译作，以便从整体上了解和把握儿童文学的翻译。

一、《阿丽思漫游奇境记》译作分析

选段（一）

原文：

Alice was beginning to get very tired of sitting by her sister on the bank, and of having nothing to do, once or twice she had peeped into the book her sister was reading, but it had no pictures or conversations in it, "and what is the use of a book," thought Alice "without pictures or conversation?"

So she was considering in her own mind (as well as she could, for the hot day made her feel very sleepy and stupid), whether the pleasure of making a daisy-chain would be worth the trouble of getting up and picking the daisies, when suddenly a White Rabbit with pink eyes ran close by her.

There was nothing so VERY remarkable in that: nor did Alice think it so VERY much out of the way to hear the Rabbit say to itself, "Oh dear! Oh dear! I shall be late!" (when she thought it over afterwards, it occurred to her that she ought to have wondered at this, but at the time it all seemed quite natural); but when the Rabbit actually TOOK A WATCH OUT OF ITS WAISTCOAT-POCKET, and looked at it and then hurried on, Alice started to her feet, for it flashed across her mind that she had never before seen a rabbit with either a waistcoat-pocket, or a watch to take out of it, and burning with curiosity, she ran across the field after it, and fortunately was just in time to see it pop down a large rabbit-hole under the hedge.

译文：

阿丽思陪着她姊姊闲坐在河边上没有事做，坐得好不耐烦。她有时候偷偷地瞧她姊姊看的是什么书，可是书里又没有画儿，又没有说话，她就想道，"一本书里又没有画儿，又没有说话，那样的书要它干什么呢？"

所以她就无精打采地自己在心里盘算——(她也不过勉强地醒着，因为这热天热得她昏昏地要睡)——到底还是做一枝野菊花圈儿好呢？还是为着这种玩意儿不值得站起来去找花的麻烦呢？她正在纳闷的时候，忽然来了一只淡红眼睛的白兔子，在她旁边跑过。

就是看见一只淡红眼睛的白兔子,本来也不是件怎么了不得的事情,并且就是阿丽思听见那兔子自言自语地说,“嗳呀,啊嘻呀,我一定要去晚了!”她也不觉得这算什么十二分出奇的事情(事后想起来她才觉得这是应当诧异的事,不过当时她觉得样样事情都像很平常似的);但是等到那兔子当真在它背心袋里摸出一只表来,看了一看时候,连忙又往前走,阿丽思想道,“那不行!”当时就站了起来,因为阿丽思心里忽然记得她从来没有见过兔子有背心袋的,并且有只表可以从袋里摸出来的。她忍不住好奇的心,就紧追着那兔子,快快地跑过一片田场,刚刚赶得上看见它从一个篱笆底下的一个大洞里钻进去。

(赵元任 译)

分析:以上是英国维多利亚时代数学家刘易斯·卡罗尔(Lewis Carroll)创作于 1862 年的小说 *Alice's Adventures in Wonderland* 的开场。原作用极其浅易的语言,从一开始就制造出一个悬念,紧紧地抓住读者。在百无聊赖的日常生活中,突然跑出一只既会说话,又会看表,还穿着背心的兔子,谁都会有兴趣读下去。译文的文字也非常浅近,而且在短短的三段话中,译者就把整个开场处理得极为流畅自然,活灵活现,令人完全觉察不到翻译的痕迹。而且一些细节更是把原作幽默风趣的语调处理得恰到好处,如儿化音、语气词的使用,适度增词、幽默笔法等处理手法的使用。

选段(二)

原文:

The Dormouse again took a minute or two to think about it, and then said,“It was a treacle-well.”

“There's no such thing!”Alice was beginning very angrily, but the Hatter and the March Hare went “Sh! Sh!” and the Dormouse sulkily remarked, “If you can't be civil, you'd better finish the story for yourself.”

“No, please go on !” Alice said very humbly:“I won't interrupt again. I dare say there may be one."

"One, indeed!" said the Dormouse indignantly. However, he consented to go on. "And so these three little sisters—they were learning to draw, you know—"

"What did they draw?" said Alice, quite forgetting her promise.

"Treacle" said the Dormouse, without considering at all this time.

"I want a clean cup," interrupted the Hatter: "let's all move one place on."

He moved on as he spoke, and the Dormouse followed him: the March Hare moved into the Dormouse's place, and Alice rather un, willingly took the place, of the March Hale. The Hatter was the only one who got any advantage from the change: and Alice was a good deal worse off than before, as the March Hare had just upset the milk-jug into his plate.

Alice did not wish to offend the Dormouse again, so she began very cautiously: "But I don't understand. Where did they draw the treacle from?"

"You can draw water out of a water-well," said the Hatter; "so I should think you could draw treacle out of a treacle-well-eh, stupid?"

"But they were in the well," Alice said to the Dormouse, not choosing to notice this last remark.

"Of course they were", said the Dormouse, "well in."

This answer so confused poor Alice. that she let the Dormouse go on for some time without interrupting it.

"They were learning to draw," the Dormouse went on, yawning and rubbing its eyes, fur it was getting very sleepy; "and they drew all manner of things everything that begins with an M—"

"Why with an M?" said Alice.

"Why not?" said the March Hare.

Alice was silent.

The Dormouse had closed its eyes by this time, and was going off into a doze; but on being pinched by the Hatter, it woke up again with a little shriek, and went on:"—that begins with an M, such as mouse-traps, and the moon, and memory, and muchness—you know you say things are 'much of a muchness'—did you ever see such a thing as a drawing of a muchness?"

"Really, now you ask me," said Alice, very much confused, "I don't think—"

"Then you shouldn't talk," said the Hatter.

This piece of rudeness was more than Alice could bear: she got up in great disgust, and walked off; the Dormouse fell asleep instantly, and neither of the others took the least notice of her going, though she looked back once or twice, half hoping that they would call alter her: the last time she saw them, they were trying to put the Dormouse into the teapot.

译文:

那惰儿鼠又想了一两分钟,然后答道,"那是一口糖浆井。"

"糖浆井！天下没有这样东西的!"阿丽思说着生起气来了,那帽匠和那三月兔说道,"别瞎说！别瞎说!"那惰儿鼠就撅着嘴道:"要是你们这样无理,那么你们自己就拿这故事去说完嘞罢!"

阿丽思求道,"不,不,请你说下去！我不再打你岔了。顶多再一回。"

那惰儿鼠怒道,"一回,可不是吗?"但是他仍旧答应接着说下去。

"所以这三个小姊妹就——你知道,她们在那儿学吸——"

"她们学吸什么"阿丽思想着又忘了答应不插嘴了。

那惰儿鼠也不在意，就答道，"吸糖浆。"

那帽匠又插嘴道，"我要一只干净的杯子，咱们挪前一个位子罢！"

他说着就挪到前头一张椅子上，那个惰儿鼠就跟着他挪，那个三月兔挪到那惰儿鼠的位子里，阿丽思很不愿意地挪到那三月兔的位子里。挪了这一番就是那帽匠一个人得了些益处，阿丽思的地方还不如先头，因为那三月兔刚才把一个牛奶瓶打翻在他的盘子里。

阿丽思不愿意再得罪那惰儿鼠，所以她就小心地问道，"恕我不很明白，她们那吸的糖浆，是从哪儿来的呢？"

那帽匠道，"水井里既然有水，糖浆井里自然有糖浆——咄，这么笨！"

阿丽思故意当没听见这末了一句话，她又对那惰儿鼠问道，"但是她们自己已经在井里头嘞，怎么还吸得出来呢？"

那惰儿鼠道，"自然她们在井里头——尽尽里头。"

这句话把阿丽思越发搅糊涂了，她没办法，就呆呆地让那惰儿鼠说下去，不再插嘴。

"她们在那儿学吸，"那惰儿鼠越说越瞌睡，一头打呵欠，一头揉眼睛，"她们吸许多样东西——样样东西只要是'呣'字声音的——"

阿丽思道，"为什么要'呣'字声音呢？"

那三月兔道，"为什么不要？"

阿丽思没有话说。

那惰儿鼠这时眼睛已经闭起来快要睡着了；可是一给那帽匠掐了一下，它"呀"地一叫，又醒了过来，又接着讲道，"样样东西只要是母字声音的，例如猫儿，明月，梦，满满儿——你不是常说满满儿的吗——你可曾看见过满满儿的儿子是什么样子？"

阿丽思更被它说糊涂了，她道，"老实话，你问起我来，我倒没想到——"

那帽匠插嘴道，“既然没想到，就不该说话。”

这个无理的举动，简直受不住了；她气气地站了起来就走，那惰儿鼠当时就睡着了，其余两个一个也不理她，她倒还回头望一两回，一半还希望他们叫她回来：她最后看他们一眼的时候，他们正在把那惰儿鼠装在茶壶里。

（赵元任 译）

分析：上述故事情节是阿丽思听睡鼠（惰儿鼠）讲故事。为了让儿童读者有兴趣阅读这段对话，作者除了让情节稀奇古怪外，在语言上花了很大功夫，如对话语句不长，照顾到儿童的注意力容易分散，总是有角色插科打诨式地打断惰儿鼠的故事，更重要的是，采用了很多在英语国家儿童看来新鲜有趣的文字游戏。这些文字游戏给翻译造成了几乎“不可译”的困难。但赵元任的译本却非常完美地解决了这些问题。例如，原文中 draw 既作画画解又指抽吸，译者以“学吸”和“学习”译之；in the well（在井里）与 well in（尽里头）谐音，译文中“在井里头——尽尽里头”谐音仍在；俗语 much of a muchness（大同小异，半斤八两）也被译者拆开做文字游戏。

二、《夏洛的网》译作分析

选段（一）

原文：

The crickets sang in the grasses. They sang the song of summer's ending, a sad, monotonous song. “Summer is over and gone,” they sang. “Over and gone, over and gone. Summer is dying, dying.”

The crickets felt it was their duty to warn everybody that summertime cannot last forever. Even on the most beautiful days in the whole year—the days when summer is changing into fall—the crickets spread the rumor of sadness and change.

Everybody heard the song of the crickets. Avery and Fern

Arable heard it as they walked the dusty road. They knew that school would soon begin again. The young geese heard it and knew that they would never be little goslings again. Charlotte, e heard it and knew that she hadn't much time left. Mrs. Zuckerman at work in the kitchen, heard the crickets, and sadness came over her too. "Another summer gone." she sighed. Lurvy, at work building a crate for Wilbur, heard the song and knew it was time to dig potatoes.

"Summer is over and gone." repeated the crickets. "How many nights till frost?" sang the crickets. "Good-bye. summer, good-bye, good-bye."

译文：

蟋蟀在草丛里唱歌。它们唱夏季收场之歌，一支忧伤单调的歌。"夏天完了，结束了，"它们唱，"完了，结束了，完了，结束了。夏天在死亡，在死亡。"

蟋蟀觉得这是它们的责任，警告大家夏日不能持久。就算是在一年中最美丽的日子——在夏天进入秋天的日子——蟋蟀还是向大家传布哀伤和变化的消息。

人人都听到了蟋蟀的歌。阿拉布尔家的艾弗里和弗恩走在泥路上时听到它，知道快要开学了；那些小鹅听到它，知道它们再也不是鹅宝宝；夏洛听到它，知道自己时间不多了；在厨房干活的阿拉布尔太太听到它，心中也不由得一阵伤感。"又是一个夏天过去了，"她叹气说；在给威尔伯做板条箱的勒维听到它，知道该挖土豆了。

"夏天完了，结束了，"蟋蟀反复唱，"到冷天还有多少夜啊？"蟋蟀唱道，"再见了，夏天，再见了，再见了！"

分析：上述是美国作家怀特(E. B. White)发表于1952年的一篇中篇童话 *Charlotte's Web*（夏洛的网），讲述的是一只叫夏洛的蜘蛛为了拯救它的朋友——一只名叫威尔伯的猪的故事。以上选自童话的一个片段，这段文字借蟋蟀的歌声写时间的流逝，生命的匆匆。字里行间流露着即将告别的感伤。原文用一段简洁而透着淡淡忧伤的文字,告诉我们童话也未必总是荒诞、幼稚、吵闹的,童话也可以融入作家对生命的感悟,以及对人生和世界万物的思考。就翻译而言,这段话在字面上没什么难度,但最重要的是通过词语的声响和语言的节奏表现一种淡淡的伤感,但不是悲伤。使用文字的分寸感对于翻译以散文风格见长的怀特童话而言至关重要。

选段(二)

原文:

Wilbur rushed over, pushed his strong snout under the rat, and tossed him into the air.

"Templeton!" screamed Wilbur. "Pay attention!"

The rat, surprised out of a sound sleep, looked first dazed then disgusted.

"What kind of monkeyshine is this?" he growled. "Can't a rat catch a wink of sleep without being rudely popped into the air?"

"Listen to me!" cried Wilbur. "Charlotte is very ill. She has only a short time to live. She cannot accompany us home, because of her condition. Therefore, it is absolutely necessary that I take her egg sac with me. I can't reach it, and I can't climb. You am the only one that can get it. There's not a second to be lost. The people are coining—they'll be here in no time. Please, please, please, Templeton, climb up and get the egg sac."

The rat yawned. He straightened his whiskers. Then he looked up at the egg sac.

"So!" he said, in disgust. "So it's old Templeton to the rescue again, is it? Templeton do this. Templeton do that, Templeton please run down to the dump and get me a magazine clipping, Templeton please lend me a piece of string so I can spin a web."

"Oh, hurry!" said Wilbur. "Hurry up, Templeton!"

But the rat was in no hurry. He began imitating Wilbur's voice.

"So it's 'Hurry up. Temple.' is it?" he said. "Ho, ho, and what thanks do I ever get for these services. I would like to know? Never a kind word for old Templeton, only abuse and wisecracks and side remarks. Never a kind word for a rat."

"Templeton," said Wilbur in desperation "if you don't stop talking and get busy, all will be lost and I will die of a broken heart. Please climb up!"

Templeton lay back in the straw. Lazily he placed his fore-paws behind his head and crossed his knees, in an attitude of complete relaxation.

"Die of a broken heart" he mimicked. "How touching! My, my! I notice that it's always me you crime to when in trouble. But I've never heard of anyone's heart breaking on my account. Oh, no. Who cares anything about old Templeton?"

"Get up!" screamed Wilbur. "Stop acting like a spoiled child!"

Templeton grinned and lay still. "Who made trip after trip to the dump?" he asked, "Why, it was old Templeton! Who saved Charlotte's life by scaring that Arable boy away with a rotten goose egg? Bless my soul, I believe it was old Templeton. Who bit your tail and got you back on your feet this morning after you had fainted in front of the crowd? Old Templeton. Has it ever occurred to you that I'm sick of running errands und doing favors? What do you think I am. Anyway, a rat-of-all-work?"

Wilbur was desperate. The people were coming. And the rat was failing him. Suddenly he remembered Templeton's fondness for food.

"Templeton." he said, "I will make you a solemn promise, get Charlotte's egg sac for me, and from now on I will let you eat first, when Lurvy slops me. I will let you have your choice of everything in the trough and I won't touch a thing until you're through."

The rat sat up. "You mean that?" he said.

"I promise. I cross my heart."

"All right, it's a deal," said the rat. He walked to the wall and started to climb. His stomach was still swollen from last night's gorge. Groaning and complaining. He pulled himself slowly to the ceiling. He crept along till he reached the egg sac. Charlotte moved aside for him. She was dying, but she still had strength enough to move a little. Then Templeton bared his long ugly teeth and began snipping the threads that fastened the sac to the ceiling. Wilbur watched from below.

译文：

威尔伯冲过去，把它有力的鼻子钻到老鼠底下，把它挑上半空。

"坦普尔顿！"威尔伯尖叫，"你听我说！"

老鼠本来睡得熟熟的，一下子给吓醒了，它看上去先是昏头昏脑，然后是大不高兴。

"这是什么恶作剧？"它咆哮说，"老鼠不能睡一会儿，能不这样粗暴地给挑到半空去吗？"

"听我说！"威尔伯大叫，"夏洛生了重病。它只能活很短的时间了。由于身体不好，它不能和我们一起回家。因此，我绝对必须把它的卵袋带回去。我够不着，又爬不上去。只有你能把它拿下来。现在一秒钟也不能再耽搁了。人们在往这儿赶——随时就到这里。谢谢你，谢谢你，谢谢你，坦普尔顿，爬上去把那个卵袋拿下来吧。"

老鼠打哈欠。它拉拉胡子。接着它抬头看那卵袋。

“是这么回事!”它厌恶地说,“又是要老坦普尔顿去救助,对不对？坦普尔顿,你干这个;坦普尔顿,你干那个;坦普尔顿,谢谢你跑到垃圾场去啃一片杂志带回来;坦普尔顿,谢谢你借给我一根绳子,我好结网。”

“噢,赶快啊!”威尔伯说,“赶快啊,坦普尔顿!”

可是老鼠不急不忙。它开始学威尔伯的口气说话。

“又是‘赶快啊,坦普尔顿,’对吗?”它说,“嗬,嗬,嗬。我倒想知道,我帮了这么多忙,我得到过什么感谢呢？对老坦普尔顿一句好话也没有,只有毁谤、讥讽和冷言冷语。对老鼠一句好话也没有。”

“坦普尔顿,”威尔伯真是没辙了,“你再不停止叽叽咕咕,赶快一点,那就全完了,我就要心碎而死。谢谢你,爬上去吧!”

坦普尔顿躺回麦草上去。它懒洋洋地把前爪伸上去搁在头底下,交叉双膝,一副完完全全休息的样子。

“心碎而死,”它学口学舌说,“多么感动人！唉呀,唉呀！我注意到了,一有麻烦你总是来找我。可我从来没听说有什么人为了我心碎。噢,没有。谁关心我坦普尔顿呢!”

“起来!”威尔伯尖叫,“别再像个惯坏的孩子了!”

坦普尔顿咧开嘴笑,躺着不动。“是谁一次又一次上垃圾场去?”它问道,“还用说,是老坦普尔顿！是谁用臭鹅蛋吓走阿拉布尔家那个男孩救了夏洛的命？我的天啊,我相信又是老坦普尔顿。今天上午你在观众面前昏过去,是谁咬你的尾巴让你重新站起来？是老坦普尔顿。你想到过,我这样给差来差去,做这做那,我已经厌烦了吗？你以为我是什么,是只有活就差去干的老鼠吗?”

威尔伯真是绝望了。那些人正在走来。老鼠却不听它的话。它忽然想起坦普尔顿贪吃。

“坦普尔顿,”它说,“我对你庄严保证,只要你拿下来夏洛的卵袋,从今以后,当勒维给我喂食的时候,我一定让你先吃。我让你在食槽里爱吃什么挑什么吃，在你吃够之前，我绝不碰食物。”

老鼠一听就坐起来了。“你这话当真？”它说。

“我保证，我在心口画十字。”

“好吧，成交！”老鼠说。它走到墙边，开始向上爬。由于隔夜吃得太饱，它的肚子还涨鼓鼓的。它哼哼哈哈抱怨着，慢慢爬上天花板。它爬过去，一直爬到卵袋那里。夏洛缩到一边让它。它快死了，不过还有点力气动一动。这时候，坦普尔顿龇起它难看的长牙齿，开始咬断把卵袋挂在天花板上的丝。威尔伯在下面看着。

分析：上述选自小说的最后一章。夏洛产卵后独自死去，留下几粒蜘蛛卵。这是小猪威尔伯在夏洛去世前要为她做的最后一件事——把蛛卵带回农场。但是蛛卵在高处，于是威尔伯去找老鼠坦普尔顿，请求它爬上去取蛛卵。两个童话角色的对话，一个心急如焚，一个漫天要价。而译文很好地译出了角色的语气和神情，对话十分接近当代儿童语言。老鼠时而火冒三丈，时而油嘴滑舌，时而牙尖嘴利，这些语气的变化被译者译得既平易流畅，又准确再现了老鼠的神气。

参考文献

[1]曹明海.文学解读学导论[M].北京:人民文学出版社,1997.

[2]陈子典.新编儿童文学教程[M].广州:广东高等教育出版社,2003.

[3]樊永仙.英语教学理论探讨与实践应用[M].北京:冶金工业出版社,2009.

[4]方遒.散文学综论[M].合肥:安徽教育出版社,2004.

[5]高尔基.俄国文学史·序言[M].上海:上海文艺出版社,1959.

[6]高远.对比分析与错误分析[M].北京:北京航空航天大学出版社,2002.

[7]何其莘,仲伟合,许钧.高级文学翻译[M].北京:外语教学与研究出版社,2009.

[8]何远强.文学翻译本质论——兼评“和谐理论”的文学翻译本质观[D].上海:华东师范大学,2006.

[9]侯维瑞.英语语体[M].上海:上海外语教育出版社,1988.

[10]胡显耀等.高级文学翻译[M].北京:外语教学与研究出版社,2009.

[11]怀特著,任溶溶译.夏洛的网[M].上海:上海译文出版社,2005.

[12]黄杲炘.英诗汉译学[M].上海:上海外语教育出版社,2007.

[13]杰克·伦敦著,黄衣青译.猎熊的孩子[M].北京:中华书局,1961.

[14]卡罗尔著，赵元任译.阿丽丝漫游奇境记[M].上海：少年儿童出版社，1998.

[15]兰萍.英汉文化互译教程[M].北京：中国人民大学出版社，2010.

[16]蓝纯.修辞学：理论与实践[M].北京：外语教学与研究出版社，2010.

[17]林宝卿.汉语与中国文化[M].北京：北京科学出版社，2000.

[18]刘海涛.文学写作教程[M].北京：高等教育出版社，2005.

[19]刘宓庆.文化翻译论纲[M].武汉：湖北教育出版社，1999.

[20]刘宓庆.现代翻译理论[M].南昌：江西教育出版社，1990.

[21]刘肖岩.论戏剧对白翻译[M].北京：中国人民公安大学出版社，2004.

[22]马莉.翻译理论与实践[M].北京：北京大学出版社，2010.

[23]牟杨.新编简明英语语言学教程学习指南[M].成都：西南交通大学出版社，2009.

[24]彭建华.文学翻译论集[M].杭州：浙江大学出版社，2012.

[25]童庆炳.文学活动的审美维度[M].北京：高等教育出版社，2001.

[26]童庆炳.文学原理教程[M].北京：高等教育出版社，2001.

[27]屠格涅夫.回忆录[M].北京：人民文学出版社，1962.

[28]王大来.文学翻译中的文化缺省补偿策略研究[M].北京：光明日报出版社，2016.

[29]王德春.普通语言学[M].上海：上海外语教育出版

社,2011.

[30]王尔德著,巴金译.快乐王子[M].上海:上海译文出版社,2005.

[31]王尔德著,侯皓元译.快乐王子[M].西安:陕西人民出版社,2004.

[32]王宏印.中外文学经典翻译教程[M].北京:高等教育出版社,2007.

[33]王荣英.高校英语输出教学论[M].上海:上海交通大学出版社,2008.

[34]韦勒克,沃伦.文学原理[M].北京:生活·读书·新知三联书店,1984.

[35]武锐.翻译理论探索[M].南京:东南大学出版社,2010.

[36]徐宏力.模糊文艺学概要[M].沈阳:春风文艺出版社,1994.

[37]闫敏敏.文学翻译中译者的审美过程[D].上海:华东师范大学,2005.

[38]叶苗.应用翻译语用观研究[M].上海:上海交通大学出版社,2009.

[39]尹筠杉.浅谈文学翻译的“再创造”艺术——以英译汉经典诗歌翻译为例[D].黄石:湖北师范学院,2014.

[40]袁筱一,邹东来.文学翻译基本问题[M].上海:上海人民出版社,2011.

[41]张保红.文学翻译[M].北京:外语教学与研究出版社,2010.

[42]张德禄,刘汝山.语篇连贯与衔接理论的发展及应用[M].上海:上海外语教育出版社,2003.

[43]赵小兵.文学翻译:意义重构[M].北京:人民出版社,2011.

[44]郑遨,郭久麟.文学写作[M].天津:天津大学出版社,2009.

[45]周方珠.文学翻译论:汉、英[M].北京:中国对外翻译出版有限公司,2014.

[46]朱智贤.心理学大词典[M].北京:北京师范大学出版社,1989.

[47]曹东霞.文化语境下的文学翻译[J].湖北广播电视大学学报,2007,(1).

[48]崔侃.论文学翻译的形式对等[J].白城师院学报,2005,(2).

[49]党争胜.论文学翻译的文学性——兼论文学翻译的标准[J].西北大学学报,2008,(3).

[50]胡安江.从翻译美学的角度论小说翻译中人物语言的审美再现[J].西南政法大学学报,2005,(2).

[51]姜秋霞,权晓辉.文学翻译过程与格式塔意象模式[J].中国翻译,2000,(1).

[52]李荣启.文学语言特征新论[J].文艺理论与批评,2003,(2).

[53]李媛.论英文抒情诗翻译中对于外部形态与内在意义的取舍[J].科教导刊,2009,(20).

[54]李志芳,刘瑄传.论文化语境下的文学翻译[J].黄冈职业技术学院学报,2009,(4).

[55]林玲帼.试论翻译与风格[J].四川外语学院学报,1998,(1).

[56]林文艺.探讨文学翻译在跨文化交流中的作用[J].滁州学院学报,2010,(6).

[57]刘林.浅谈儿童、儿童文学与儿童文学翻译[J].科技信息,2008,(12).

[58]马哲.以意象为中介的美感传递——对文学翻译过程的探索[J].商丘师范学院学报,2011,(7).

[59]邵斌.翻译及改写:从菲茨杰拉德到胡适[J].北京第二外国语学院学报,2010,(12).

[60]魏文娟.从忠实、通顺和美的标准对比赏析《廖承志致蒋经国先生信》的两个英译版本[J].教育教学论坛,2015,(47).

[61]徐艳丽.接受美学视角下的文学作品翻译[J].短篇小说(原创版),2015,(5).

[62]张娜娜.论文化语境对文学翻译的影响[J].海外英语,2011,(3).

[63]周文革,叶少珍.从诗歌意象、选词和格律看《静夜思》的英译[J].湘潭师范学院学报,2007,(1).

[64]Eugene A. Nida. *Language, Culture and Translating*[M]. Shanghai: Shanghai Foreign Language Education Press, 1993.

[65]Griffith, Kelly. *Writing Essays about Literature: A Guide and Style Sheet*[M]. Beijing: Beijing University Press, 2006.

[66]J. Hillis Miller. *On Literature*[M]. London & New York: Routledge, 2002.

[67]Watt, R. J. *Cross Cultural Problems in the Perception of Literature*[M]. London: Routledge, 1991.